P. ANDA CLAUDIA

P. ANDA CLAUDIA

JURNALUL ÎMPLINIRII

VOLUMUL 2

JUMĂTATE DEMON,
JUMĂTATE ÎNGER

STYLISHED
Timișoara, 2018

Descrierea CIP a Bibliotecii Naționale a României
P. ANDA CLAUDIA
    Jurnalul împlinirii / P. Anda Claudia. - Timișoara : Stylished, 2018-
    3 vol.
    ISBN 978-606-94577-0-2
    Vol. 2. : Jumătate demon, jumătate înger. - 2018. - ISBN 978-606-94670-4-6

821.135.1

Editura STYLISHED
Timișoara, Județul Timiș
Calea Martirilor 1989, nr. 51/27
Tel.: (+40)727.07.49.48
www.stylishedbooks.ro

JURNALUL ÎMPLINIRII

JUMĂTATE DEMON,
JUMĂTATE ÎNGER

O țin de mână. Briza mării ne mângâie pielea, iar mirosul de nisip și sare îmi dă putere și energie. Pletele ei lungi și blonde se despart în șuvițe sărutate de soare. Pielea ei strălucește și miroase a parfum. Sofia e frumoasă. Mă face să mă gândesc din ce în ce mai mult că aș putea trăi alături de ea aproape tot ce nu am trăit până acum.

Acum am aproape tot și încă puțin. Aproape tot, mai puțin iubirea pură. Sper să o găsesc în inima blondei cu ochii verzi, ca ai mei. Dacă nu o voi găsi, știu că sufletul meu va rămâne pustiit și gol, de dorul ei.

O sărut. Sofia are cele mai moi buze.

În ochii ei pot citi ceea ce am și eu în suflet. Durere, dezamăgire, dorință și dor.

Sofia e o nouă filă din jurnalul meu. Un jurnal al vieții de copil cu inima pură, transformat într-un adult cu suflet din piatră.

Un jurnal care începe trist, cu amintiri dureroase ale copilăriei mele.

„Afară plouă."

Afară ploua, iar eu ascultam cum picăturile loveau geamul. În camera de alături mama plângea. Tata bea în bucătărie, iar din timp în timp o înjura pe mama. Câteodată și pe mine. Dacă mă prefăceam că dormeam, aveam șanse să scap nebătut.

Eram triști. Săraci. Ai mei se plângeau toată ziua din pricina sărăciei. Datoriile de la asociație creșteau pe măsură ce zilele treceau. Hainele pă-

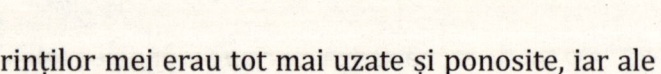

rinţilor mei erau tot mai uzate şi ponosite, iar ale mele rupte şi cusute săptămânal.

Mi-aş fi dorit ca lucrurile să fi stat altfel, iar mama se lupta din greu să am tot ce îmi trebuie pentru a merge la şcoală. Ea ştia că doar aşa vom putea ieşi din sărăcia lucie în care trăiam.

12 martie 1986 a fost, după spusele mamei, ziua în care inima ei a bătut cu adevărat pentru prima dată. Ziua în care m-am născut.

„Numele tău va fi David, pentru că tu eşti regele meu." David. Un nume mult prea puternic pentru un copil slab şi pricăjit, ca mine.

Sigur, eu nu îmi amintesc toate astea, însă mama îmi povesteşte adeseori, cu lacrimi în ochi, puţinele momente frumoase din viaţa ei.

„Tu vei fi cel care mă va conduce departe de viaţa asta, de sărăcie şi de durere. Tu, puiul meu." Cuvintele astea le auzeam atât de des, însă în loc să îmi dea curaj, puneau asupra mea o presiune imensă. Eu. Eu trebuia să opresc durerea celei ce mi-a dat viaţă.

Crescută la ţară, părinţii au obligat-o să se căsătorească cu tata. Un bărbat cu 5 ani mai mare decât ea. Nu s-au iubit niciodată, însă o vreme s-au înţeles. Tata îşi dorea mulţi copii, iar mama nu a putut să îi ofere. După ce m-a născut, mama nu a mai rămas însărcinată, aşa că tata m-a văzut mereu ca pe un motiv pentru care el nu a putut avea destui urmaşi. O înjura mereu pe mama, în timp ce o lovea.

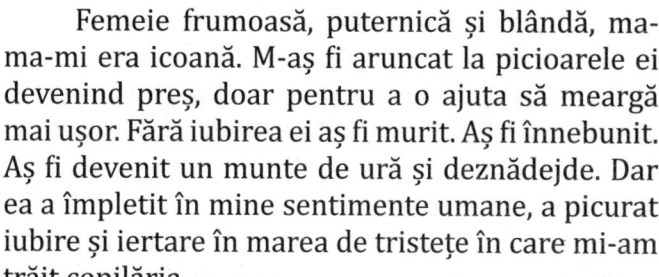

Femeie frumoasă, puternică și blândă, mama-mi era icoană. M-aș fi aruncat la picioarele ei devenind preș, doar pentru a o ajuta să meargă mai ușor. Fără iubirea ei aș fi murit. Aș fi înnebunit. Aș fi devenit un munte de ură și deznădejde. Dar ea a împletit în mine sentimente umane, a picurat iubire și iertare în marea de tristețe în care mi-am trăit copilăria.

Ziua, mama lucra. După-amiază venea acasă și avea grijă de noi. Tata ajungea, de obicei, târziu. Uneori, lipsea zile întregi de acasă, însă atunci eram cu adevărat fericit. Petreceam serile în brațele mamei, uitându-ne la televizor și mâncând gogoși făcute de ea. Uneori, când avea bani, îmi cumpăra și un suc. Zâmbea, mă îmbrățișa, însă ochii ei verzi, pe care i-am moștenit, aveau lacrimi mereu. Era tristă, nefericită și suferindă. Tata era un curvar. Pe lângă mama, mai avea o altă femeie, o alcoolică cu care își făcea de cap, iar când venea acasă o trata pe mama ca pe o cârpă. Pe mine mă bătea mereu și îmi spunea cele mai dureroase lucruri, apoi începea să o chinuie pe ea.

Visam că voi crește și voi opri toate astea.

Într-una dintre acele zile nefaste, nu am mai rezistat și am urlat:

— Într-o zi am să cresc și am să te omor!

Apoi, a urmat ploaia de lovituri.

— Eu te-am făcut, eu te omor! Mă ameninți? Să nu te omor eu și pe tine și pe maică-ta? După ce că vă țin în casa mea și îți umplu stomacul cu mâncare, îndrăznești să ridici mâna la mine?

Dimineaţa următoare m-am trezit umflat din pricina loviturilor, cu ochii arzând de la atâtea lacrimi vărsate. Eram obişnuit cu astfel de nopţi şi zile. M-am ridicat din pătuţul meu şi am mers la baie, rugându-mă ca monstrul pe care îl numeam tată să fie plecat.

De obicei, după ce pleca tata la serviciu, mama venea să mă trezească cu un sărut. Însă, în acea dimineaţă, m-am trezit singur. În drum spre baie, m-am oprit în dormitorul mamei. Dormea. Nu voiam să o deranjez.

Reîntors în camera mea, am aşteptat mult timp până s-a trezit. Iar în clipa în care am văzut-o, am simţit că inima mea o ia la galop, nebună. Chipul frumos şi curat al mamei era brăzdat de zgârieturi şi vânătăi. Mâinile ei, blânde. Mâinile ei ce îmi aduceau mângâiere şi alinare zi de zi, erau pline şi ele de vânătăi mari. Monstrul o lovise toată noaptea.

M-a îmbrăţişat, fără a rosti un cuvânt şi astfel am stat în braţele ei minunate, suspinând şi plângând amândoi.

Eram doar un băieţel de 14 ani ce nu cunoscuse niciodată iubirea şi sprijinul unui tată. Nu ştiam cum este să fii îmbrăţişat de nimeni altcineva decât de mamă. Cunoscusem doar ura, umilinţa, sărăcia şi suferinţa şi nu îmi doream decât să se termine totul, să îmi văd mama fericită... să fim o familie ca toate celelalte şi să fiu iubit de tată.

Până la urmă, ce făcusem greşit? Mă întrebam zi de zi cu ce am greşit. Tata îmi spunea me-

reu că sunt vinovat şi că am distrus familia. Că sunt diavolul în persoană şi m-ar ucide fără a clipi dacă nu ar face puşcărie. Ce coincidenţă! Şi eu simţeam exact acelaşi lucru pentru el. Orice monstru din desenele animate era mai uman, mai plăcut şi mai drăguţ decât el. Îl vedeam ca pe un demon cu aripi mari şi negre, care acopereau toată fericirea din viaţa mea.

— Hai să mergem la poliţie, mamă! Să se ducă la puşcărie. O să ne omoare într-o zi nebunul ăsta.

— Nu putem să facem asta puiule. Tu stai liniştit. O să mă gândesc eu la ceva. Până la urmă va fi bine, nu poate fi un om atât de rău. Dar te rog, David, nu îi mai spune nimic. Mă doare sufletul când te loveşte. Aş sta să dea în mine fără oprire, însă când te loveşte pe tine mă doare mult prea tare.

Nu aveam să uit cu uşurinţă acea zi. Imaginea mamei mi-a rămas întipărită în minte pentru tot restul vieţii mele.

La şcoală, eram un copil plăcut, însă foarte obraznic. Aveam mulţi prieteni, eram amuzant şi întotdeauna conduceam gaşca. Toţi mă ascultau, iar fetele mă plăceau.

Eram un copil frumos, cu ochi mari şi verzi.

Îmi plăcea să mă bat. Îmi plăcea să mă lupt pentru atenţia celor din jurul meu şi mereu o câştigam. Ai mei erau sătui de vizitele făcute de părinţii colegilor bătuţi sau de telefoanele lor. Tata nici nu se mai obosea să mă bată sau să mă certe pentru asta. Credea că sunt un sălbatic şi deja nu îi mai păsa ce fac cu viaţa mea.

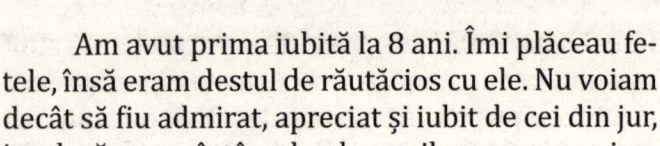

Am avut prima iubită la 8 ani. Îmi plăceau fetele, însă eram destul de răutăcios cu ele. Nu voiam decât să fiu admirat, apreciat și iubit de cei din jur, iar dacă nu se întâmplau lucrurile așa cum voiam eu, deveneam violent.

Mari. Avea 7 ani, iar într-o zi cu soare mi-am lipit pentru prima dată buzele mele cărnoase de ale ei. A fost ciudat. Câteva zile mai târziu, i-am ridicat fustița și i-am băgat mâna în chiloței. Văzusem asta la televizor și eram sigur că e interesant. Însă nu a fost.

Vara era anotimpul meu preferat. Vacanță, nopți târzii petrecute afară cu prietenii, iar tata pleca mereu în deplasare măcar două luni, în fiecare vară. Așadar, stăteam doar cu mama, mâncam prăjituri pregătite cu dragoste de ea și mă jucam încontinuu. Eram fericit, cu adevărat fericit.

În cea mai specială vară din viața mea, cea în care totul s-a schimbat, tata tocmai plecase în deplasare. Rămăsesem bărbatul casei. Monstrul cu ochi de foc și suflet arzător, precum lava, nu mai era acolo să ne distrugă. Mama era plecată la muncă, iar eu mergeam afară să mă distrez alături de bunii mei prieteni.

Aveam doar paisprezece ani când am cunoscut-o pe ea. În fața scării, alături de prietenii mei, am văzut-o. Era o fată slabă, cu părul șaten și îmbrăcată băiețește. Numele ei era Alyssa și își petrecea vara la bunicii ei, care locuiau în scară cu mine. Era simpatică și amuzantă. Cuminte, liniștită și drăguță. Avea ceva diferit față de toate celelalte

fete din cartier. Privirea ei ascundea pace şi împlinire.

Avea părul lung, strălucitor şi des, perfect drept. Câteva şuviţe îi mângâiau pielea fină. Ochii ei erau cei mai frumoşi din lume, de culoarea chihlimbarului. Migdalaţi şi înconjuraţi de gene lungi, acei ochi mă priveau cu timiditatea unei copile cu suflet curat. Chipul ei era inocent şi plin de candoare.

Era îmbrăcată curat, cu un tricou de culoare roşie şi blugi scurţi. În picioare avea tenişi negri. Picioarele ei erau drepte şi subţiri, cu genunchi cam mari. Era atât de slabă şi osoasă, încât cu greu puteai să îi deosebeşti trupul de al unui băiat. Sâni nu avea încă, însă simplitatea şi frumuseţea ei naturală mă lăsase fără grai în faţa prietenilor mei.

— Alyssa!

O mână subţire, cu degete lungi şi fine m-a apucat dintr-o dată. În mâna mea, mânuţa ei firavă părea atât de mică şi lipsită de putere. Am zâmbit, amintindu-mi că bunicul meu obişnuia să spună că am mâini de urs.

— David. Te joci cu noi?

Deşi trecuseră doar câteva zile de când ne cunoşteam, devenisem cei mai buni prieteni. Alyssa era veselă şi băieţoasă. Nu se dădea în lături de la nicio aventură. Mergeam împreună în pădure şi în parcuri. Mergeam cu tramvaiul fără bilet, apoi fugeam de controlori. Alergam în piaţă şi furam fructe. Urcam cu liftul din blocurile din cartier, doar pentru a coborî iar şi iar.

Alyssa nu ascultă Andre, Backstreet Boys sau Britney Spears. Alyssa ascultă DMX, Tupac și Gang Starr. Unchiul ei, plecat de câțiva ani în Italia, îi trimitea casete de câteva ori pe an și ascultam la casetofonul ei cel mare, din sufragerie, cele mai noi melodii.

Alyssa era unică. Niciuna dintre fetele pe care le cunoscusem nu era ca ea. Îmi era prietenă, confidentă, dar în același timp mă atrăgea într-un fel magic, în care nici nu își putea imagina. Când închideam ochii, seara târziu, o vedeam doar pe ea în fața ochilor.

Era deja luna august, vacanța avea să se termine în scurt timp. Zi de zi mă distram împreună cu bunii mei prieteni.

Mama radia de fericire. În lipsa tatălui se transforma. Se machia, se îmbrăca frumos și se aranja, însă în vara aceea totul era diferit. Mama avea o strălucire aparte în privire, asemănătoare cu cea pe care o avea atunci când mă ținea în brațe.

Vara mea se termină, iar, în curând, Alyssa urma să plece acasă, la părinții ei. Începea școala, iar eu aveam să o văd, poate, abia în vacanța de iarnă. Știam de la începutul verii că va pleca, însă în sufletul meu de copil, speram să nu se întâmple acest lucru. Visam uneori că părinții ei vor muri, iar ea va fi crescută de bunici, în scară cu mine și că vom putea să umblăm ca doi bezmetici până noaptea târziu, pentru totdeauna. Visam cum îi ștergeam buzele murdare de înghețată, iar ea râdea zgomotos. Visam.

La sfârșitul lunii august, părinții ei au venit după ea. Într-o mașină mare, neagră, mirosind a fum, mi-a plecat prima dragoste. Nu aveam de unde să știu atunci că prima mea dragoste avea să fie și ultima. Cea mai puternică, amețitoare și, în același timp, mistuitoare dragoste din lume. Din universul meu.

„— Să îmi scrii o scrisoare." Aveam lacrimi în ochi când i-am spus, ținându-i mâna micuță în mâna mea de adolescent. Glasul îmi tremura, iar gâtul îmi amorțise din pricina lacrimilor pe care mi le înghițeam.

„— Îți voi scrie.

— Promiți?

— Promit!"

Legănându-se pe strada fierbinte, balena neagră a plecat, iar eu puteam doar să privesc și să aștept să o văd din nou.

Vara s-a terminat, însă tata nu a venit acasă. Mama era tot mai fericită. Tata ar fi trebuit să revină pe 15 august. Era deja 1 septembrie 2000, iar el era încă plecat. Nu îmi doream să se întoarcă, însă din curiozitatea mea de copil, am întrebat-o într-o doară pe mama:

— Știi ceva de el?

De fiecare dată când întrebam de tata, ochii mamei se strângeau. Deveneau mici, iar ridurile din jurul lor îi strângeau ca un corset. Buzele ei mari deveneau o linie subțire, iar întreg chipul i se contorsiona.

— Nu știu nimic. Poate totuși se gândește să

15

vină acasă. Curând începi şcoala şi eu nu am suficienţi bani pentru caiete.

Am privit în jos la şosetele uşor rărite în vârf. Da, eram şi mai săraci fără tata. La sfârşitul verii, mereu se întorcea cu bani. Însă majoritatea se duceau pe băutură. Am clipit, în timp ce o lacrimă s-a scurs uşor pe obrajii mei moi şi calzi. Însă mama, ca întotdeauna, mi-a îndepărtat lacrima rece cu mâna ei fină.

— Ei, dar de ce plângi, puiule? Nu contează ce va fi, ne vom descurca. Ne avem unul pe altul şi doar asta contează. Te iubesc mult, cel mai mult!

Braţele mamei erau ca un templu sfânt. Ştiam că nimeni şi nimic nu mă poate atinge dacă îmi odihnesc capul în pieptul ei.

Zilele au trecut, aşa cum din clepsidră se scurge nisipul. Firesc. Repede. Frunzele au început să se usuce şi să cadă uşor. Nopţile deveneau mai lungi. Zilele mai scurte. Joaca mai puţină, fiindcă toţi copiii trebuiau să vină în casă mai devreme. Doar eu puteam să stau afară cât voiam. Uneori, traversam două cartiere, pentru a căuta pe cineva cu care să îmi petrec timpul. Mama venea târziu acasă, după serviciu. Uneori o aşteptam, iar ea venea zâmbitoare.

Într-o dimineaţă, pe casa scării, două vecine mai bătrâne stăteau de vorbă:

— Ai auzit, fă? Asta a lui Matei umblă–razna! Are copil şi ei îi trebuie bărbaţi!

— Lasă, fă, că nici cu beţivanul ăla de bărbat-su nu îmi e ruşine. E plecat din mai şi uite,

acuşi începe şcoala copilul ăla şi el nu a venit. Plus că la bătăile şi scandalurile pe care le făcea, mă mir că nu l-a lăsat asta. Frumoasă e, tinerică e, a avut răbdare cu boul.

Sângele îmi fierbea de nervi. Babele astea nenorocite o judecau pe mama, fără niciun drept. Într-o clipă am alergat la ele, urlând:

— Care e problema voastră? Mama e o femeie cumsecade, spre deosebire de voi, curve bătrâne şi urâte ce sunteţi. Asta-i grija voastră?

Cele două babe au belit ochii ca două cepe, privindu-mă cu panică. Toată lumea ştia că nu mă dau în lături de la ceartă, scandal şi bătăi. Eram gata să izbucnesc şi, de ce nu, să le bat cu sete pe cele două clevetitoare zbârcite.

— Ce ai, copile? Ţi s-a urât cu binele? Du-te şi te joacă cu plozii tăi! Ce crezi, că nu avem despre cine să vorbim şi am ales-o pe mă-ta? Dispari şi nu mai fă scandal!

Ştiam că cele două bârfitoare minţeau, însă nu aveam nicio dovadă, iar vecinii deja ieşiseră la uşi, curioşi. Inclusiv bunica Alyssei ieşise, doar făcea parte din clanul de babe curioase de pe scară. Nu voiam să îmi fac mama de ruşine, aşa că am coborât. Voiam să îmi găsesc tovarăşii de joacă.

Alin, Ionuţ şi George erau prietenii mei. Dintre toţi, eu eram cel mai lipsit de şansă. Părinţii lor aveau servicii bune. Mereu îi vedeam cu haine noi. În casele lor, mobila era schimbată des. Jucăriile lor fuseseră mereu mai multe, mai noi şi mai frumoase decât vechiturile mele. Masa lor era mereu

mai bogată, puteam găsi suc în frigiderul lor ori-
când și dulciuri la discreție.

La noi acasă, totul era modest. Mobila veche
era moștenită de la bunicii de pe tată. Fasolea, ore-
zul și cartofii erau la ordinea zilei. Cu toate astea,
mama pregătea în fiecare weekend prăjituri de-
licioase și avea grijă să mănânc cât mai bine. Ve-
deam câte eforturi face pentru că voia să mă vadă
mulțumit și fericit. Singurul lucru care îmi lipsea
cu adevărat era iubirea tatălui meu. Iar când pri-
veam câtă dragoste aveau prietenii mei din partea
taților lor, invidia îmi rodea ușurel sufletul.

Eram deja în data de 10 septembrie 2000.
Școala urma să înceapă în doar câteva zile și știam
că mama nu are suficienți bani pentru rechizite. În
niciun an nu aveam prea multe la începerea anului
școlar, însă caietele noi cu coperți simple, albe și
foi ușor transparente, un stilou nou și o călimară
cu cerneală, nu îmi lipseau niciodată. Colegii mei
aveau ghiozdane și haine noi, pantofi lucioși, cu
bot rotund și geci din fâș sau din piele. Însă eu mă
mulțumeam cu puținul oferit de părinții mei.

Ca întotdeauna, mama nu m-a lăsat să în-
cep școala nepregătit. Mi-a cumpărat cu două zile
înainte de începerea școlii caiete, pixuri, stilou și
călimară, ba chiar și un ghiozdan nou albastru cu
o minge mare albă desenată pe el. A doua zi dis–
de–dimineață am mers în bazar împreună. Rareori
mergeam să cumpărăm haine. De obicei, le purtam
până se răreau fibrele și cele mai multe haine pe
care le aveam erau căpătate de la un verișor de-al

mamei, care avea un fiu ceva mai mare decât mine. Hainele noi erau pentru mine un cadou imens şi un sacrificiu suprem din partea părinţilor mei.

Ajunşi în bazar, m-a izbit mirosul de plastic de lângă tarabele cu încălţăminte. În mintea mea de copil, însă, credeam că aşa miros lucrurile noi.

— Mamă, miroase a nou! am rostit, cu emoţie în glas. Inima îmi bătea cu repeziciune, iar degetele îmi tremurau.

Nu ştiam ce să aleg. Adidaşi alb cu albastru, negru cu alb. Nici măcar nu conta, cel mai important lucru era faptul că aveam să port haine noi, în prima zi de şcoală.

Blugii erau atârnaţi pe umeraşe şi sârme, pe garduri şi pe tarabe. Vânzătorii alergau după noi, dornici să îşi vândă produsele de proastă calitate. Ochii mei verzi şi mari priveau cu curiozitate şi emoţie fiecare pereche de blugi, fiecare bluză. Mirosuri diferite îmi impregnau nările. Îmi plăcea totul. Chiar şi mirosul de toalete nespălate, combinat cu cel de plastic ieftin, în mintea mea nu făceau decât să creeze un decor pentru bruma de fericire pe care o trăiam alături de mama.

— Uite, mamă, cât de frumoasă este fusta asta, am exclamat!

— Vă dau o fustă, doamnă? O femeie grasă, blondă şi cu pielea măslinie, lucioasă din pricina transpiraţiei care curgea pe ea, venea grăbită către noi. Fusta cu pricina era neagră, cu flori mari şi galbene, dintr-un material fluid. Cred că i-ar fi stat atât de bine mamei. Nici măcar nu îmi mai aminteam

cum era când mama îşi cumpăra haine noi. Mereu purta haine ponosite, extrem de modeste. Şi, deşi era o femeie încă tânără şi frumoasă, nu avea, biata de ea, posibilitatea să pună acest lucru în valoare.

— Nu, mulţumesc! Voi reveni, rosti mama şi am plecat către tramvai, grăbiţi.

— Hai, puiule, să mergem! Am cheltuit destul.

— Mamă, tu când ai să îţi cumperi haine noi? Munceşti atât de mult. Mai bine îmi cumpărai mie mai puţine şi îţi luai şi ţie o fustă.

Ochii mei erau întristaţi privind sandalele maro ale mamei, cusute şi lipite. Picioarele ei erau ale unei femei muncite şi chinuite de viaţă. Mama merita ceva mai bun. Sufletul ei era prea blând.

— Am să îmi cumpăr, pui, doar că nu e momentul chiar acum, spuse mama. Nu era tristă. Cred că era, biata de ea, împăcată cu gândul că nu îşi permite haine noi.

— Într-o zi o să am bani mulţi şi te voi duce la cumpărături, mamă! Privirea îmi era plină de speranţă, iar glasul vesel.

Mama zâmbi. Ştiu că avea mare încredere în mine.

— Abia aştept, scumpule!

— Mamă, ştii cumva ceva despre tata?

Mama privi în jos. Clipind repede, buzele i s-au subţiat, apoi mi-a prins mâna.

— Mi-a trimis bani pentru tine, printr-un coleg de serviciu. Mai rămâne încă o lună în Cluj, cu munca.

Vestea că tata nu va veni luna aceasta acasă m-a bucurat. Liniştea urma să se prelungească în casă. În plus, tot ce mă înconjura era mai vesel. Până şi soarele părea să strălucească mai tare, aruncându-şi razele calde pe frunzele uşor veştejite ale copacilor din cartier.

Prima zi de şcoală. Timid, cu un buchet de margarete în mână, legat cu şnur roşu sclipitor, aşteptam în curtea şcolii, alături de colegii mei.

Iubeam şcoala, deşi nu îmi plăcea să învăţ. Ştiam, însă, că trebuie să fiu acolo măcar pentru a-mi bucura mama.

Lucrurile din viaţa mea şi-au reluat cursul firesc. Mergeam zilnic la şcoală, veneam acasă, îmi făceam temele, iar serile le petreceam afară cu prietenii. Singurul lucru care mă consuma pe interior era sărăcia în care trăiam. Noapte târziu mă uitam la televizorul mare din sufragerie şi visam cum, într-o zi, voi avea o casă imensă, o soţie frumoasă şi bani suficienţi pentru a cumpăra tot ceea ce îmi doream.

Într-o dimineaţă, în clasă era mare forfotă. Colegii şuşoteau şi toată lumea era exaltată.

— Ai auzit? S-a deschis primul Mall din Bucureşti. Cică e super tare, frate!

— Eu mă duc cu mama după–amiază!

— Cică hainele sunt foarte scumpe!

După terminarea orelor, am mers către micuţul nostru apartament. Mama lucra săptămâna aceasta de dimineaţă, aşa că după–amiază era acasă. În timp ce îmi turna în farfurie veşnica tocăniţă de cartofi, mi-am ridicat privirea către ea.

— Mamă, ai auzit că s-a deschis un Mall în oraş?

— Am auzit ceva, la serviciu, rosti ea, zâmbind.

Am început să mănânc. Mama făcea o mâncare extraordinară. Putea să creeze, din nimic, ceva delicios. Nu îndrăzneam să o întreb dacă vrea să mergem şi noi.

După ce mi-am spălat farfuria, mama mă aştepta în tocul uşii, îmbrăcată cu o rochie neagră, simplă, până la genunchi. Îşi prinsese părul şaten, lung, într-o coadă cu o fundă neagră cu buline albe. În picioare purta pantofii buni, cei de duminică.

— Hai, te duc la Mall! exclamă ea.

Zâmbind, m-am încălţat în mare viteză şi împreună am plecat spre staţia de tramvai. Mall-ul nu era departe de noi.

Aveam emoţii. Nu văzusem niciodată un Mall. Ştiam doar că totul era scump, însă frumos.

Odată intraţi în acea imensă clădire strălucitoare, nu îmi puteam lua ochii de la magazinele sclipitoare. În boxe se auzea o muzică, în surdină. Magazinele nu miroseau a plastic. Toaletele erau curate şi peste tot se simţea mirosul banilor. O senzaţie de bunăstare îmi invada simţurile.

Mama mi-a cumpărat o cămaşă albă. Am petrecut toată după–amiaza mergând din magazin în magazin şi atingând materialele unor haine ce mi se păreau incredibil de scumpe. În sinea mea îmi doream doar să am, într-o bună zi, destui bani încât să mă îmbrac doar din Mall.

A doua zi am plecat la şcoală îmbrăcat cu noua mea cămaşă. Eram mândru şi toţi colegii mei ştiau că mi-am cumpărat şi eu ceva din Mall.

La începutul lunii Octombrie, mama a primit o scrisoare. A desfăcut, temătoare, plicul alb-gălbui. După ce a citit scrisoarea, m-a privit. Ochii ei erau veseli.

— E de la tatăl tău. Nu se întoarce acasă. Mai rămâne câteva luni la Cluj.

Nu puteam să fiu nefericit. Am strigat, apoi am început să sar în pat, plin de bucurie.

Lunile au trecut repede. Am petrecut împreună un Crăciun de vis, fără tata. Cu banii trimişi de el şi salariul mamei, ne descurcam binişor. Eram doar două guri de hrănit, fără alcool. Totul era perfect. După Crăciun, mama a venit într-o după–amiază veselă acasă.

— Am o veste bună pentru tine, David! Îmbracă-te, mergem la cofetăria din cartier. Mama zâmbea. Era fericită.

— Ce s-a întâmplat?

Eram curios şi nu mai aveam răbdare, însă mama a refuzat să îmi spună ce se petrecea. Odată ajunşi la cofetărie, în timp ce savuram prăjitura mea favorită, BOEMA, mama începu:

— Mi-am schimbat serviciul. Colega mea, Olga, a plecat acum trei luni şi s-a angajat la Mall, la un magazin mare. M-a anunţat acum ceva timp că este un post disponibil, ca şef de vânzări la un magazin cu costume. Cu experienţa mea de la fabrică şi puţin curaj, plus dorinţa de a-ţi oferi mai multe,

am mers şi eu la interviu, iar astăzi am primit vestea cea mare. De la 1 februarie voi începe serviciul.

Am simțit pe loc o bucurie imensă și un gol în stomac. Mama strălucea de fericire și de emoție. Eu eram atât de extaziat, încât îmi venea să sar în sus de bucurie.

— Felicitări, mami! E... extraordinar!

— Este. Magazinul este unul cu costume scumpe, pentru bărbați, iar salariul meu va fi aproape dublu decât câștigam la fabrică. Plus că voi primi şi câteva ținute mai elegante, pe care să le port la serviciu. E bine, e foarte bine pentru noi.

Simțeam în glasul mamei o bucurie pe care nu o simțisem niciodată. Știam că mama este o femeie inteligentă, iar tata nu făcea altceva decât să o limiteze.

Mama a început serviciul, iar eu am continuat să merg la școală. Tata nu a revenit acasă. Din când în când, suna și vorbea cu noi, seara. Ne spunea cât de ocupat este, era şi el bucuros că avea un salariu mai mare, plus diurna și cazarea. Lucrurile păreau să meargă bine. Faptul că tata nu era acasă, mă făcea cu adevărat fericit.

Eu învățam. Ieșeam împreună cu prietenii mei și, în timpul liber, îi trimiteam scrisori Alyssei. Ea îmi răspundea de fiecare dată. Plicurile cu scrisorile sale le țineam într-o cutie sub pat și de fiecare dată când mi se făcea dor de ea, le miroseam şi le strângeam la piept. Alyssa era prima mea iubire.

Mama arăta tot mai bine. Noul serviciu părea să îi priască. Se machia, se îmbrăca tot mai frumos și își vopsea frumosul păr într-o nuanță strălucitoare de maro. Păcat că tata nu era acasă să o vadă. Și totuși, cred că tocmai lipsa lui o făcea pe mama să fie atât de frumoasă.

Îmi plăcea să o văd fericită. Când ajungea acasă, de regulă seara, radia.

Într-una dintre plăcutele seri petrecute împreună, în primăvara anului 2001, mama m-a întrebat cu teamă în glas:

— David, ce ai spune dacă eu și tatăl tău ne-am despărți?

Întrebarea mamei m-a lovit. Sigur, aș fi fost foarte fericit să trăiesc doar cu mama, pentru tot restul vieții mele. Dar, pe de altă parte, mă gândeam și la ea. Eu urma să cresc, să fac liceul, să urmez o facultate și să mă căsătoresc. Ea urma să rămână singură și nu puteam să suport gândul acesta. Pe de altă parte, nici tata nu era o opțiune bună. Nu erau fericiți deloc împreună. Însă mama era tânără și avea dreptul la fericire. La cum îl cunoșteam pe tata, cu siguranță își găsise o altă femeie în Cluj.

I-am răspuns pe un ton serios și îngroșându-mi ușor glasul:

— Cred că trebuie să faci ceea ce simți, mamă.

Pentru o clipă, m-am întrebat ce vor spune colegii, prietenii și bunicii. Însă cea mai importantă pentru mine era fericirea mamei mele, nu părerea celor din jur.

— Știi bine că nu ne mai înțelegem. De fapt, nici nu știu dacă ne-am înțeles vreodată, murmură mama îngândurată.

În timp ce învârtea într-un bol compoziția pentru clătite, mama privea în gol. Simțeam că are ceva pe suflet. Simțeam că ar vrea să îmi mai spună ceva.

— Mamă, poate că sunt doar un copil, însă te cunosc. S-a întâmplat ceva, sau te frământă numai gândul că vrei să te desparți de tata? Privirea ta îmi spune că ai ceva pe suflet.

Mama zâmbi, în colțul gurii.

— Conexiunea noastră e unică, David. Adevărul este că ceva mă frământă.

Compoziția sfârâia în tigaia unsă cu ulei de floarea soarelui, împrăștiind miresme de vanilie în toată bucătăria. Mama se așeză lângă mine pe scaun, atingându-mi mâna cu mâinile ei fine.

— Am cunoscut un bărbat. Nu este nimic între noi deocamdată, el e client în magazinul în care lucrez și... ne înțelegem doar foarte bine. Însă mă simt minunat în preajma lui. Mă face să îndrăznesc să mă gândesc că, poate, aș putea simți și eu cum este să fii iubit cu adevărat.

Mama mă privea, plină de speranță, așteptând o reacție din partea mea. Preț de câteva secunde, m-am blocat. Era, probabil, ultimul lucru la care m-aș fi așteptat. Însă, mama chiar merită un soț care să o respecte și să o prețuiască. Sentimentele mele pentru tata erau mult prea înnăbușite de ura pe care o aveam față de el, așa că nu aș fi avut niciun regret dacă părinții mei s-ar fi despărțit.

— Cred că trebuie să faci ceea ce simți, i-am spus, din nou. Hotărârea din glasul meu și privirea

fermă au făcut-o pe mama să zâmbească. Ea clipi repede şi câteva lacrimi începură să se prelingă printre genele ei rimelate. Închise ochii şi mă îmbrăţişă.

— Mulţumesc, fiule! Îţi mulţumesc că mă înţelegi şi că eşti alături de mine. Am să ţi-l prezint şi ţie pe Alexei. Cred că îţi va plăcea de el.

Alexei. Ce fel de nume era şi ăsta? Îl întâlnisem doar în filmele cu ruşi. Îmi imaginam un tip masiv, cu ceafa lată şi fără păr. Genul acela de criminal plătit. Deja părea un tip dubios, doar după numele pe care îl purta. Dar dacă mamei îi plăcea, nu putea fi un om rău.

În seara aceea am mâncat clătite în pat, cu mama. La televizor era un film cu Arnold Schwarzenegger. Am adormit lângă ea, ca un prunc.

Câteva zile mai târziu, mama l-a invitat pe Alexei la noi la masă.

Mama a pregătit o masă îmbelşugată. M-a îmbrăcat cu o cămaşă galben–pai şi blugi noi, iar ea purta o rochie bleumarin, cu flori micuţe de culoare albă. Părul îi era desfăcut, lăsat să curgă până la mijlocul spatelui. La gât purta lănţişorul ei vechi, moştenire de familie. Verigheta îşi păstrase locul pe degetul ei subţire.

Contrar a ceea ce îmi imaginasem până atunci, Alexei nu părea un criminal plătit. Nu era nici chelios şi nici ceafa nu îi era lată. Doar umerii îi erau laţi. Însă ceea ce m-a surprins a fost aspectul său. Alexei purta o cămaşă albă dintr-un material fin şi un pantalon de culoare închisă, extrem

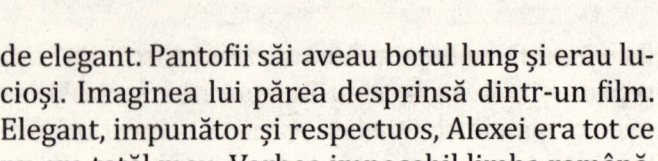

de elegant. Pantofii săi aveau botul lung şi erau lucioşi. Imaginea lui părea desprinsă dintr-un film. Elegant, impunător şi respectuos, Alexei era tot ce nu era tatăl meu. Vorbea impecabil limba română, deşi m-aş fi aşteptat să nu o facă, având în vedere originile sale ruseşti.

În mintea mea avea să rămână veşnic întipărită clipa în care am făcut cunoştinţă cu acest om. Mi-a cuprins ferm mâna, rostindu-şi numele cu putere în glas. În mâna cealaltă avea o sacoşă mare plină cu daruri pentru mine. Nu am îndrăznit să mă uit în ea până când nu a plecat, deşi eram extrem de curios de conţinutul său.

Alexei a stat la noi până târziu. Mi-a povestit cum a cunoscut-o pe mama.

— Am întâlnit-o pe Elena în magazinul în care lucrează. Eu îmi cumpăr toate costumele din alt magazin, însă de când am văzut-o pe mama ta acolo, am devenit cel mai fidel client. Ai o mamă extrem de frumoasă, puştiule, iar tu o moşteneşti întru totul.

Mama zâmbea şi părea plină de viaţă. Era unul dintre cele mai frumoase momente din viaţa mea. Mă simţeam în largul meu şi părea că îl cunosc de o viaţă pe Alexei. Părea a fi un bărbat calm, sigur pe el, însă blând şi plin de iubire în acelaşi timp. Am aflat despre el că are o situaţie financiară foarte bună şi că locuieşte de puţin timp în America, însă are afaceri în Italia, Spania şi Franţa. Fusese căsătorit, dar soţia lui a decedat într-un accident rutier. Tatăl lui era rus, iar mama lui era

româncă şi locuiau în Bucureşti de peste 30 de ani. Alexei era un bărbat fascinant, puteam să înţeleg cu uşurinţă de ce îl plăcea mama. Păreau doi prieteni vechi, care se înţelegeau doar din priviri.

Când întâlnirea s-a terminat, mama era plină de entuziasm. Îndreptându-se către mine, m-a întrebat:

— Ce părere ai despre el?

— Cred că e un om bun. Pare un bărbat minunat şi cred că am ce învăţa de la el, i-am răspuns, sigur pe mine.

A doua zi, toţi vecinii ne priveau, suspicioşi. Mama, cea mai cuminte femeie de pe scară, fusese vizitată de un bărbat, în lipsa soţului ei. Însă ea le-a înfruntat privirile curioase şi pline de răutate, salutându-i respectuos, îndreptându-se cu paşi mărunţi către staţia de tramvai. Odată ajunşi acolo, ne-am despărţit. Eu mergeam la şcoală, iar ea la serviciu.

M-am gândit mult timp la Alexei. Mă fascina. Era un bărbat cum nu mai văzusem până atunci. Mi-aş fi dorit să fiu ca el când voi fi crescut mare. Eram foarte curios să aflu mai multe despre iubitul mamei mele. „Iubitul mamei mele", cum sună asta? Cine ar auzi, ar putea crede despre mămica mea că este o femeie uşoară. Mulţi ar judeca-o. O femeie căsătorită să invite un bărbat în casă, în lipsa soţului ei? Am zâmbit.

— David!

Strigătul profesoarei de matematică şi arătătorul, izbit cu putere în banca zgâriată şi mâzgălită

de zeci de generații, m-au speriat cumplit.

— Despre ce vorbeam? continuă profesoara, cu o mutră acră și pe un ton satisfăcut.

Pierdut, am privit în clasă, așteptând ajutorul colegilor. Din prima bancă, colega mea cu păr roș-cat și creț, Ana, îmi sufla disperată răspunsul. Mă amuza felul în care își strângea buzele subțiri. Îmi venea să râd.

— Numere întregi! Vorbeam despre numere întregi! Aproape că am strigat răspunsul către profesoară, fără să respir.

Ochii ei deveniră oblici, măsurându-mă din cap până în picioare.

— Ai noroc, mormăi profesoara plictisită.

După ce a plecat de lângă banca mea, mi-am continuat reveria, cu barba sprijinită în mâini. La pauză, Ana a venit lângă banca mea. Am privit-o. Nu era frumoasă. Claia de păr roșcat și extrem de creață îi ajungea până pe spate. Chipul îi era foarte alb, aproape palid, iar nasul și obrajii plini de pis-trui. Buzele ei erau subțiri și deschise la culoare, de parcă nu ar fi avut deloc, iar ochii, de un ver-de albăstrui, erau aproape transparenți. Ana era o fată fără față. Trupul îi era micuț, deloc atrăgător.

Sânii încă nu crescuseră, așa că părea mai mult un băiat. Ana mă plăcea. Puteam să simt lu-crul ăsta. Când mă apropiam de ea, respirația ei devenea sacadată. Ca întotdeauna, până să deschi-dă gura să îmi vorbească, curajul ei s-a evaporat. Ana a plecat înapoi în banca ei, fără să rostească un cuvânt.

Zile întregi au trecut fără ca eu şi mama să mai vorbim despre tata. Într-o seară, telefonul fix suna de zor. Ştiam că este el. Pe holul îngust al apartamentului, lângă o măsuţă din sticlă cu blatul uşor ciobit într-un colţ, s-a aşezat mama pe un scaun din catifea roşie şi şezut rotund. A răspuns la telefon, cu o voce gravă:

— Alo?

Îi puteam simţi emoţia din glas. Mâna subţire şi fină îi susţinea bărbia ascuţită. O priveam, de după uşă şi încercam să aud tot ce vorbeşte, în pofida gălăgiei pe care o făcea televizorul din sufragerie. Vorbea încet, iar eu nu înţelegeam aproape niciun cuvânt. Trupul mi-a amorţit de bucurie, când am auzit că vorbeau despre divorţ. Sărmana mamă a început să plângă... lacrimile îi curgeau din ochi pe obrajii ei moi şi, cu siguranţă, plini de căldură. Aş fi vrut să o cuprind în braţe, însă simţeam că are nevoie de spaţiu şi confort.

Jumătate de oră au vorbit la telefon. Eram atât de curios şi emoţionat, încât îmi venea să sar în braţele ei pentru a afla totul. Într-un final, mama a venit lângă mine în sufragerie. Obrajii ei erau umezi. Ochii ei erau roşii şi trişti. Purta un halat din catifea roşie, subţire, până la genunchi, strâns la mijloc cu un cordon din acelaşi material, cu fir aurit. S-a aşezat lângă mine cu un aer timid. Poate speriat. Mi-a prins, cu mâna rece şi tremurândă, mâna mea.

— Am vorbit cu tatăl tău. I-am spus că vreau să ne despărţim. Glasul îi tremura. Lipită de mine

fiind, îi simţeam inima bătând cu putere.

— Am avut nevoie de mult curaj să fac asta, continuă ea.

— Ce a spus?

— Se aştepta să ne despărţim. A fost surprinzător de bine–dispus la auzul veştii. Probabil şi el a găsit pe altcineva. Oricum, tu ştii mai bine decât oricine că e cel mai bun lucru pentru noi.

Pe măsură ce vorbea, cuvintele ei deveneau tot mai tăioase şi mai pline de curaj. Chipul i se lumina, iar tristeţea i se ştergea de pe el.

— Mamă, sunt mândru de tine! Meriţi să fii fericită! Meriţi o viaţă mai bună! Eşti eroina mea, mămico!

Îi vorbeam mamei din suflet, chiar merita să fie fericită. Mama era un suflet pur şi blând. Legat de tata, nu simţeam nimic. Absolut nimic. Acel om era doar un străin pentru mine şi aveam convingerea că avea să ne fie mai uşor şi mai bine fără el.

Tata a venit în săptămâna următoare acasă, ca şi cum ar fi venit în vizită la nişte prieteni. Mi-a adus un penar, un ghiozdan şi câteva hăinuţe. Nu mi-a vorbit aproape deloc. A dormit în sufragerie. După două zile, şi-a luat toate lucrurile din casă, a chemat un taxi, iar eu am sperat să fi fost ultima noastră întâlnire. Ulterior, am aflat că au divorţat prin notar, fără multă vâlvă. Eu urma să rămân alături de mama. Au pus, în scurt timp, apartamentul la vânzare pentru a împărţi în mod egal banii. S-au înţeles atât de bine în privinţa divorţului cum nu s-au înţeles vreodată în absolut nicio altă privinţă.

Pe măsură ce zilele treceau, mama înflorea. Devenea tot mai frumoasă şi mai zâmbitoare. Faţa ei tristă, de altădată, devenise luminoasă ca o floare în toiul verii.

Eu mi-am continuat treburile „complicate" de copil, pierzând vremea cu prietenii, învăţând şi scriindu-i scrisori Alyssei. În scurt timp, urma să înceapă vacanţa de vară, iar ea trebuia să o petreacă la bunici. Bucuria mea, însă, nu era completă, întrucât în curând trebuia să mă mut şi ştiam prea bine că, cel mai probabil, nu o voi mai vedea.

Deşi îi scriam fetei pe care o iubeam, nu ratam nicio ocazie să mă sărut cu alte fete, iar cu cele mai uşuratice mergeam şi mai departe, adâncindu-mi mâinile curioase în sutienele lor. Simţeam o nevoie incredibilă să fiu remarcat, apreciat şi, de ce nu, iubit. Vânat de fete. Simţeam că devin bărbat.

La sfârşitul lunii mai, apartamentul nostru s-a vândut. Divorţul era terminat. Tata îmi plătea o pensie alimentară modică. Ne descurcam ceva mai bine cu banii, iar relaţia mamei cu Alexei devenea tot mai serioasă. Ştiam că Alexei era bogat, însă mama nu accepta ca el să cheltuie bani cu noi. Ea nu punea niciodată preţ pe bani sau avere, ci pe sufletul şi dragostea lui. Tocmai din acest motiv, mama a decis că este mai bine să cumpere o locuinţă, din partea ei de bani. Tata a făcut acelaşi lucru, însă nu în Bucureşti, ci în Cluj, unde a ales să se mute definitiv cu serviciul. Acolo cunoscuse o femeie cu care avea deja o relaţie.

M-am mutat din cartier cu o mare durere în suflet. Lăsam în urmă frânturi din copilăria mea, prieteni, amintiri și o mare, mare dragoste. Cu zece zile înainte să vină Alyssa, ne-am mutat în capătul celălalt al orașului, într-un cartier nou, unde mama cumpărase o casă cu grădină, de toată frumusețea. Sigur, casa era cumpărată în rate, însă era sigură că îmi va rămâne mie. Ne făceam planuri seara, lângă vișinul plin de fructe.

— Când te vei căsători, puteți să vă mutați aici, exclamă mama, plină de entuziasm. E foarte frumos, continuă ea, sunt școli în apropiere. Aș putea crește și nepoței aici, rosti mama cu un surâs pe chip.

— Mamă, ce mai face Alexei? Nu a mai fost de mult timp pe la noi.

De fiecare dată când ne vizita, acest bărbat îmi dădea curaj. Îl admiram și îmi doream nespus să fiu ca el.

— Alexei pleacă lunar în America, unde are afaceri, răspunse mama zâmbind. Știi, câteodată mă sperie. Este atât de diferit față de orice bărbat pe care l-am întâlnit vreodată. Iar diferențele dintre noi sunt mari, foarte mari. Nu am cunoscut niciodată un om atât de bogat, nici nu am idee cât este de bogat, însă, uneori, mă întreb dacă ar putea fi ceva mai mult între noi. Deocamdată, e mai mult o prietenie foarte strânsă.

Mama privea cerul, gânditoare.

— Cred că e un bărbat marfă. Și cred, mamă, că ține cu adevărat la tine. Ești tânără și meriți pe cineva ca el!

Mama zâmbi.

— Doar hainele sale costă, probabil, cât casa în care locuim. Suntem diferiți, extrem de diferiți. Iar gândurile lui mă sperie, mereu îmi propune să ne mutăm împreună, să mergem în America. Cum să merg eu în America? Ce să fac acolo? E prea mult pentru mine, David.

În mintea mea nu răsuna decât în singur cuvânt. America. America era grozavă. Câți puștani ar fi avut ocazia să meargă, măcar în vizită, acolo?

— Mamă, tre' să fii fraieră să refuzi o așa ocazie. Te rog, măcar pentru mine, hai să mergem acolo!

Mama se enervase.

— David, după ce am cumpărat casa asta, am de plătit rate încă douăzeci de ani. Ne descurcăm binișor aici, însă ar trebui să strâng un an de zile bani doar ca să achit biletele de avion până în America. Cred că nu ești conștient ce înseamnă asta.

— Uite, de asta nu ai făcut nimic în viață, fiindcă îți este frică. Ai un bărbat care este dispus să îți ofere o viață bună, departe de sărăcia asta, iar tu te temi. De ce anume te temi, mamă, de faptul că vom avea o viață mai bună, mai ușoară? De faptul că nu va mai trebui să muncești ca vânzătoare?

Abia după ce i-am spus ce am pe suflet, mi-am dat seama că aceste cuvinte o jigniseră. Mama mă privi tăios, iar cuvintele ei mă loviră cu puterea unui bici.

— Eu sunt o femeie cinstită, David, iar părinții mei m-au învățat să nu depind de un bărbat. Să

fiu capabilă să îmi pot creşte copilul singură. Nu mă judeca dacă nu ai fost o zi în pielea mea. Te cresc singură, eşti responsabilitatea mea, iar Alexei e un om prea complex pentru mine. Când vei creşte, vei putea să faci orice ţi-ai dori, însă, deocamdată, eu decid pentru noi.

Mama s-a ridicat şi a plecat în casă. Eu am rămas afară, privind cerul şi gândindu-mă, pentru prima oară, cât de naivă e mama. Alte femei şi-ar fi dorit să fie băgate în seamă de un tip ca Alexei. Aşadar, mama avea de gând să rămânem în sărăcie, să se chinuie douăzeci de ani să plătească rate, când aveam şansa să plecăm şi să ducem o viaţă mult mai bună? Am stat în grădină până târziu, visând la o viaţă mai bună pe care am fi putut să o trăim, fără sacrificii, fără refuzul de a-mi cumpăra ceva bun. Trebuia doar să îl accepte pe Alexei lângă ea.

Ne-am instalat cu bine în căsuţa cea nouă. Am terminat anul şcolar şi am dat examenul de capacitate. Am intrat la un liceu mediocru. Îmi doream să fac bani, însă nu ştiam cum. Nu eram de acord cu mama. Nu trebuia să trăim o viaţă simplă, meritam mai mult. Amândoi. Alexei m-a susţinut în ideea de a mă înscrie la un club de box din oraş şi mergeam zilnic la antrenamente. Mama nu era de acord, însă nu îmi păsa. Era viaţa mea şi trebuia să o trăiesc aşa cum voiam eu, nu ea. La clubul de box îmi făcusem mulţi prieteni, care mai de care cu preocupări mai dubioase. În vara aceea am descoperit ce înseamnă distracţia adevărată. Ieşeam în cluburi cu băieţii, agăţam fete şi mergeam în apartament la unul dintre colegi, unde făceam sex cu cele care „cădeau". La toate le promiteam relaţii de lungă durată şi sentimente veşnice. Alexei mi-a cumpărat primul meu telefon mobil, un Alcatel argintiu. Bineînţeles, mama m-a pus să îl refuz. De parcă aş fi fost prost. Dacă ea voia să se chinuie, eu nu voiam. Îmi propusesem să îmi trăiesc viaţa la maxim şi să mă distrez.

Într-o dimineaţă răcoroasă, Alexei a apărut la poarta casei. În mână avea un buchet imens, cu trandafiri roşii. Mama i-a deschis, zâmbitoare. A aşezat pe masa de lemn din curte un şervet mare, alb. Pe el a întins farfuriile cu micul dejun şi a turnat cafeluţa în ceştile mari, tot albe şi ele. A tăiat un chec făcut cu o zi înainte, aşezând feliile perfect, pe un platou. Rochia vaporoasă îi venea minunat, iar părul lung îi era prins la spate. Era atât de frumoasă şi blândă, părea o zână.

— Eşti superbă! De fapt, am venit să vorbim ceva important. Alexei avea glasul grav şi îi vorbea mamei cu seriozitate. Putem rămâne singuri, câteva minute? Privirea lui se îndreptă către mine.

— Ok, am înţeles. Mă duc în camera mea, am strigat, alergând. De fapt, m-am ascuns în sufragerie, sub geamul întredeschis. Aveam emoţii. Simţeam că Alexei voia să vorbească ceva serios cu mama. Eram sigur că voia să o ceară în căsătorie şi numai gândul acesta îmi provoca emoţii de nebănuit. Preţ de câteva zeci de secunde, mi s-au perindat în minte mai multe scenarii. Mă vedeam pe

acoperişul unei clădiri imense, din sticlă, în America. Mă vedeam conducând o maşină puternică pe coastă, în jos oceanul şi vântul îmi bătea în păr. Însă toate visele mi s-au năruit cu viteza sunetului.

— Ce ai vrea să îmi spui? Glasul mamei era suav. Plină de graţie, se aşază pe scaunul de lângă Alexei. Imaginea lor era atât de frumoasă, erau potriviţi. Frumoşi. Perfecţi.

— Într-o săptămână plec în America. Alexei o privea cu o seriozitate pe care nu o mai văzusem în privirea lui.

— Asta faci de când ne cunoaştem. Vii şi pleci. E normal, stai liniştit. Ştiu că viaţa ta e acolo, murmură mama.

— De data asta plec pentru o perioadă lungă de timp. Măcar un an de zile. Vreau să mergi şi tu cu mine. Împreună cu David, fireşte. Te rog, nu mă mai refuza. Pot să îţi ofer tot ceea ce ai visat vreodată, spuse el, hotărât. Deşi Alexei încercă să pară sigur pe el, simţeam, totuşi, teama din glasul lui.

Mama părea blocată. Îl privea, apoi se uită în jos. Se gândea. Speram din tot sufletul să accepte. Îmi venea să mă ridic de sub geam şi să ies pe pervaz urlând, să o cuprind cu mâinile şi să o zgudui cu putere, poate aşa se va trezi. Dar răspunsul ei m-a lăsat, într-o clipă, fără pic de speranţă.

— Aşa cum viaţa ta e acolo, a mea este aici.

O clipă de tăcere se lăsă între ei. Deja ştiam cum va continua. În momentul acela, am urât-o pe mama, pentru că simţeam că îmi distruge şansele. În America puteam face carieră ca şi sportiv. Puteam studia şi lucra, puteam să fac orice altceva mai bun decât să stau în România şi să văd cum se chinuie să plătească rate pentru o casă aflată la marginea oraşului. Voiam să lovesc cu pumnii în pereţi, să urlu, să zgârii geamurile cu unghiile.

— Nu pot să plec din România, continuă mama. Nu pot să depind de tine atât de mult. Respectă-mi alegerea, te rog. Ţin la tine şi orice cuvânt pe care l-ai spune pentru a mă convinge, m-ar face să sufăr.

Mama privi în jos. Alexei îi cuprinse mâna, îmbrăţişând-o şi vorbindu-i încet. Nu am auzit ce îi spunea, însă o vedeam pe mama plângând. La scurt timp, Alexei se ridică şi plecă, cu paşi mici, spre poartă. Astfel, omul pe care îl admiram a plecat, lăsând-o în urmă pe mama, îndurerată, însă împăcată cu gândul că a făcut alegerea potrivită.

Am ieşit din casă. Mama plângea, sprijinindu-şi bărbia cu mâinile. Ridicându-şi capul, a încercat să îmi vorbească. Nu am lăsat-o să spună nimic.

— Sunt dezamăgit. Puteam avea o soartă mai bună, dar ai ales să rămânem şi să ne chinuim aici. Vei regreta, sunt sigur de asta.

M-am întors cu spatele la mama şi am plecat.
— David!

Mă striga, însă am ignorat-o. O adoram pe mama. Aş fi făcut orice pentru ea, însă în acel moment am fost dezamăgit de simplitatea alegerilor ei. Eram dezamăgit de faptul că nu voia mai mult pentru mine, pentru noi. Am ieşit în stradă.

Câteva sute de metri mai încolo, erau băieții din cartier. Nu eram prieteni, însă pe unul dintre ei îl știam de la sală. Era un băiat cu câțiva ani mai mare decât mine, cu tatuaje pe mâini și pe picioare, tuns periuță. Combina ceva gagice și avea un seria trei, bine dotat. Bobo, căci așa i se spunea în cartier, era un tip marfă. Am dat noroc cu el, iar el mi-a făcut cunoștință cu prietenii lui. Aveam emoții. Știam că nu sunt niște băieți liniștiți, ca cei cu care obișnuiam eu să ies până atunci.

— Mergi cu noi? Bobo mi-a făcut semn să mă urc în spate. În BMW-ul lui eram șapte băieți.

— Unde mergem? am întrebat, curios.

— Ai să vezi, rânji Bobo.

Mi-am închis telefonul, care suna în disperare. Aveam de gând să îi arăt mamei ce se va întâmpla dacă rămânem în România. Poate–poate, reușeam să o înduplec să plecăm cu Alexei.

Bobo a oprit mașina la un fel de bar, ceva sinistru. Când am intrat înăuntru, mi-am dat seama că, de fapt, era un Internet Cafe, cu bar. Mesele erau jupuite și murdare. Scaunele miroseau a băutură. Pe jos, erau gunoaie, iar scrumierele erau pline de mucuri de țigară și scrum. Bobo și-a luat o bere din frigider. Era sigur pe el și se simțea ca acasă. În fața noastră, patru calculatoare așezate în linie așteptau pe cineva care să plătească pentru a le utiliza. Mi-a întins pachetul de țigări:

— Fumezi?

Am privit pachetul, preț de câteva secunde. Nu fumasem niciodată până atunci. Nici pe alcool

nu pusesem gura. Din cauza tatei, simțeam doar repulsie pentru orice tip de alcool. Însă am vrut, din nou, să îi dau mamei o lecție.

— Nu am mai fumat până acum, am rostit, șovăitor.

Băieții au început să râdă.

— Hai, puiuțul mamii, să îți dezvirginăm plămânii, spuse Bobo, râzând în hohote. Știi să aprinzi țigara măcar?

— Mmm... nu.

Îmi era rușine. Voiam și eu să fiu „băiat", dar alături de mama, nu puteam fi. Poate, dacă m-ar fi întrebat dacă știu să fac clătite cu gem, aș fi răspuns că da.

— Bagi țigara în gură, continuă Bobo. Cu asta te descurci sigur, nu? Trage din țigară și spune: „Hâcccc! Vine mama!" Și trage tot fumul ăla în tine!

Am început să râd, urmărind instrucțiunile oferite.

Am tras din țigara cu filtru maro, urmărind fascinat cum arde hârtia, sfârâind. Fumul mi-a inundat gura, gâtul, iar când l-am tras cu putere în mine, am simțit cum plămânii mei se desfac, primind în cavitatea lor o cantitate impresionantă de fum amar. M-am înecat și-am început să tușesc cu putere.

— Ia repede și stinge cu o gură adevărată de bere, strigă Bobo, oferindu-mi sticla lui, plină cu bere.

Am smuls sticla din mâna lui, amețit fiind de fumul țigării și mi-am lipit buzele de gura sticlei.

Mi-am umplu gura cu bere amară şi din câteva în-ghiţituri, am terminat sticla cu bere.

— Bineeeee, strigară băieţii.

— Acum hai să combinăm şi noi ceva pe mIRC, spuse unul dintre băieţii din grup. George cred că îl chema. Era blond, slab şi înalt.

— Ce să combini tu, gâscă? Bobo făcea mişto de toţi prietenii lui.

I-am urmărit, amuzat, toată noaptea, cum agăţau fete pe chat. Mi se părea fascinant felul în care vorbeau.

— PrinţesaTA299. Ia să vedem, prinţeso, ce ştii să faci? râdea Bobo. Prinţesele astea sunt ne-bune rău de tot, frate. M-am întâlnit cu una săptă-mâna trecută, am combinat-o din prima.

Bobo2001: Hei prinţeso
Bobo2001: În căutare de prinţ?
PrinţesaTA299: asl pls
Bobo2001: 21 b buc, tu?
PrinţesaTA299: 19 f buc

Mă uitam încântat la ecranul lui Bobo. Discu-ţia dintre cei doi continuă atât de natural. „Prinţe-sa" locuia în sectorul cinci. Şi-au dat întâlnire chiar a doua zi.

Pe la sală umbla vorba că Bobo era „combi-nator". Făcea diverse combinaţii, puteai cumpăra de la el de toate, de la telefoane la băutură, haine şi genţi. Trăia bine, deşi se lăsase de şcoală în clasa a X-a. Mamei nu i-ar fi plăcut de el, deloc.

După ce am terminat cu toții câteva sticle de bere și un pachet de țigări, Bobo a întrebat:

— Mergem la mine să bem un vin?

M-am uitat la ceasul strâmb de pe peretele camerei în care ne aflam. Arăta ora 03:04. Mama era, cu siguranță, îngrijorată. Foarte bine, să fie îngrijorată. Poate așa o convingeam să luăm drumul străinătății, alături de Alexei.

Am plecat cu mașina înapoi în cartier. Bobo locuia la câteva străzi distanță de mine, într-unul dintre blocurile de la marginea cartierului. Aproape la fiecare scară era câte un grup de băieți și fete. Cartierul era plin de viață. Odată intrat în scara blocului am simțit un miros intens de urină. La primul etaj locuia el. Apartamentul era mobilat modern, cu un televizor mare în sufragerie. Am mers direct în bucătăria lui. Mobila era din lemn, destul de nouă. A scos din frigider două sticle de vin și ne-am așezat cu toții. Unii stăteau pe colțar, iar eu m-am așezat chiar pe scaunul de lângă Bobo. Ne-am aprins câte o țigară, iar gazda noastră a umplut paharele cu vin. Mirosul îmi aducea aminte de tata și îmi venea să vomit. Am băut cu noii mei prieteni și mă simțeam bine, ascultând tot ce vorbeau. Discutau despre fete, bani și tot felul de combinații din care trăiau. Așa am aflat cum făceau banii. Bobo era „specializat" în furturi. Își dădea întâlnire cu fete pe mIRC, iar în timpul întâlnirii, doi prieteni de-ai lui veneau și îi jefuiau. Telefoanele fetelor le vindeau, împreună cu gentile, iar banii îi cheltuiau. Mi se părea periculos, însă era o idee bună de făcut

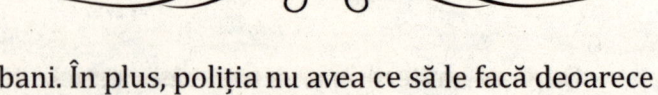

bani. În plus, poliţia nu avea ce să le facă deoarece nu îşi spunea niciodată numele real şi se întâlnea cu fetele în locuri diferite.

— Acum am o combinaţie bombă, frate! Bobo rânjea. Dar nu vorbim acum pentru că avem minori prin preajmă, spuse el râzând.

Oricum nu mai înţelegeam mare lucru. Aburii alcoolului îmi ajunseseră deja la creier şi nu mai vedeam bine. Pleoapele îmi erau din ce în ce mai grele şi mă simţeam obosit, incredibil de obosit. M-am ridicat de pe scaun, voiam să merg la baie. Însă picioarele îmi deveniseră grele şi nu mai vedeam bine. Dintr-o dată, m-am trezit cu trupul pe masă. Căzusem. Băieţii râdeau, îi auzeam undeva departe. Mi-am aşezat capul pe masă şi am adormit.

Zorii zilei m-au găsit întins pe o canapea în sufrageria lui Bobo. Razele soarelui pătrundeau printre draperiile mari, maronii. În timp ce pleoapele mele se dezlipeau, uşor, o amorţeală îmi cuprinsese trupul. Îmi venea să vomit, iar capul meu era greu. În gură simţeam un gust scârbos, de vin şi ţigară. Tricoul meu era murdar, cel mai probabil vomitasem pe el. Pe canapeaua de lângă mine dormea Bobo cu un alt băiat. M-am ridicat încetişor de pe canapea şi m-am îndreptat către geam.

— Ce faci, băiete? Bobo avea glasul răguşit, de la ţigări, cel mai probabil. Ai căzut la datorie azi noapte. Hai în bucătărie să bem o cafea, să te pui pe picioare.

— M-am îmbătat cam tare, i-am răspuns, ruşinat.

— Am văzut toți. Erai rupt în gură. A fost prima oară când ai băut?

— Da. Eu nu beau de obicei. Tata... el iubește băutura și din cauza lui am refuzat să pun gura pe alcool.

Mi-am turnat o ceașcă de cafea din cafetieră. Era amară, așa că am turnat două lingurițe de zahăr în ea. Am fumat repede trei țigări, apoi mi-am luat adidașii în picioare, mi-am luat „la revedere" de la Bobo și am plecat cu pași grăbiți către casă.

Casa noastră era mereu curată. Mi-am pus telefonul la încărcat și m-am întins pe pat. Încă eram amețit și nu mă simțeam bine. Gândul îmi stătea numai la sumele despre care vorbeau băieții afară. Unii dintre ei făceau doar într-o zi, jumătate din salariul mamei pe o lună de zile. Dacă aș fi început și eu să fac ceva pentru a câștiga bani, aș fi putut să o ajut să termine mai repede cu ratele. Ideile îmi veneau necontenit în minte, care mai de care mai periculoase și mai ilegale.

Am adormit, cu gândul la banii pe care aș fi putut să îi fac ușor.

M-a trezit mirosul suav al mamei, care venise lângă mine.

— David...

Mama era tristă. Mi-a mângâiat părul și m-a sărutat blând, pe frunte.

— Unde ai fost, puiule? Am fost atât de îngrijorată, continuă ea.

— Am fost afară, mamă. Cu prietenii.

I-am răspuns rece și mă simțeam mizerabil.

— Ai fumat cumva?

Mama era contrariată.

— Da mamă, am fumat. Am și băut. Altfel, cum aș putea să suport viața de aici?

— Vieții de aici îi aparții, David. Nu îmi înțelegi decizia acum, dar poate odată o vei face. Știu că ești dezamăgit, dar sper din tot sufletul că mă vei înțelege, într-o bună zi. Nu mai fuma. Mi-ai promis că nu vei bea niciodată, ca să nu ajungi ca taică-tu.

Mama s-a îndepărtat de mine, dar s-a oprit în tocul ușii. M-a privit câteva secunde, apoi mi-a spus:

— Ai grijă de sufletul tău, copile! E singurul lucru care îți va rămâne din viața asta.

Restul zilei l-am petrecut în camera mea, gândindu-mă și țesând planuri din ideile care îmi veneau, fără oprire.

Seara, târziu, mi-a sunat telefonul. Era Bobo. Am plecat din casă, pe furiș și mi-am petrecut noaptea cu băieții. Iar în felul acesta, au trecut multe zile și nopți din acea vară.

Acasă, relația mea cu mama se răcise din seara în care l-a refuzat pe Alexei. O mințeam zilnic, nu îi mai povesteam nimic. Mă apucasem de fumat și de băut, așteptând un bun moment în care să mă apuc și de combinații. Voiam bani. Voiam să fiu independent și, mai ales, bogat. Anul viitor urma să împlinesc șaisprezece ani. Până la optsprezece ani, trebuia să am mașină și bani destui cât să mă pot întreține singur. Nu voiam să fiu un fătălău, voiam să fiu un golan cu tupeu și portofelul plin.

Momentul potrivit pentru a mă apuca de combinații a venit destul de repede.

Am mers, împreună cu Bobo, la Internet Cafe. Am deschis calculatorul și am cumpărat acces pentru două ore. Am intrat pe mIRC, alegând numele Alexei2001.

— De la ce te-ai luat, frate? mă întrebă Bobo.

— E numele unui prieten de familie, am răspuns, zâmbind.

În noaptea aceea am „agățat" trei fete. Alina, de 14 ani, Luisa, de 15 și Delia, tot de 14 ani. Lucrul cel mai ciudat era că în spatele monitorului putea fi oricine. Chiar și un băiat, la fel ca mine. Mi-am dat întâlnire cu toate trei, a doua zi spre seară. Trebuia să fie întuneric și trebuia neapărat să ajung cu ele pe străduțele lăturalnice din cartierele liniștite ale orașului. Nu puteam risca să ajung în cartiere rău famate de unde să mă fugărească alții.

A doua zi Bobo mi-a împrumutat o șapcă albastră. M-am îmbrăcat cu un trening bleu, cu semnul Nike mare, de culoare albă. Ochii mei verzi străluceau mai tare ca niciodată. Aveam emoții, însă nu voiam să le arăt tovarășilor mei lucrul acesta. Voiam să pară că am tupeu.

M-am întâlnit prima oară cu Delia. Era blondă, cu părul tuns scurt până la umeri. Era plinuță și avea sânii mari. Am mers într-un parc și singura lumină venea de la becul portocaliu, din dreptul parcului. Am sărutat-o și am început să îi mângâi sânii, iar ei îi plăcea. Deodată, au apărut trei dintre prietenii mei. Ne-au amenințat cu un cuțit mare, iar Delia a început să plângă. Le-am dat telefonul și portofelul, iar fata, speriată, a făcut același lucru. Apoi, am fugit amândoi, despărțindu-ne la o răscruce.

M-am întors la gașca mea, urcând în mașină. Trebuia să mă întâlnesc în douăzeci de minute cu Alina, la o distanță de două cartiere. Odată ajuns la locul de întâlnire, am așteptat o jumătate de oră. Nu a venit, așa că timpul alocat întâlnirii cu ea l-am petrecut cu băieții. Trebuia să mă mai întâlnesc cu Luisa, poate ieșea ceva și de acolo.

Pe la ora 23:00, am ajuns la întâlnire. Luisa mă aștepta deja. Era slăbuță, cu sânii mari. Înaltă. Arăta bine, pielea îi era bronzată, iar părul negru, lung și buclat. Purta o fustă scurtă de blug și o cămașă roz, legată deasupra buricului. Era bună rău de tot. Am stat cu ea o perioadă lungă de timp, pe o bancă, unde ne-am cunoscut mai bine. Învăța la același liceu cu mine, iar părinții ei erau foarte săraci. Avea un telefon ieftin. Le-am trimis băieților mesaj, pentru a anula totul. În afara faptului că o plăceam mai mult decât pe Delia, era și colegă de liceu cu mine și nici nu merita riscul, pentru că eram convins că nu are prea mulți bani. Am rămas până târziu cu Luisa. Băieții au plecat, iar după întâlnire am luat-o pe jos către casă.

Mă gândeam la Luisa. Cumva, îmi amintea de Alyssa. Doar că ea avea o cumințenie și o bunătate ieșită din comun. Nu o mai văzusem de un an de zile. Cu siguranță se făcuse mai frumoasă.

Vara a trecut pe nesimțite. Am început să fac bani. O dată la câteva zile aveam în buzunar chiar și dublu decât câștigă mama. Uneori, îi mai dădeam și ei bani, însă puțini, fiindcă nu voiam să își dea seama că fac ceva ilegal.

În vara anului 2001, am jefuit împreună cu prietenii mei peste 50 de fete. Îmi cumpărasem haine, șepci și brățări. Spărgeam împreună milioane de lei prin discoteci. Aveam două categorii de fete de care eram interesat: cele pentru business și cele pentru plăcere.

Am început școala, fără niciun chef. Mergeam la liceu doar pentru mama, însă chiuleam zi de zi, nu aveam timp de ore. Nu îmi plăcea, gândul îmi era doar la bani și la fete. Devenisem destul de popular, deși eram boboc. Toți îl știau pe Bobo, era un fel de legendă, iar eu eram tovarășul lui cel mai bun. Prietenii și banii pe care îi făceam, de mic, îmi dădeau putere.

De Crăciun, mi-am făcut primul tatuaj. Un însemn tribal mare, pe brațul stâng. Nu însemna nimic, însă îmi dădea un aer dur. Am continuat cu antrenamentele de box, iar trupul meu începuse să devină dezvoltat și armonios. Umerii se lățiseră, abdomenul era plin de mușchi, iar pumnii puternici. Nimeni nu comenta nimănui, iar cei care ridicau privirea sau glasul, erau bătuți. Încetul cu încetul, am început să devin golanul de temut care sperasem întotdeauna să fiu.

M-am băgat, împreună cu băieții, în noi combinații. În loc de fete, agățam băieți, cu care cha-

tuiam zile întregi, în speranța că le voi câștiga încrederea. O dădeam în dragoste. Pe chat mă chema „Iulia". Aveam șaisprezece ani și eram destul de ușuratică. Ne dădeam întâlnire cu ei în jurul hotelurilor ieftine de pe la marginea orașului și îi jefuiam în parcări.

De Crăciun, trebuia să dăm o lovitură mai mare. „Iulia" trebuia să se întâlnească cu trei băieți, pentru o noapte fierbinte. Toți trei trebuiau să aibă bani la ei. Planul era făcut, cărțile erau aruncate, însă în seara de Crăciun, mamei i s-a făcut rău și a leșinat. Am chemat ambulanța și am mers într-un suflet la spital.

Tovarășii mei s-au descurcat fără mine. Jaful a mers bine, ca de obicei. Au împărțit banii între ei, în timp ce eu o vegheam pe mama. I-am trimis spre dimineață un SMS lui Bobo.

— *Ești ok, frate?*

— *Totul bine, frățior. Trebuie să ne vedem să îți dau niște bani. Fără tine nu am fi reușit. Păcat că nu ai fost și tu acolo*

A doua zi, ne-am întâlnit în cartier. Mi-a dat un teanc gros de hârtii de un milion. Era bun.

— Cum a fost aseară?

— Frate, a fost tare! Fraierii stăteau în parcare, o așteptau pe „Iulia". Ideea asta cu gagica a fost genială. Pun pariu că își imaginau o noapte fierbinte, mârlanii. I-am înconjurat, noi eram șapte. Toți am purtat batiste negre legate pe față. I-am bătut repede, într-un minut erau gata, le-am luat tot din mașină. Unul dintre ei avea o valiză în spate, cu

haine. Deja am vândut o mare parte dintre ele. Pe bancheta din faţă am găsit o borsetă plină cu bani. A fost mult mai bine decât ne aşteptam.

Eram mulţumit. Făcusem bani repede, iar tovarăşii mei mă respectau şi mai mult. Tot cartierul vorbea despre mine, toţi mă admirau pentru faptul că eram mic, însă inteligent.

— Cum se simte mama ta? întrebă Bobo.

— Bine. A făcut o criză de anemie. E acasă deja, va face tratament şi va fi bine. Şi-a luat concediu o săptămână, aşa că va sta pe capul meu.

Afară era frig. Fumam, ţinând ţigara între degetele îngheţate. Purtam o geacă groasă, gri, cu gluga căptuşită cu blană.

Mama a stat o săptămână acasă. Am ajutat-o să se pună pe picioare. În ultimul an, mă îndepărtasem de ea şi îmi părea rău. Însă trebuia să mă desprind, încetişor, de ea. Deveneam bărbat şi ştiam că îmi va fi mai greu să ajung aşa cum visam, dacă aş fi trăit după regulile ei pline de bunătate şi blândeţe.

Eram convins că lumea nu e un loc bun. Oamenii duri ajung departe. Fătălăii ajung până la colţul blocului şi înapoi. Eu voiam mult mai mult decât un apartament modest, un serviciu şi o familie.

Deodată, îmi sună soneria telefonului. Primisem un mesaj. De la Alcatelul gri, primit în dar de la Alexei, trecusem la un Nokia cu butoane. Nokia 6210. Dădusem pe el 300 de dolari, de la băieţi. Am deschis mesajul, surprins.

Bună, David! Nu știu dacă îți mai aduci aminte de mine. Sunt Alyssa, ne-am cunoscut la bunicii mei, acum un an și jumătate. Am numărul tău de la Alin, din scara de alături. Eu m-am mutat la bunica, în București, sunt aici la liceu. Dacă vrei să vorbim, dă-mi un semn.

Cu mâinile tremurând de emoție, i-am răspuns într-o clipă:

Bună Alyssa! Cum să nu îmi aduc aminte de tine? Credeam că nu o să te mai văd niciodată. Vreau să vorbim.

Ne-am scris toată noaptea. A doua zi am invitat-o la Mall, la una dintre cafenelele în care mai mergeam cu băieții mei.

Aveam portofelul plin cu bani. M-am îmbrăcat numai cu haine de firmă, toate cumpărate de la băieți. Eram frumos. Când am intrat în Mall, m-am oprit în fața unei florării. Mă uitam la trandafirii roșii expuși. Nu mai cumpărasem niciodată flori pentru o fată, însă Alyssa era specială. I-am cumpărat un trandafir roșu, un boboc mare și parfumat, legat cu un fir tot de culoare roșie.

Am așteptat-o zece minute, după care am văzut-o îndreptându-se către mine. Se uita pierdută în jur, până când m-a zărit. Apoi mi-a zâmbit. Era aproape neschimbată. Purta un palton descheiat, bej, până la genunchi. Pe umăr avea o poșetă mare, neagră. Și-a dat jos paltonul, zâmbind în continuare plină de emoție. Îi crescuseră și ei sânii. Nu erau mari, ci erau ca două mere, rotunzi și tari. Nu purta sutien, îi observam cu ușurință sfârcurile prin

bluziţa neagră. Purta blugi cu talie joasă şi avea un fund rotund şi proeminent. În picioare purta o pereche de cizme înalte, cu talpă groasă. Ca întotdeauna, mă lăsa fără grai cu frumuseţea ei atât de naturală şi simplă. Spre deosebire de ultima oară când o văzusem, acum era machiată. Buzele ei pline străluceau. Îmi venea să o cuprind şi să o sărut cu foc, însă m-am rezumat la o îmbrăţişare şi un sărut pe obraz. Mirosea divin, a parfum floral şi a inocenţă. Deşi avusesem contact cu atâtea fete, Alyssa reuşea să mă facă să fiu, din nou, acel băieţel timid de acum două veri. Am aflat că venise la Bucureşti din toamnă, la liceu. Intrase la cel de artă, la balet şi locuia în apartament cu bunica ei. Bunicul ei murise cu un an în urmă. Avea planuri frumoase. Voia să urmeze Facultatea de Coregrafie şi să devină profesor de balet.

— Tu ce planuri ai pentru viitor?

Alyssa avea un zâmbet atât de dulce pe chip... cum aş fi putut să îi spun că îmi doresc să devin un golan plin de bani, femei şi cu o reputaţie de temut?

— Vreau să intru la facultate, am minţit, privind-o direct în ochi. Apoi, nu ştiu.

— La ce facultate ai vrea?

Eu nu ştiam nici dacă voi termina liceul.

— Încă nu m-am gândit, i-am răspuns.

Ne-am petrecut ziua în Mall. Am mers prin magazine, mi-am cumpărat câteva haine şi aş fi vrut să îi cumpăr şi ei ceva, măcar o rochiţă, însă m-a refuzat vehement.

— Stai bine cu banii, văd.

— Da, mama câştigă destul de bine, îmi trimite şi tata nişte bănuţi, în fiecare lună. E destul de bine.

Eram hotărât să nu îi spun de unde îmi câştig eu banii. Eram sigur că nu ar fi apreciat şi că aş fi îndepărtat-o. Alyssa mă plăcea pentru copilul din mine, nu pentru derbedeul care devenisem de curând.

La sfârşitul întâlnirii, am sărutat-o, simţind cum căldura buzelor ei moi îmi inundă toate simţurile şi mă topesc. Am plecat acasă, beat de fericire şi iubire, însă speriat de gândul că ar fi fost foarte dezamăgită dacă ar fi aflat cu ce mă ocup.

Odată ajuns acasă, i-am trimis un SMS de noapte bună, la care mi-a răspuns, drăgăstos.

Din ziua aceea, eu şi Alyssa am început să ne vedem des. Am lăsat-o mai moale cu viaţa din cartier, gândindu-mă la noi modalităţi de a face bani.

Alături de Bobo am intrat într-o altă gaşcă. Acum, pentru a face bani, trebuia să găsim fete pe care să le convingem să danseze într-un club de noapte, pe care îl deţinea unul dintre prietenii lui. Primeam 20% din încasări, cu condiţia să le şi supraveghem. Practic, erau responsabilitatea noastră. Dacă le convingeam să se culce cu clienţii, trebuia să le urmărim îndeaproape, pentru a le oferi siguranţă deplină. Altfel, riscam să le pierdem.

Partea bună era că eram frumuşel şi fetele mă voiau. Partea rea era că trebuia să mă culc cu toate fetele care voiau să meargă cu mine, iar Alyssa ar fi înnebunit dacă ar fi aflat. Mai era şi faptul că ceea ce făceam era complet ilegal. Clubul era plin cu minore care se dezbrăcau pentru bani şi se culcau cu clienţii, iar eu şi Bobo eram cei care convingeau o bună parte dintre ele să facă treaba asta. Aly nu avea nici cea mai vagă idee cu ce mă ocup, dar au trecut câteva săptămâni bune în care m-am descurcat bine cu viaţa mea dublă. Mă întâlneam cu Alyssa de două ori pe săptămână, fiindcă era ocupată cu antrenamentele la balet şi cu învăţatul. Eu eram, la rândul meu, ocupat cu antrenamentele de box şi „jobul" meu, unde stăteam până la 4-5 dimineaţa. La şcoală mă duceam tot mai rar, însă aveam un diriginte care mă înţelegea. Lunar îşi primea „darul" şi, astfel, îmi motiva absenţele în aşa fel încât să pot termina semestrul.

Am împlinit 16 ani şi am vrut să fac o petrecere în discotecă. Însă cum puteam să fac? Trebuia să o chem neapărat pe Alyssa, dar trebuia să îmi chem şi prietenii, atât băieţii cât şi fetele care lucrau cu mine. Alyssa şi-ar fi dat seama imediat cu ce mă ocup, de fapt. Riscul era mult prea mare, aşa că am preferat să petrec noaptea doar eu cu iubirea mea, acasă.

Mama o cunoştea deja, din copilărie şi era încântată că am o prietenă atât de liniştită. Ba chiar îi spuneam, de fiecare dată când plecam mai mult timp de acasă, că sunt la Aly, ca să nu îşi mai facă griji.

De ziua mea am cumpărat o sticlă de şampanie, prăjituri şi pizza. Am chemat-o pe Alyssa la

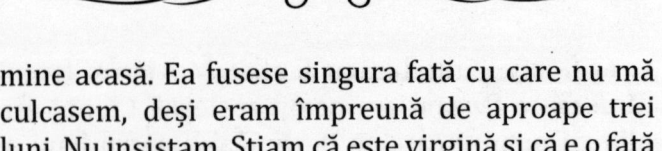

mine acasă. Ea fusese singura fată cu care nu mă culcasem, deși eram împreună de aproape trei luni. Nu insistam. Știam că este virgină și că e o fată cuminte și nu voiam să o sperii. În plus, nu duceam deloc lipsă de sex. Eram înconjurat de copile dornice de afirmare și bani, care făceau orice pentru a fi cu mine.

A venit la mine cu un taxi, pe care am avut onoarea să i-l plătesc. În mână ținea o pungă micuță, albastră. Cu siguranță avea cadoul meu acolo.

Am primit-o în curte. Afară era friguț, dar frumos, totul începuse să înverzească și să încolțească în grădina mamei mele. Am mers direct în camera mea, unde am servit-o cu șampanie.

Purta o rochie roșie, scurtă. Picioarele ei lungi și drepte mă îndemnau să le ating. După primul pahar de șampanie, era amețită. Am pus mâna pe piciorul ei stâng și o mângâiam ușor, urcând treptat, în timp ce o sărutam și o strângeam în brațe cu cealaltă mână.

— Ești atât de frumos, șopti ea.

— Și tu la fel, i-am răspuns.

Ne-am sărutat cu pasiune, în timp ce îi deschideam nasturii de la rochie, lăsând-o doar în sutien. Mi-am dat jos maleta albă, lăsând la vedere corpul cu mușchi bine dezvoltați și tatuajul de pe mână.

— Tu ai tatuaje? Alyssa se opri, privindu-mi brațul.

— Da, mi l-am făcut anul trecut. Îți place?

— Da, arată bine. Îți stă bine.

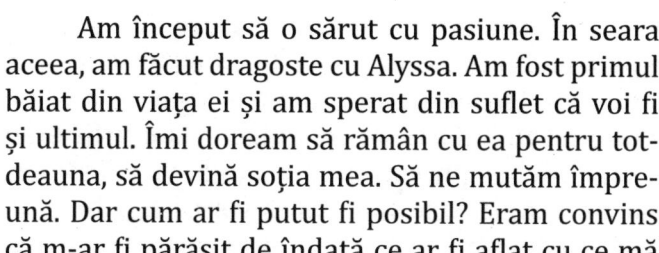

Am început să o sărut cu pasiune. În seara aceea, am făcut dragoste cu Alyssa. Am fost primul băiat din viaţa ei şi am sperat din suflet că voi fi şi ultimul. Îmi doream să rămân cu ea pentru totdeauna, să devină soţia mea. Să ne mutăm împreună. Dar cum ar fi putut fi posibil? Eram convins că m-ar fi părăsit de îndată ce ar fi aflat cu ce mă ocup.

Dimineaţa m-am trezit cu Alyssa, goală, culcată pe pieptul meu. Am trezit-o cu un sărut şi am băut cafeaua împreună. Am mâncat lapte cu cereale. Cu ea mă simţeam bun şi pur. Reuşea să trezească copilul din mine şi să scoată la iveală tot ce era bun înlăuntrul meu. Aş fi vrut ca acele clipe să nu se termine niciodată, însă după–amiază trebuia să mă întâlnesc cu Bobo şi două fete la club, pe care să le combinăm. Erau două fete din cartier, prietene foarte bune, una dintre ele avea 19 ani, iar cealaltă 17.

Am condus-o pe Alyssa la taxi, iar eu m-am grăbit să mă îmbrac să ajung la timp la întâlnire.

Bobo a venit să mă ia de acasă. Îşi schimbase maşina cu una mai mare şi mai impunătoare. Eram nerăbdător să împlinesc şi eu 18 ani să pot să-mi cumpăr o maşină.

Odată cu revenirea Alyssei în viaţa mea, planurile mele pentru viitor nu mai erau la fel de clare.

Dacă, până atunci, abia aşteptam să fiu major ca să pot pleca din ţară, acum mă gândeam doar la noi doi. Nu mai eram singur, acum devenisem un întreg. Două jumătăţi. Una bună, cealaltă rea.

Cu gândurile îndreptate către iubita mea, m-am întâlnit cu cele două fete. Eram absent, însă, totodată, trebuia să fiu atent la conversație. Eu eram cel cu puterea de convingere. Lucrurile erau simple. Fetele proveneau din familii foarte sărace, iar eu trebuia să le conving că vor câștiga bine, că vor ieși din sărăcie și că vor avea parte de cea mai bună protecție. Ca întotdeauna, planul a funcționat. Fetele urmau să înceapă munca peste câteva zile, iar noi trebuia să le pregătim. Pregătirea era simplă. O plimbare în Mall, câteva rochițe, neapărat scumpe, pantofi cu toc cui și platformă înaltă. Eram specialist în haine pentru femei. Știam și la ce saloane să le duc pentru o schimbare de look. Le spuneam cum să se vopsească, cum să se îmbrace și cum să se comporte. Apoi le conduceam în club, unde erau instruite de fetele mai vechi.

Prima fată, cea cu care mi-am început „cariera", a fost chiar Luisa, colega mea de liceu. Se transformase într-o adevărată bunăciune. Avea deja experiență și începuse să câștige bani frumoși.

Am dus noile „achiziții" la club. Urma să îmi petrec noaptea acolo, cu fetele.

Luisa a fost prietenoasă și le-a luat imediat sub aripa ei.

— Bună, eu sunt Luisa. Sunt cea mai veche aici, spuse ea, cu mândrie în glas. Am să vă învăț tot ce aveți nevoie ca să aveți succes.

Fetele au urmat-o, tăcute, în camera din spate, unde se pregăteau. Eu am rămas cu Bobo la taclale până când au început să vină clienții.

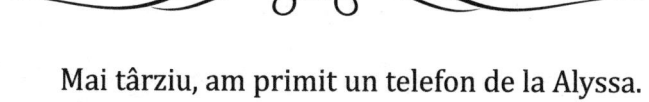

Mai târziu, am primit un telefon de la Alyssa. Plângea. Bunica ei făcuse stop cardiac. Am chemat un taxi şi am mers într-un suflet în cartierul în care am copilărit.

Am intrat în scara blocului, amintindu-mi de puştanul slăbănog care eram odată. Păşeam acum sigur pe mine şi eram băiatul care îmi doream de mic să fiu. În scara blocului mirosea a ciorbă. Am adulmecat mirosul, amintindu-mi, cu tristeţe, de nopţile în care veneam acasă şi îl găseam pe tata mort de beat.

Alyssa era singură în apartamentul bunicilor săi, plângând. Timid, am intrat. Nu fusesem niciodată în acea casă. Pe holul lung era înşirată o carpetă colorată. Mobila ei, din lemn furniruit, îmi amintea de mobila părinţilor mei, veche şi ponosită. Ea plângea pe o canapea roşie, uşor zdrenţuită la colţuri. Sărăcia era peste tot în aer şi îmi provoca greaţă şi amintiri neplăcute. Am îmbrăţişat-o.

— Am ajuns acasă, iar bunica se simţea rău. Am chemat ambulanţa, aşa mi-a cerut. Chiar când mă pregăteam să plec după ea, cu pijamale şi actele ei, m-au sunat de la spital. A murit pe drum.

Alyssa plângea în hohote, iar eu nu ştiam cum să îi iau durerea asupra mea. Eram mult mai puternic decât ea şi aş fi putut să duc mai uşor tot chinul.

În acea seară, am învăţat o lecţie importantă. Durerea şi suferinţa sunt individuale, iar fiecare persoană trebuie să o trăiască pe cea destinată lui. Atunci când cineva suferă, oricât de mult ai

iubi acea persoană, nu poți să îi preiei suferința. Nu poți să îl ajuți să treacă peste ea, deoarece este nevoit să treacă singur, pentru a o învinge.

Suferința este cea care provoacă durerea. Iubirea, însă, vindecă orice durere. Aveam de gând să o iubesc pe Alyssa cu toată ființa mea, pentru a o ajuta să înlocuiască, pentru moment, golul din inima ei. Iar, în timp, voiam să fiu singura persoană care să îi ocupe inima, în totalitate.

Eram egoist. O voiam doar pentru mine. Poate eram nebun, însă îmi era ciudă ca plângea de dorul bunicii ei. Singurul de care trebuia să îi fie dor eram eu, nimeni altcineva nu o iubea așa cum o făceam eu.

Am dormit la Aly. Deși plângea și era supărată, mă atrăgea. Însă ar fi fost un moment nepotrivit să mă apropii prea mult. Mă comportam cu ea cu mare grijă, ca și cum aș fi avut în mâini un crin imperial, sensibil. Nu voiam să îi ating petalele, de teamă că acestea vor pica, iar iubirea noastră se va ofili.

Alyssa a adormit, în brațele mele, suspinând. Îmi plăcea să o privesc dormind, atât de liniștită, știind că eu sunt cel care îi oferă liniștea și pacea de care avea atâta nevoie. Chipul ei era calm. Lacrimile i se uscaseră. O șuviță de păr îi aluneca pe ochi. Am îndepărtat-o ușor cu degetele și am sărutat-o, apoi am adormit și eu lângă ea.

Spre dimineață, am primit un mesaj de la un număr necunoscut.

E groasă, David. Bobo a fost arestat. Clubul e închis. Caută-l pe avocat. L.

Mesajul era, cel mai probabil, de la Luisa.

Zeci de întrebări mă chinuiau, una după alta. Cum a fost închis clubul? Ce s-a întâmplat? Poliţiştii din zona respectivă îşi luau dreptul şi ne lăsau să ne facem treaba. Încercam să îmi amintesc cine era la muncă, în afară de Luisa şi fetele noi. Am sunat, grăbit, la numărul de pe care primisem SMS. A răspuns un bărbat, probabil clientul fetei. Am închis, fără să spun nimic. Am aşteptat până dimineaţă, cu inima cât un purice. Alyssa s-a trezit devreme.

— Am multă treabă azi, David. Trebuie să dau telefoanele necesare pentru organizarea înmormântării, să anunţ rudele. Să o aştept pe mama. Nici nu ştiu ce să fac prima dată, spuse ea, începând, din nou, să plângă.

Eu trebuia să plec urgent în cartier, să aflu ce s-a întâmplat azi noapte. Aveam de gând să merg până la Luisa acasă, pentru că nu răspundea la telefon. Era important să aflu ce se întâmplase noaptea trecută la club, însă Alyssa era şi mai importantă. Nu puteam să refuz nimic din ceea ce îmi cerea, aşa că am sperat să nu îmi ceară să o ajut cu nimic în acel moment.

— Cu tine ce e? Eşti ok?

Alyssa mă fixă cu privirea. Probabil mi se putea citi, în privire, îngrijorarea.

— Sunt ok, mă întreb cum pot să te ajut. I-am promis mamei că vin dimineaţa devreme să o ajut cu ceva. O minţeam, din nou şi mă simţeam ca un ticălos.

— Du-te liniștit. Eu o voi suna pe mama, oricum cred că voi petrece ore bune la telefon, răspunse Aly, încercând să schițeze un zâmbet.

M-am încălțat și am plecat să caut un taxi.

Am sărutat-o și am îmbrățișat-o, voiam ca ea să simtă că îi sunt alături și că nu o voi părăsi niciodată. Apoi am plecat grăbit spre Luisa. Ajuns în fața ușii din lemn a apartamentului ei și am bătut cu putere. Nu îmi păsa dacă părinții ei erau acasă sau nu. Eram prea speriat și voiam să știu totul. Luisa a ieșit după primele două bătăi în ușă. Avea părul prins în coadă, în vârful capului. Purta o pereche de pantaloni scurți, simpli și un maieu negru. Pielea ei era mai bronzată decât de obicei și era foarte atrăgătoare.

— David! Luisa m-a îmbrățișat, aruncându-și trupul în brațele mele. Am împins-o, ușor și am plecat împreună în parcul din apropiere.

— Povestește-mi totul.

Luisa și-a aprins tacticos o țigară, ținând-o senzual în mână. Avea unghii false, extrem de lungi, de culoare roșie.

— Eu eram pe treabă, cu Cristi după mine, când i-a sunat telefonul. Era o tipă de pe la club, i-a spus să nu venim acolo, fiindcă a venit poliția. Însă nu erau polițiștii din cartier, ci mascații. I-au pus la pământ și au arestat pe toată lumea. Am înțeles că le-a dat drumul fetelor minore acasă, pe semnătura părinților. Bobo e în arest. Nu știu mare lucru despre el. Știu doar că aveau informații cum că lucrează minore în club.

Am lăsat privirea în jos. Toate combinaţiile picaseră. După ce fuseseră arestate, cu siguranţă niciuna dintre fete nu mai voia să lucreze prea curând. Prietenul meu era arestat, iar eu eram băgat până în gât în treaba asta. Dacă Bobo era în rahat, cu siguranţă urma să intru şi eu.

Am mai stat de vorbă cu Luisa. Ea era supărată mai mult pentru faptul că rămăsese fără loc de muncă. I-am promis că voi încerca să o ajut după ce se vor mai linişti apele, apoi am plecat acasă.

I-am trimis un SMS Alyssei să văd dacă era în regulă. Voiam să fiu alături de ea din tot sufletul, însă trebuia să mă asigur că sunt în regulă lucrurile în legătură mine. Ştiam de la bun început că tot ceea ce fac este foarte riscant şi periculos, însă speram că nu voi fi prins niciodată. Totuşi, îmi luasem măsuri de precauţie şi eram pregătit psihic chiar şi pentru a fi arestat.

L-am sunat pe avocatul lui Bobo, care ne era amic. M-a asigurat că totul va fi bine şi că până a doua zi, prietenul meu va fi acasă.

Aşa a şi fost. Cercetările au continuat, însă după 24 de ore, Bobo şi fetele au fost eliberaţi. Patronii clubului au rămas în arest. Clubul a fost închis şi, datorită faptului că Bobo era urmărit de poliţie, trebuia să stăm departe de orice combinaţii, cel puţin pentru moment.

Aveam ceva bani puşi deoparte, însă voiam şi mai mulţi. Singurul lucru bun din toată treaba asta era faptul că puteam să petrec mai mult timp cu Alyssa.

După moartea bunicii ei, fiind singura ei nepoată, apartamentul din cartier i-a rămas moștenire. A continuat să locuiască acolo, în timp ce eu stăteam cu mama. Deși îi propuneam permanent să ne mutăm împreună, ea nu voia.

În lipsa combinațiilor, mă ocupam serios de antrenamente. Antrenorul mă aprecia în mod deosebit. Aveam viteză, forță și precizie și chiar aș fi avut șanse mari să fac ceva bun cu boxul, dacă nu aș fi locuit în România și dacă m-aș fi concentrat mai mult pe aspectul acesta.

Însă în sala de box am cunoscut un tip cu zece ani mai mare decât mine. Numele lui era Alex. Când a dat noroc prima oară cu mine, știam deja cine este. De fapt, toată lumea știa. Era plin de bani și avea o mulțime combinații în afară. Știam cu toții ce învârte, avea fete la produs în Italia și în Spania. Când am făcut cunoștință cu el, m-am prefăcut că nu îl știu. Absolut toți din sală îl periau și încercau să se dea bine pe lângă el. Eu, însă, eram făcut dintr-un alt „aluat". Un „aluat" mai tare. Nu aș fi putut să mă „dau bine" pe lângă cineva. Respectul de sine era prea mare. Niciodată nu fusesem un lingușitor. În plus, un lider adevărat, ca mine, nu putea să fie niciodată un sclav.

Alex a fost cel care a venit prima oară la mine. Mai târziu, am înțeles de ce a făcut-o, deși m-am întrebat multă vreme care a fost motivul său. A văzut potențialul din mine.

În loc de Bobo, am început să umblu cu Alex. Cu el, lucrurile erau cu totul la un alt nivel. Mer-

geam în alte cluburi, ne distram în mod diferit. Femeile de lângă el erau de alt calibru. Erau femei adevărate, nu copile din fața blocului.

Cum Alyssa era mereu ocupată cu școala și cu antrenamentele la balet, nu îmi rămânea nimic de făcut decât să îmi omor timpul cu Alex. Deja știa totul despre mine.

Când am împlinit șaptesprezece ani, am făcut o petrecere imensă cu noul grup în care intrasem. Bineînțeles, l-am chemat și pe Bobo și celălalt grup de prieteni, plus toate fetele cu care mă înțelegeam. Pe toți, mai puțin pe Alyssa, cu care aveam de gând să petrec câteva zile plăcute la munte, pentru a sărbători.

În club, muzica îmi făcea pieptul să tremure și inima să-mi bată atât de puternic, încât o auzeam în cap.

Alex s-a așezat la masă, scoțând o punguță. O punguță cu cocaină. Știam că el trage des, însă eu nu încercasem niciodată.

— Hai, tragi cu noi? m-a întrebat Alex, privindu-mă intens. Am pus mâna pe cardul cu care își făcea liniuțe și am început să așez marfa. Mi-am pregătit două linii perfecte, apoi am vrut să scot o bancnotă cu care să trag praful pe nas.

— Stai! strigă Alex. Noi nu tragem cu lei plini de sărăcie. Noi tragem cocaină numai cu bancnote de 100 de dolari.

Am zâmbit. Alex avea stofă de bogătaș și îl admiram pentru asta. Am prins între degete bancnota de la el și am rulat-o, făcând un tub perfect.

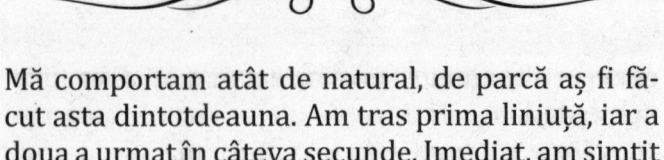

Mă comportam atât de natural, de parcă aş fi fă-cut asta dintotdeauna. Am tras prima liniuţă, iar a doua a urmat în câteva secunde. Imediat, am simţit cum nările îmi iau foc şi, preţ de câteva clipe, mi-a venit să strănut. Gâtul mi-a îngheţat. Am simţit cum mă sufoc, iar aerul se împuţină. Îndată, corpul meu a fost inundat de o energie incredibilă. În ju-rul meu, totul strălucea. Muzica era mai puternică. Alex râdea, apoi a tras cu repeziciune trei liniuţe.

Una dintre fetele lui se apropie de mine, cu un mers senzual şi un zâmbet superb pe chip. Pur-ta o rochie atât de scurtă şi decoltată, încât, dacă ar fi tras-o doi centimetri în jos, i s-ar fi văzut sânii, iar dacă ar fi tras-o în sus, i s-ar fi văzut păsărica. Apropiindu-se de mine, mi-a şoptit delicat în ure-chea stângă:

— Eu sunt cadoul tău, puştiule. Hai să ne dis-trăm.

Suflarea ei în ureche mi-a dat fiori, iar buzele ei, lipindu-se uşor de lobul urechii, mi-au activat simţurile de mascul. Deşi gândul îmi era la Alyssa, am început să dansez cu fata a cărui nume nici mă-car nu îl cunoşteam. Am mai tras o linie, împreună cu blonda senzuală. Mă simţeam atât de bine, încât îmi venea să urlu de bucurie.

În clipa următoare, nu m-am mai gândit la Alyssa, la mama sau la oricine altcineva, mă gân-deam doar la cât de bine mă simt în acel moment. Am dansat şi am băut până spre dimineaţă, apoi am plecat acasă la Alex. Locuia undeva în Volun-tari, într-o casă imensă, cu două etaje, piscină şi o

curte mare, amenajată grandios. Era casa din visu-
rile oricui.

Odată intrați în casă, sufrageria s-a umplut.
Eram peste douăzeci de persoane. Ana, căci așa
o chema pe senzuala blondă, a venit și ea cu noi.
Avea 21 de ani și urma să fie cea mai bună feme-
ie pe care am avut-o vreodată în pat, până în acel
moment. Am mai tras o linie cu băieții, apoi am ur-
cat cu Ana în una dintre camere de la etaj, unde
am făcut sex nebun și ne-am drogat până la ora 12,
când am căzut lat, rupt de oboseală și am adormit
amândoi, goi.

M-am trezit pe la ora 16, singur în pat și bu-
imac. Ana dispăruse de lângă mine. Eu eram gol.
Trupul îmi era gol și, din păcate, și sufletul. Pe tele-
fon aveam 5 mesaje de la Alyssa. Ultimul, însă, m-a
făcut să mă simt ultimul om de pe Pământ.

*Cred că dormi acum, iubirea mea. Voiam să fiu
prima care îți urează „La Mulți Ani!". Te iubesc din
tot sufletul meu și sper să fim împreună o viață și
încă pe atât. Nu îmi văd viața fără tine. E a doua
aniversare pe care o petrecem împreună, iar prima
a fost cu totul specială pentru mine. A fost ziua în
care am devenit femeie, în brațele tale. Te ador, pur
și simplu. La mulți ani, alături de mine!*

Am izbit telefonul, prinzându-mi în mâini ca-
pul. Era greu și mă durea. Eram amețit. Toți muș-
chii de pe mine erau încordați la maxim.

Mă simțeam dezamăgit de mine. O înșelasem,
pentru prima oară, pe Alyssa. Fetele din cartier, cu
care mi-o trăgeam la club, le consideram o parte

din „jobul" meu. Nu mă atrăgeau în mod deosebit, însă trebuia să o fac. Dar cu tipa de aseară, cu Ana, fusese altceva. Atracție. Pur și simplu am dorit-o cu ardoare. Mă înnebunise. Poate, dacă nu aș fi fost atât de beat și de drogat, nu aș fi mers atât de departe. Poate. Sau poate că aș fi făcut-o oricum. În acel moment nu mai știam nimic. M-am îmbrăcat. Capul meu era atât de greu, încât simțeam că va cădea, dacă nu îl susțin cu mâna dreaptă. Am ieșit din cameră.

În sufrageria imensă, Alex își servea cafeaua, împreună cu Ana. Vorbeau amândoi de zor, iar când m-au văzut, au început să râdă zgomotos.

— Ce faci, campionule? întrebă Alex, în timp ce sorbea cafea dintr-o cană mare, roșie, pe care scria, cu litere aurii: BOSS!

— Am avut și zile mai bune, sincer să fiu, am îngăimat. Mă simt nasol rău de tot, frate.

Alex începu să râdă și mai zgomotos.

— Da' cine era aseară cu băutura și cocaina în mână? Lasă că e bine, frate, ai pus și tu mâna pe o bucă bună aseară. Cum a fost cu Ana?

M-am uitat înspre blonda fatală. Era și mai frumoasă decât mi se păruse cu o noapte în urmă. Amintirile îmi reveneau în minte, scenele pline de pasiune petrecute cu doar câteva ore în urmă mă făceau să sar pe Ana și să musc, efectiv, din carnea ei, iar ea se uita la mine, de parcă ar fi vrut să mă devoreze cu privirea.

— Bine. A fost bine, am răspuns, zâmbind. Eu cred că am să mă duc acasă, frate. Sunt obosit și

vreau să mă odihnesc, am continuat, cu palma li-
pită de frunte.

— Nu stai la o cafea?

Ana se uita insistent la mine. Voiam să plec,
să mă duc acasă, să fac un duș, iar apoi să mă duc la
Alyssa. Deja începuse să îmi dea mesaje. Voia să ne
vedem. Însă aveam o senzație groaznică de vino-
văție. Îmi venea să fug de nebun. Nu aveam curajul
să dau ochii cu iubita mea, știind cum călcasem în
picioare iubirea dintre noi, cu picioarele pline de
mocirla vieții jegoase pe care o duceam.

Am acceptat, totuși, să stau la o cafea cu ei,
însă un foc mocnit mă ardea pe dinăuntru. Voiam
să plec, să fug undeva și să mă ascund.

Spre seară, Alex m-a lăsat acasă. Mama era în
curte. Când am intrat pe poartă, m-a privit. Rece ca
un sloi de gheață, cuvintele ei m-au lovit ca un bici:

— Tu ai de gând să devii om? Ce e cu tine, co-
pilule? Crezi că nu știu ce învârți? Toată lumea știe
că umbli cu pușcăriași și infractori. Vrei să ajungi
pe la pușcărie? Vrei să îmi iau zilele din cauza ta?

Mă uitam spre mama. Când mă transforma-
sem în halul ăsta? Obișnuiam să împărtășesc cu
ea totul. Obișnuiam să fac totul așa cum voia ea,
doar ca să o văd zâmbind. Mama mea era o icoană,
la care mă închinam mereu. O iubeam, firește că o
iubeam pe mama. Însă, simțeam nevoia să cresc,
să ies de sub fusta ei și să devin bărbat. Faptul că
aveam doar șaptesprezece ani și, totuși, eram res-
pectat de băieții mult mai mari decât mine, faptul
că îmi câștigam banii singur, îmi dădeau încrede-

re. Mă simțeam invincibil. Fetele erau înnebunite după mine, mă salutau șmecherii care altădată nu ar fi dat un scuipat pe mine.

— Mamă, știu eu ce fac, am rostit, printre dinți. Lasă-mă să trăiesc așa cum vreau și cum îmi place! Am dat să plec, însă m-a oprit.

— Sub acoperișul meu nu stau infractori, David, șuieră mama, amenințător.

Glasul ei nu mai era cel dulce și suav de altădată. Era supărată pe mine și, undeva în sinea mea, știam că nu e corect să o fac să sufere. Însă o parte din mine se întreba, în același timp: să nu trăiesc așa cum voiam, era corect?

Atunci am înțeles o a doua lecție importantă. În orice om se află binele și răul, iar viața e o luptă neîncetată dintre aceștia. Iar binele tău nu înseamnă binele altei persoane. Binele tău poate însemna răul altei persoane. O viață de vis pentru tine poate fi din cauză că altcineva trăiește o viață de coșmar.

— Nu cred că vrei să mă alungi din casă, mamă. Știi bine că am unde să plec. Chiar vrei să fii singură?

Privind în jos, mama a rostit:

— Nu vreau să te alung, puiule. Vreau să fii din nou copilașul care erai odată.

O priveam pe femeia care mi-a dat viață și care și-a dedicat cei mai frumoși ani din viața ei, mie. Renunțase la atâtea, doar pentru mine, fiul ei. Era o femeie blândă, bună și iertătoare, însă bunătatea ei era mult prea mare, iar inima ei prea

blajină. Cu o atitudine ca a mamei puteam să am, cel mult, ca moştenire, ratele pe care le mai avea de plătit pentru casa de la periferie. Eu ştiam că pot mai mult. Până la treizeci de ani, trebuia să fiu milionar. Şi nu în lei, ci în dolari. Undeva pe la do-uăzeci şi cinci, voiam să mă opresc din ilegalităţi şi să trăiesc undeva, liniştit, alături de Alyssa. În sinea mea, ştiam cu siguranţă că voi trăi cu ea pen-tru totdeauna.

ALYSSA!

Trebuia să plec cu iubita mea la munte şi nu îi răspunsesem la telefon de seara trecută. Stabili-sem cu ea să mergem cu trenul la Braşov la o pen-siune, să stăm trei zile. Eram bucuros şi emoţionat, gândindu-mă doar la clipa în care voi avea propria maşină şi am fi putut să mergem împreună la mun-te, la mare şi în cine ştie câte alte destinaţii.

Am intrat în casă şi am început să îmi fac bagajele, gândindu-mă la o minciună pentru Aly. I-am trimis, înfrigurat, un mesaj.

Te rog să mă ierţi, iubire mică. Mi-a fost tare rău aseară, am avut şi febră...

Răspunsul ei a venit aproape instantaneu:

Vai, sper că eşti bine. Vrei să vin să îţi aduc ceva?

Nu, aş vrea doar să te pregăteşti, să plecăm. Vin cu un taxi după tine, în maxim o oră. Te ador.

Am continuat să împachetez, apoi am che-mat un taxi la poartă. M-am apropiat de mama. Era supărată. Am sărutat-o pe obraz şi i-am spus:

— Mamă, nu-ţi face griji. Lucrurile nu sunt

aşa de rele. Nu sunt chiar aşa un mare infractor cum crezi.

Mama şi-a îndreptat privirea către mine. Mă măsură din cap până în picioare.

— Hainele de pe tine costă mai mult decât salariul meu pe o lună de zile. David, nu sunt proastă. Poate nu e chiar aşa cum îmi imaginez eu, însă lucrurile nu sunt în regulă. Îmi fac doar griji pentru tine, vreau să fii bine. Viaţa nu e chiar aşa cum crezi tu.

Am râs.

— Mamă, am spus cu glas jucăuş, sunt atât de trecut prin viaţă, încât nici nu îţi poţi imagina tu. Până la 17 ani, am trecut prin mai multe decât ai trecut tu până acum. Ştiu ce fac. Crede-mă când îţi spun.

— Unde pleci acum? mă întrebă mama, cu teamă în glas.

— Plec la munte cu Alyssa. Poţi să fii liniştită trei zile.

M-am îndreptat către uşă. Mama mă privea, cu ochi miraţi, şi parcă puteam simţi teama din adâncul sufletului său. Am prins-o, încet de braţ şi am îmbrăţişat-o, strâns.

— Când ai crescut atât de mare? murmură ea. Te rog, David, fii cuminte, mamă! Vreau să dorm liniştită noaptea.

— Dormi liniştită, mamă, sunt bine! Termină cu prostiile, te rog, am continuat, cu glasul stins.

Ştiam la fel de bine că mama nu poate dormi liniştită. Ştiam bine că viaţa mea nu mergea deloc

pe drumul pe care şi l-ar fi dorit ea.

Ce nu înţelegea ea, era că eu trebuia să experimentez. Un copil nu trebuie să meargă pe calea dorită de părinţi. Fiecare copil are propria sa cale pe care trebuie să o urmeze. Propriul scop, mai bun sau mai rău.

Am ajuns repede la Alyssa şi am ajutat-o să îşi coboare cu valiza. Aveam emoţii amândoi. Aş fi putut găsi o maşină cu care să plecăm. Poate chiar un şofer. Alex m-ar fi ajutat, cu siguranţă. Însă voiam să mă simt ca un puştan de 17 ani, care pleacă cu trenul în excursie alături de iubita lui. Să mergem un pic pe jos, să ne simţim ca doi adolescenţi absolut normal, ca doi copii buni şi puri care se iubesc. De fapt, ăsta era sentimentul pe care îl aveam în preajma Alyssei. Bunătatea ei mă cuprindea, aşa cum o plantă carnivoră îşi înfăşoară prada cu ale sale petale, sufocându-mi toată răutatea din suflet.

Braşovul era un oraş foarte frumos. Mai fusesem acolo când eram foarte mic, împreună cu părinţii mei. Nu îmi mai aminteam nimic, decât frânturi din călătoria cu trenul. Acum, stăteam cu iubita mea în braţe şi ne uitam pe geam, în timp ce trenul mergea cu viteză. Uitasem de Alex. Uitasem de Ana. Uitasem de Luisa şi de Bobo. Trăiam clipa. Eram doar eu, Alyssa şi o mare de iubire infinită, în care ne afundam. O mare din care nu îmi doream să ies vreodată la suprafaţă.

Îi mângâiam cu blândeţe gâtul, braţele şi liniile pieptului. Avea o piele fină, curată şi un miros delicat, de floare. Părea atât de fragilă în braţele

73

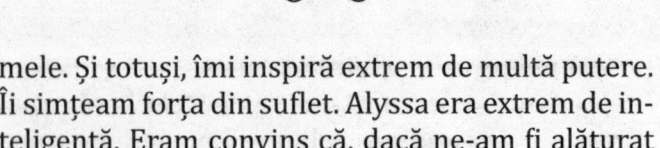

mele. Şi totuşi, îmi inspiră extrem de multă putere.
Îi simţeam forţa din suflet. Alyssa era extrem de in-
teligentă. Eram convins că, dacă ne-am fi alăturat
minţile, am fi fost geniali împreună. Dar, din păca-
te, convingerile noastre erau atât de diferite, încât
nu puteau fi alăturate.

Imaginile mi se perindau prin faţa ochilor
prin geamul murdar al trenului, iar eu le priveam
pierdut în miile de gânduri din minte. Alyssa... eu...
Luisa... Ana... Alex... Bobo... Trecut... Viitor...

Ce aveam de gând să fac în viitor? Planurile
mele erau serioase. Visurile mele erau măreţe, mă
vedeam pe culmi înalte, simţeam că viaţa simplă
nu era ceva pentru mine. Am închis ochii, ador-
mind. Eram obosit... atât fizic, cât şi psihic.

Prima vacanţă cu iubita mea a fost de neui-
tat. M-a făcut să mă simt ca un copil, ca un ado-
lescent simplu şi nu mi-a displăcut statutul acesta.
O analizam pe Aly din toate punctele de vedere. Îi
ascultam părerile şi mă gândeam. Dacă voiam să
fiu fericit, cu adevărat fericit, trebuia să pot să fiu
eu însumi în preajma ei. Altfel, aş fi fost doar um-
bra lui David.

Aşa am învăţat o a treia lecţie importantă.
Atunci când iubeşti, trebuie să ai curajul să fii tu
însuţi, să nu te ascunzi. Dacă iubirea este sinceră,
va trece orice test. Dacă Aly mă iubea cu adevărat,
trebuia să mă accepte aşa cum eram. Golan. Per-
vers. Rău. Pentru că atunci când eram cu ea, eram
cu totul al ei. În iubire, nu există ascunzişuri, min-
ciuni sau trădări. În iubire există sinceritate abso-

lută, acceptare şi contopire. Nu existau decât două opţiuni: fie îi spuneam Alyssei adevărul, iar ea avea să mă accepte exact aşa cum eram, fie o minţeam în continuare, îngropându-l pe adevăratul David şi condamnându-ne pe amândoi să trăim o falsă iubire. Iar a doua variantă însemna să accept că totul se va termina în curând. Am decis. Până la sfârşitul vacanţei în doi, Aly trebuia să afle adevărul despre mine.

Eram un bun manipulator. Puteam să conving aproape pe oricine să facă ceea ce voiam eu. Însă îmi doream ca Aly să îl aleagă pe adevăratul David, din iubire, din dorinţa de a fi împreună pentru totdeauna.

Am petrecut cu iubita mea două zile de vis, pline de plimbări, pe jos, în natură. Nu am răspuns la telefon nimănui, nici măcar lui Alex. M-am bucurat de clipele pe care le petreceam alături de Aly, ca un copil, hotărât fiind să îi spun totul în seara următoare.

După o plimbare lungă şi o cină gustoasă la restaurantul de la parterul pensiunii în care eram cazaţi, am mers în cameră. Noi doi şi o sticlă de vin, ţigări şi multă iubire. Reţeta ideală pentru o seară perfectă. Teama că o voi pierde, după ce îi voi spune totul despre mine, era imensă. Aly a deschis televizorul şi a dat pe un post cu muzică. S-a cuibărit în braţele mele, mângâindu-mă cu blândeţe şi privindu-mă, adânc în ochi.

— Te iubesc, a rostit ea, cu glasul stins.
— Şi eu te iubesc, i-am răspuns.

Am umplut două pahare cu vin şi, în timp ce sorbeam din al meu, îmi făceam curaj să încep. Nu am apucat să deschid gura, când, deodată, Alyssa s-a ridicat de pe pat cu repeziciune.

— Ador melodia asta! strigă ea.

Aly s-a ridicat în faţa mea, aruncându-şi pletele în faţă şi începând un dans magnific. Habar nu aveam că poate să fie atât de senzuală. Îşi unduia trupul perfect ca un şarpe, în timp ce mă privea adânc, în ochi. Dumnezeule, unde învăţase să se mişte în felul acesta?

Pentru o clipă, m-am întrebat câţi bani ar fi putut face la bară, însă am alungat acel gând oribil într-o clipită.

Mă blocasem. Nu puteam să îi spun absolut nimic, doar priveam fascinat acele mişcări fabuloase pe care le făcea în faţa mea. Uşor şi senzual, Aly s-a cocoţat în braţele mele şi a început să se dezbrace cu mişcările unei feline. Eram atât de excitat, încât creierul meu nu mai era conectat la trup. Am apucat-o cu mâinile, înfometate de trupul şi de gustul ei şi am început să o sărut, de parcă avea să fie ultima oară când făceam dragoste. Orele au trecut, iar noi ne-am iubit cu pasiune. Alyssa făcea parte din fiinţa mea. Eram făcuţi unul pentru altul.

A doua zi, dis–de–dimineaţă, am mers la o mănăstire micuţă, din lemn. Ne-am rugat, apoi am găsit în curte o fântână plină cu bănuţi. O fântână a dorinţelor. Ţinându-ne de mână, am aruncat pe spate doi bănuţi, închizând ochii şi punându-ne fiecare câte o dorinţă. Mi-am dorit, cu ardoare, să fiu

toată viaţa mea cu Alyssa. Mi-am imaginat, preţ de câteva secunde, că va fi soţia mea şi că vom călători împreună în cea mai lungă şi magnifică excursie: viaţa în sine.

Nu îi spusesem adevărul şi deja ne întorceam spre Bucureşti, tot cu trenul. Urma să caut o altă ocazie, sau un alt mod în care să îi spun totul despre mine şi, astfel, să putem trece la o nouă etapă din viaţa noastră.

Mica noastră excursie ne-a apropiat şi mai mult. Am cunoscut-o pe Aly mai profund, descoperind că poate fi chiar surprinzătoare.

Am lăsat-o acasă, la micuţul ei apartament, iar eu m-am dus acasă, unde mă aştepta mama. Era deja seară. În casă mirosea a prăjitură cu ciocolată, preferata mea. Plănuisem să petrec în linişte seara cu mama mea, să mă odihnesc şi să mă gândesc bine la ceea ce urma să fac. Oferte de combinaţii aveam suficiente, însă trebuia să găsesc o modalitate de-a face ceva care să n-o rănească pe Alyssa. Aşa că, aveam la ce să mă gândesc. Am băut lapte cald şi am mâncat din prăjitura delicioasă a mamei, prelungindu-mi starea de bine pe care o avusesem la munte. Stăteam lungit pe canapeaua din sufragerie, când, deodată, am auzit poarta izbindu-se. Mama a alergat într-un suflet la mine, strigând îngrozită:

— E taică-tu! Cheamă poliţia, repede!

Apoi, se grăbi să încuie uşa de la intrare.

M-am uitat pe geam. Tata se clătina, era probabil mort de beat şi blestema în curte.

— Deschide uşa, femeie de nimic ce eşti! Sparg toate geamurile şi intru peste tine şi te omor!

Imediat, m-au cuprins toţi nervii. Simţeam cum urcă sute de mii de impulsuri, de la tălpi, până în tâmple. Venele îmi pulsau. Credeam că am scăpat definitiv de cel care pretindea că îmi este tată. Datorită lui, copilăria mea fusese un coşmar, iar pe mama a terorizat-o ani buni, mâncându-i fericirea. Sosise vremea ca blestematul să îşi primească lecţia.

— Dă-te din uşă, mamă! Nu ne mai ascundem de rahatul ăsta cu ochi, am spus, calm, îndreptându-mă către uşă. În faţa ochilor aveam doar frânturi din copilăria mea. Bătăi crunte, înjurături, umilinţe şi sărăcie, toate din pricina lui. Am descuiat uşa calm şi m-am îndreptat către el.

Beţivanul m-a privit. Arăta groaznic. Părea mai bătrân cu zece ani faţă de ultima oară când îl văzusem. Murdar şi mirosind a alcool de la o poştă, tata s-a îndreptat, rânjind, către mine.

— Ce faci, măi, fetiţo? Tot sub fusta mamei? Am să te învăţ o lecţie, spuse el, suflecându-şi mânecile de la cămaşă şi îndreptându-se către mine.

În trecut, când monstrul îşi sufleca mânecile, însemna că o să mă bată groaznic. Însemna teroare, lacrimi şi urletele mamei, apoi chinul ei. De data asta, însă, ştiam că nu va fi aşa. Aş fi putut să îl ucid în bătaie, dar aveam de gând doar să îi dau o lecţie. Între timp, mama ieşi în tocul uşii, speriată. Plângea şi ne implora să ne oprim. Dar nu aveam de gând să mă opresc, ci să mă răzbun pentru toată

suferința pe care mi-o provocase, animalul, în fra-
geda mea pruncie.

— Fetiță e mă-ta, boschetarule, am șuierat
printre dinți, îndreptându-mă spre el, amenință-
tor.

— Unde e târfa aia? Întâi te bat bine pe tine,
apoi o să o ooomor cu bătaia pe mă-ta în noaptea
asta, iar apoi o să mă culc în casa care îmi aparține,
bâlbâi el, stâlcind cuvintele. O noapte pe cinste, ca
pe vremuri, continuă el, rânjind și apropiindu-se
tot mai mult.

Într-o clipă, aveam chipurile aproape lipite.
Mirosea oribil, probabil nu se mai spălase de ceva
vreme. Mirosul său de urină și transpirație m-a
scârbit, iar stomacul mi s-a întors, pe loc. Nu aveam
niciun sentiment pentru omul care, chipurile, m-a
conceput. Nici măcar nu îl uram sau disprețuiam,
tot ceea ce îmi doream era ca el să dispară, pentru
totdeauna. Știam că dacă ar muri mâine, nu aș fi
așezat pe crucea lui nici măcar o floare. Poate doar
un scuipat, dar chiar și acel gest ar fi necesitat un
efort mult mai mare decât merita el.

Am văzut cum și-a ridicat brațul asupra mea,
încercând să mă lovească cu pumnul, însă m-am
apărat, ridicând mâna stângă. Pumnul lui se lovi
de antebrațul meu. L-am prins de ambele mâini și
l-am lovit cu capul în nas. Pe loc, sângele i-a acope-
rit fața, iar el s-a aruncat pe cimentul din fața casei,
înjurându-mă cu foc.

La pământ fiind, i-am prins în mână pletele
jegoase și i-am urlat în ureche:

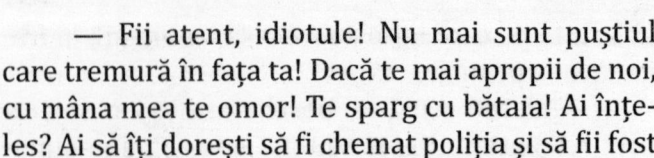

— Fii atent, idiotule! Nu mai sunt puştiul care tremură în faţa ta! Dacă te mai apropii de noi, cu mâna mea te omor! Te sparg cu bătaia! Ai înţeles? Ai să îţi doreşti să fi chemat poliţia şi să fii fost arestat, dacă tu, ratatule, te mai apropii de mama!

Mi-am lipit nasul de pielea lui mizerabilă, muşcându-l de obraz.

— BĂĂĂĂ!!! Mănânc din tine dacă te mai văd a doua oară, ascultă ce îţi spun aici! Te terorizez până îţi iei zilele, lingăule ce eşti!

L-am prins de braţ şi l-am târât în afara curţii, lăsându-l întins pe caldarâm. În timp ce îl aruncam cât colo, mă înjura în continuare. M-am întors cu spatele, hotărât să plec în casă şi să îl închid în exteriorul porţii, când, deodată, am simţit o lovitură puternică în spate. Am crezut că tata m-a lovit cu pumnul, însă, când m-am uitat în jos, mi-am privit adidaşii cum se umpleau de sânge. Cu ultimele puteri, l-am lovit cu câţiva pumni puternici. Am realizat că m-a înjunghiat, apoi, mi-am pierdut cunoştinţa.

M-am trezit pe un pat rece, din metal, într-o cameră întunecată. Eram în spital. În braţ aveam o perfuzie şi simţeam o durere ascuţită în locul în care fusesem înjunghiat. Panica m-a cuprins pe loc. Unde era mama? Am încercat să mă mişc, însă durerea se accentua. Cu greu, m-am uitat în jurul meu, în speranţa că îmi voi găsi telefonul, însă acesta lipsea.

Am încercat să strig, însă, din nou, durerea devenea mai puternică, aşa că am început să lovesc noptiera din lemn care se afla lângă patul meu.

O asistentă a venit, grăbită, către mine:

— Bună ziua, i-am spus asistenţei.

— Bună ziua, spuse ea, puţin speriată.

— Unde sunt?

— Sunteţi la spital.

— Asta e evident, cred că mi-am dat şi eu seama. Aş vrea să vorbesc cu mama, cu cineva, ori-cine. Unde sunt lucrurile mele?

Asistenţa zâmbi.

— Eu abia am început tura, aşa că mă voi duce să întreb colegii mai multe despre dumnea-voastră. Ştiu doar că aţi fost victima unei tentative de omor, a spus ea.

— Mama mea era cu mine când am fost ata-cat. E bine?

—Mă interesez imediat şi revin, răspunse asistenta. Rotindu-şi călcâiele, s-a întors şi a plecat cu paşi mărunţi, închizând uşa salonului.

Lângă mine mai era un pat, gol. Eram într-un salon cu două paturi, ceea ce însemna că cineva dă-duse o şpagă frumuşică. În România noastră dragă, să stai singur în rezervă însemnă un lux.

Neavând nimic altceva de făcut decât să aştept, mi-am întins capul pe perna tare. Nu îmi aminteam nimic, decât sirenele ambulanţei, cum o vedeam pe mama plângând şi... cam atât. Speram din suflet că e bine şi că tata nu îi făcuse niciun rău.

Am închis încetişor ochii când, curentul făcut de uşa care s-a deschis cu repeziciune, m-a trezit.

— Iubitule!

Alyssa se apropia de mine, cu lacrimi în ochi.

— Eşti bine! Mulţumesc, Doamne. Am crezut că te voi pierde, murmură ea, printre lacrimi.

— Sunt bine, cred, i-am răspuns. Îmbrăţişea-ză-mă, iubito, am nevoie de tine.

Aşa era, întru totul. Aveam nevoie de iubirea ei, pentru a mă simţi bine, pentru a fi complet.

Aly mi-a povestit că mama a stat şi m-a ve-gheat, însă era prea obosită, aşa că a plecat acasă, pentru a se odihni. Astfel, am aflat că tata m-a în-junghiat, iar eu l-am lovit până când ne-am pierdut amândoi cunoştinţa. Apoi, mama a chemat ambu-lanţa şi poliţia.

Tot ceea ce conta acum era că mama e bine. De răzbunare aveam de gând să mă ocup perso-nal. Monstrul încercase să mă ucidă, aşa că nu avea cum să scape uşor.

Spre după–amiază, a venit şi mama să mă vadă. Alyssa a stat alături de mine până seara târ-ziu, când medicii au trimis-o, împreună cu mama, acasă.

În faţa unui pericol de moarte şi după o săp-tămână de stat în spital, în liniştea minţii mele, am realizat multe lucruri. Primul şi cel mai important era faptul că banii chiar nu pot cumpăra viaţa. Aveam teancuri de bani în casă şi totuşi aş fi putut să mor în faţa casei mele, pe drum. Sigur, banii pot să îţi aducă multe: fete, bogăţie, prietenie, poate şi un gram de fericire şi puţin mai multă sănătate. Însă nu pot cumpăra viaţa în sine. În clipa în care am leşinat, mi-am dat seama, de asemenea, că nu am respectat ceea ce îmi promisesem pe vremea când eram doar un simplu copil, şi anume, că nu voi avea regrete în ziua în care voi muri. Mi-am promis că voi face mereu ce vreau, ce mă taie capul, pentru că viaţa mea trebuie să fie frumoasă. Şi totuşi, deşi credeam că făceam ceea ce voiam, în faţa morţii mi-am dat seama cât de mult voi regreta clipele în care am lipsit de lângă mama şi de lângă Alyssa. Mi-am dat seama că, de fapt, ele sunt cele mai preţioase nestemate din viaţa mea şi că, orice aş face, trebuie să fac alături de ele. Nebun, poate uneori cam rău, oricum aş fi fost, pe cele două femei din viaţa mea le adoram şi, dacă voiam să nu am regrete, trebuia să îi mulţumesc lui Dumnezeu pentru a doua şansă şi să merg mai departe, alături de ele.

Am ieşit din spital după o săptămână. Încă mai aveam dureri şi mă simţeam slăbit. Trecusem pe lângă moarte, fulgerător. Dacă tata m-ar fi înjunghiat cu câţiva centimetri mai la stânga, aş fi fost mort acum.

Asta era o a doua şansă pentru mine, aşa că eram decis să nu o irosesc. Alyssa a rămas la mine acasă câteva zile. Am vorbit cu mama şi am decis să îi propun să ne mutăm împreună, în casa noastră.

Sâmbăta următoare, i-am trimis Alyssei un mesaj pe telefon.

Vreau să vorbim. E urgent. Te aştept la Mall, la cafeneaua în care ne-am întâlnit pentru prima oară.

Mi-a răspuns imediat.

Mă sperii, ce s-a întâmplat?

Nu te speria și vino. Ajung în 10 minute.

Totul era deja aranjat, aveam de gând să îi fac iubitei mele o surpriză de zile mari. Ajunsă la cafenea, ospătărița, pentru un bacșiș gras, a așteptat-o cu un buchet de trandafiri imens în mână. I-am trimis, din nou, un mesaj.

Dacă ai ajuns, deschide plicul aflat în buchetul de trandafiri, apoi nu mă mai căuta. Te iubesc!

În primul plic, Alyssa găsea instrucțiunile necesare pentru a ajunge la magazinul în care lucra mama.

De acolo, trebuia să caute, după indicii, următorul plic cu instrucțiuni. Și tot așa, până avea să ajungă la mama acasă, în dormitor, unde o așteptam eu.

Când a intrat în cameră, zâmbea larg. Chipul ei frumos era luminat de zâmbetul strălucitor și îi citeam fericirea pe el. În mijlocul camerei mele, într-un cerc făcut din lumânări micuțe și parfumate, eram eu, îngenuncheat în fața ei, cu o cutie roșie, în formă de floare. Iar în cutie, pe un pat micuț din mătase albă, trona un inel. Am cerut-o pe Alyssa în căsătorie atunci, pe data de 6 aprilie 2003, iar ea a acceptat, cu lacrimi în ochi și plină de bucurie.

— Ești tot ce îmi pot dori de la viață, David! Nu știu dacă îți dai seama, dar eu chiar nu pot să trăiesc fără tine.

M-am uitat în ochii ei de chihlimbari. Zâmbeau. I-am zâmbit înapoi, lipindu-mi buzele de ale sale și strângând-o cu putere în brațe.

— Nu, tu nu îți poți da seama că eu CHIAR nu pot să trăiesc fără tine? i-am șoptit. Tu scoți la suprafață tot ce e mai bun în mine și știu că, fără tine, aș fi un golan de doi bani.

Alyssa zâmbi.

— De doi bani nu ești.

— Adică vrei să spui că sunt un golan?

— Adică vreau să spun că tu știi mai bine decât mine cum ești, spuse ea, jucându-se cu degetele pe mâna mea.

— Ce vrei să spui?

Eram convins că Alyssa nu știe mare lucru despre mine și totuși, vorbele ei m-au pus pe gânduri.

— Vreau să spun că lumea vorbește, David. Eu te iubesc, oricum ai fi. Și te consider curat și cuminte, până la proba contrarie.

— Ce vorbește lumea? am întrebat-o, ezitând.

— Shhhh... continuă Alyssa, împingându-mi buzele cu degetul arătător. Să nu îmi insulți niciodată inteligența. Știi ce vorbește lumea. Și aștept să îmi spui tu totul, când vei dori. Eu aleg să fiu alături de tine, tu doar să fii numai al meu. Ești numai al meu, nu?

Alyssa se cuibări în brațele mele, iar eu am strâns-o, la rândul meu, simțind cum îmi penetrează sufletul și intră în el.

— Sunt numai al tău, am șoptit.

— Jură-mi că vei fi doar al meu și că nu mă vei părăsi niciodată, continuă Alyssa, cu glasul stins.

— Îți jur! Dacă ne vom despărți vreodată, tu vei fi cea care va alege acest lucru.

Zâmbeam amândoi. Am terminat noaptea cu o partidă de sex fierbinte. Cu Alyssa, înțelegeam cu adevărat noțiunea de dragoste. Cu ea nu făceam sex, ci dragoste, iar orgasmul nu era doar plăcere. Era o clipă petrecută în rai, fericire pură, iubire curată. Muream, iar apoi înviam într-o clipă, acolo între picioarele ei, simțind cum mă strânge între ele, contopindu-mi ființa cu a sa.

În lunile următoare, am fost ocupați amândoi cu școala, cu mutatul împreună și cu vânzarea apartamentului bunicilor ei. Nu ar fi avut niciun rost să rămână gol, așa că l-a vândut, iar banii aveam de gând să îi păstrăm într-un cont, să facem ceva cu ei după terminarea liceului. În fond, mai aveam doar un an și jumătate și terminam amândoi școala. Ne-am mutat în casa mamei, unde era loc destul pentru toți trei.

Între timp, tata a fost condamnat la cinsprezece ani de pușcărie. Eram mulțumit. Își merita soarta. Poate după atâția ani de detenție, ceva avea să se schimbe în el. Într-un fel, îmi era milă de acel om. Am aflat că iubita lui din Cluj l-a părăsit. Banii de pe apartament i-a cheltuit cu ea, pe blănuri și alte lucruri scumpe. A rămas pe drumuri și și-a pierdut locul de muncă, așa că s-a gândit să revină la mama. La cât era mama de bună și blândă, sunt sigură că l-ar fi primit în casă, dacă nu ar fi venit beat și pus pe scandal. Însă lucrurile s-au întâmplat exact așa cum trebuiau să se întâmple.

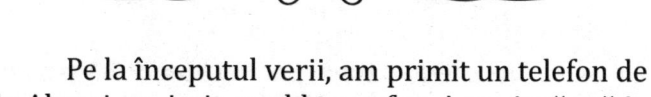

Pe la începutul verii, am primit un telefon de la Alex şi am ieşit cu el la o cafea. A venit să mă ia de acasă, iar pe drum am început să vorbim.

— Am o combinaţie bună rău de tot, în Elveţia, la un club. Mergi cu mine? întrebă el.

Am stat puţin pe gânduri. Sigur, banii mi-ar fi prins destul de bine. Intrasem destul de adânc în economiile mele şi simţeam cum încep să se ducă. Dacă nu îi produci, banii se evaporă rapid. Însă trebuia să termin liceul. Mama ar fi fost supărată tare dacă nu aş fi făcut-o. Apoi, era şi Aly... nu puteam trăi fără ea.

— Frate, nu am cum să plec acum. Mama e singură, abia ce m-am mutat cu Alyssa.

— Eşti belea frăţior, strigă Alex. Nu lăsa niciodată banii pentru o fufă. Crezi că fata asta a ta te-ar alege pe tine în locul banilor, vreodată?

Am zâmbit.

— Sunt sigur! Nu ai cum să înţelegi, frate, în jurul tău nu stau fete ca Alyssa. Ea e altfel, ştii? E aşa, ca mine. Suntem cam la fel. Tot ce o să fac, o să fac alături de ea.

Alex a început să râdă, în hohote.

— Eşti nebun, frăţică! Dar dacă aşa crezi tu că e bine, treaba ta. Am să îl iau pe Moş cu mine, o să fac o brigadă frumoasă. Mă duc pe combinaţie cu un rus, are câteva cluburi şmechere. Mă duc şi eu cu câteva fete de la mine, mănânc şi eu, mănâncă şi ele, mănâncă şi rusul. O să fie bună treaba.

Am stat cu Alex la vorbă până seara. A stabilit ce va face cu viaţa lui. Zarurile erau aruncate.

Urma să plece într-o lună, poate chiar două şi avea de gând să stea câţiva ani buni.

Cu Bobo o rărisem încă de când am început să umblu cu Alex. Bobo avea o gagică stabilă şi plecase şi el de vreo câteva luni prin afară cu ea. Cam aşa se făceau banii. Aveai o tipă, două, mergeai cu ele la club şi scoteai bani frumoşi. Dacă erai şmecher, aveai mai multe.

Puteam să fac şi eu treaba asta, însă am ales să stau alături de familia mea şi să termin liceul. Aşa că, timpul a trecut aşa cum trece el, ca un nesimţit. Fără să dea doi bani pe noi, oamenii.

Am împlinit 18 ani amândoi. Am făcut şcoala de şoferi, am luat permisul. Tot amândoi. Tot ce făceam, făceam împreună. Am crescut împreună, un an şi jumătate trecând precum o zi şi jumătate. În sfârşit, eram amândoi majori. Mama era fericită că terminasem cu prostiile, Alyssa era fericită că stăteam împreună, permanent. Chiar şi eu eram fericit, însă îmi lipsea ceva. Îmi lipseau banii. Îmi lipsea puterea. Respectul. Ştii, oamenii te uită repede. Fetele, la fel. Cine m-ar fi văzut acum, nu ar fi ghicit, vreodată, că în urmă cu doar doi ani eram un puştan dat naibii. Adevărul este că fusesem tare. Câţi draci de 16 – 17 ani făceau banii pe care îi făcusem eu? Eu cu siguranţă nu cunoşteam niciunul mai tare decât mine.

Soarele ardea asfaltul de pe stradă, iar eu stăteam cu Alyssa în curte, în leagănul de sub vişin. Fructele erau coapte şi florile înflorite, peste tot mirosea a proaspăt şi a vară. Soneria de la poartă a

sunat. Nu am să uit niciodată. O singură dată a sunat, apoi am auzit un glas de femeie, strigându-mă.

— David!

Mi-a înghețat sângele în vene. Puteam să recunosc vocea aceea, dintr-o mie. Era Luisa, fosta mea colegă. Îi găsisem un băiat bun care să aibă grijă de ea și lucra pe apartament, în București. De școală se lăsase, voia bani mulți și știa că la școală nu îi va găsi, cu siguranță. Nu mai vorbisem cu ea de luni bune. După ce îmi schimbasem numărul de telefon, niciuna dintre fetele mele nu îl știau pe cel nou. De când mă mutasem cu Alyssa, voiam să fiu cuminte, liniștit. Uneori, când eram singur, mai puneam cartela veche în telefon și mai vorbeam cu Luisa sau cu alte fete mai apropiate, ca să mai scot un bănuț. Însă de la ultima conversație cu Luisa, trecuseră cel puțin patru luni.

— Cine e asta, David? mă întrebă Aly, pufnind. O vedeam că încearcă să pară calmă, dar nu era deloc.

— Nu știu, am răspuns, panicat.

— Du-te și vezi! șuieră Alyssa amenințător.

Era o fată calmă. Blândă. Însă când se enerva, era înfiorătoare. Se transforma, era pur și simplu un alt om. Știam că nu va ieși bine pentru mine.

Într-o secundă am ajuns la poartă. Din poziția în care era, Alyssa putea să vadă și să audă tot ce vorbeam, însă Luisa nu o vedea. Voiam să îi fac semn Luisei, însă nu știam cum. Și nici nu aveam idee ce aș fi putut să îi spun.

— Bună, David.

— Salut! Mă uitam, mirat, la ea. Ce cauți aici?

— Hei, de ce mă iei așa? Doar nu sunt vreo străină, îmi zâmbi Luisa, apropiindu-se ușor de mine. Nu mă iei în brațe? Nu te-am mai văzut de ceva timp.

Până să apuc să îi răspund, am auzit, în spatele meu, cum se izbește poarta.

— Vino, fata mea, la mine, că te iau eu în brațe! Era Aly. Iar eu, ditamai băiatul, eram blocat. Nu știam ce să spun. Ce să fac. Cum să reacționez. Era clar, Aly era fiartă de nervi.

— Hai, vii? continuă ea.

— Ce vrei, fă, nebuno? Luisa se uită, amuzată, la Aly. Nu știa că eram împreună. Nu știa cât de mult o iubesc. Iar eu nu știam cum să o scot, de data asta, la capăt.

— Sunt iubita lui David, viitoarea lui soție chiar. Deci cine ești tu, poate ar trebui să întreb, rosti Aly, răspicat.

— Ușurel, fato, că faci spume la gură. Ce te umfli așa la mine? Eu sunt femeia lui David încă dinainte să fi apărut tu în peisaj. Eu și David avem istorie, spuse ea, rânjind.

Era momentul să intervin, altfel lucrurile nu aveau să se termine bine deloc, nici pentru mine, nici pentru fete. Luisa îmi era dragă, țineam la ea, însă pe Aly o adoram.

— Luisa, mai bine du-te acasă, o să vorbim la telefon mai diseară. Aly, hai în curte să vorbim.

M-am apropiat, ușor de iubita mea. Era furioasă. Rănită. Mințită. Mă simțeam mizerabil, însă

Luisa făcea parte din trecut și Aly nu avea voie să sufere din cauza asta.

— Ce curte David, ești nebun? Ce ai tu de vorbit cu panarama asta mai diseară? Mă, voi sunteți cretini? Ce treabă ai tu cu asta, David?

Aly se apropia de Luisa, iar aceasta din urmă zâmbea, cu satisfacție.

— Ți-am futut bărbatul, nebuno, răspunse Luisa, râzând. Ești în urmă cu evenimentele.

— Termină și marș acasă! i-am strigat Luisei. Te bat de te caci pe tine dacă o enervezi pe Alyssa! Totul până la ea!

— Ce faci tu, mă? continuă Alyssa. O bați pe asta? Dar lăsă iubire că o bat eu și pentru tine.

Cu o repeziciune de care nu o bănuiam capabilă, Aly a alergat la Luisa și a prins-o de coadă, lovind-o cu palmele peste față.

— Cu cine vorbești tu așa, nespălato? Ceapa mă-tii de panaramă! Cheală te las, să moară Veta dacă te mint!

Pe de altă parte, nici Luisa nu se lăsă mai prejos. O lovea pe Alyssa, însă nu putea să facă față ploii de lovituri. M-am băgat între ele, despărțindu-le și urlând la ele să se oprească. În primul rând, femeia mea nu avea voie să decadă în halul ăsta, încât să bată o prostituată. În al doilea rând, cu Luisa trebuia să rămân în relații bune fiindcă era o femeie cu potențial. Le-am despărțit pe cele două, șoptindu-i Luisei că o sun mai târziu. Alyssa nu m-a așteptat. A alergat într-un suflet în casă. Când am intrat în cameră, plângea, pe pat.

— Vreau să îți explic, am început.

— Nu vreau să aud nimic. Nu mă interesează nimic. Marș din fața mea că te calc în picioare, pe cuvântul meu!

Aly plângea cu lacrimi mari și în hohote. Îmi era atât de milă de ea. Simțeam cum inima mea se topește de milă și durere. Eram vinovat până în măduva oaselor. Toată suferința ei era doar din cauza mea.

— Te rog să mă ierți, am continuat. Îți povestesc totul și vei înțelege.

Aly și-a ridicat capul, privindu-mă adânc.

— I-ai tras-o?

Am privit-o și eu. Era un moment bun să o mint, însă jurasem că nu o voi mai minți. Așa că i-am răspuns, șoptind.

— Da. Dar nu a fost așa cum crezi tu. Îți spun totul imediat, dacă mă asculți. Vino în brațele mele, te rog.

Am vrut să o cuprind în brațe însă ea s-a ferit, cu agilitate, de mine.

— Mă, i-ai tras-o!? urlă ea.

Când se enerva, Alyssa avea o venă pe mijlocul frunții care se umfla, pe măsură ce îi pompa sângele. Chipul ei blând, frumos și plin de puritate, devenea roșu, iar ochii ei strălucitori ardeau. Când era nervoasă, era alt om.

— Da, am răspuns, lăsând privirea în jos.

— Și atunci ce dracu' mă interesează pe mine de ce, cum și când? Poate vrei să îmi dai și detalii, continuă ea, zâmbind ironic. Cum o suge, cum o

apucă, cât de largă e. Dă-te drecu', să nu te mai văd în fața ochilor!

Alyssa s-a oprit din plâns și a ieșit din cameră. Am urmărit-o prin casă, nu voia să audă niciun cuvânt din partea mea. Și-a luat valizele cu care, în urmă cu doar câteva luni, și-a adus lucrurile.

— Nu, nu, te implor, nu pleca! Ascultă măcar ce am de spus. M-am aruncat la picioarele ei. Te rog!

— Nu îmi pasă! Nu aud nimic! Plec la mama, acum!

Își aruncă în valiză lucrurile, scoțând totul din dulapuri.

— Rahatul ăsta de bluză?

În mâna ei atârnă o bluză roșie, din dantelă, primită în dar de la mine.

— Mă piș pe ea! strigă, din nou, copleșită de nervi. Nu am nevoie de nimic de la tine!

Tremura. S-a întors la mine, cu chipul schimonosit de suferință, apropiindu-se ușor de mine. Apoi, s-a așezat în fața mea, în genunchi, sprijinindu-se cu mâinile de picioarele mele:

— Aș fi făcut orice pentru tine, spuse ea. Orice. Tot ce am cerut a fost sinceritate și fidelitate. A fost prea mult, nu?

Avea glasul stins și ușor răgușit. Cu palmele ei calde și moi mi-a cuprins chipul. Avea capul umflat de la atâta plâns și de la cât de mult s-a strofocat. Nu aveam putere să îi răspund. Eram distrus și pierdut, în același timp. Gândul că o pierdeam mă termina.

— Nu ai idee cât de mult te iubesc, continuă ea.

— Atunci nu pleca, Aly!

Zâmbi amar, continuând să mă mângâie şi să îmi şteargă lacrimile ce începeau să curgă, indiferent cât de tare încercam să le opresc.

— Nu pot. Dacă plec, o să fiu distrusă o perioadă bună de timp. Dar dacă stau, gândul că nu ai fost doar al meu o să mă distrugă pentru totdeauna. Eu nu împart, David. Eu nu sunt a doua femeie. Eu trebuia să fiu unică, singura ta iubire. Şi atunci am fi fost fericiţi, până la capăt.

A închis ochii, lovindu-mă, cu o palmă puternică peste faţă. Ochii mei au început să lăcrimeze, iar locul lovit îl simţeam umflat.

— Te-aş scuipa, continuă ea. Dar nu meriţi să îmi consum lichidele din corp pentru tine.

S-a întors cu spatele la mine, începând să îşi strângă lucrurile. Eram la etaj, în camera mea. Am ticluit, repede, un plan. Nu aveam de gând să o las să plece atât de uşor. Aveam de gând să lupt pentru ea. Mă iubea. Iubirea nu poate fi uitată într-o secundă. Puteam să o conving să stea, sau dacă nu puteam să fac asta, puteam să o oblig să o facă. Măcar până o făceam să mă ierte.

În timp ce îşi strângea lucrurile, am alergat către uşă. Am încuiat-o şi am aruncat, apoi, cheile pe fereastră. Am blocat şi geamul, apoi m-am apropiat de ea.

— Nu pleci nicăieri, iubito. Nu te las să pleci.

— Nu mă laşi? Cum să nu mă laşi? Băi eşti

nebun? Eu vreau să plec, strigă Alyssa.

— Nu pleci nicăieri, jur. O să stăm aici până când mă vei asculta şi mă vei ierta. Am cuprins-o în braţe. Deşi se zbătea, o strângeam cu putere. Abia acum era cu adevărat nervoasă. Urla, înjura şi se zbătea ca un peşte pe uscat. Însă era inutil. Nu aveam de gând să cedez. Nici măcar ameninţările cu poliţia nu m-au făcut să mă răzgândesc. Ştiam că asta trebuia să fac, să o ţin lângă mine cu forţa, până în clipa în care mă va ierta. S-a zbătut, s-a luptat cu mine să scape din strânsoarea braţelor mele, însă nu a reuşit să iasă. A încercat să sară pe geam, însă nu am lăsat-o. Între timp, a ajuns şi mama acasă, însă i-am trimis un mesaj în care i-am spus că m-am certat cu Aly şi că orice ar face, să nu cumva să o aud.

Când iubita mea s-a mai calmat, într-un final, am încercat să îi vorbesc. Plânsese ore întregi, fără oprire. Nu îmi venea să cred că cineva putea să plângă atât de mult.

— Alyssa...

— Ce vrei? întrebă ea. Încă îi puteam vedea ochii plini de furie.

— Nu a însemnat nimic.

Alyssa a pufnit, râzând.

— Asta e ceva ce ar spune orice bărbat care înşală. David, nu voi fi niciodată femeia aia care îşi aşteaptă iubitul să vină de la curve.

— Nici nu îţi cer să fii. Ai spus că ştii ce fac, nu?

Alyssa mă privi.

— Ştiam. Credeam că ştiu. Adică, colegii de la şcoală vorbeau, când veneai să mă iei, că umbli cu peşti şi că le dai fete.

— Păi şi?

— Păi şi, ce? Asta înseamnă că trebuie să mă înşeli?

Am zâmbit. Alyssa era inocentă, deşi era o fată sclipitoare.

— Aly, tu eşti aşa, un ghiocel care trebuie să ţină capul în zăpadă până când vine primăvara. Nu te înşel. Una e să fac sex cu o curvă pentru că aşa trebuie, alta e să te înşel. Dacă te înşelam, o iubeam.

— O iubeşti pe ţiganca aia?

— Singura pe care o iubesc eşti tu, micuţo.

O mângâiam. Iar ea stătea.

În cameră era beznă. Ne lumina doar luna. Am cuprins-o în braţe şi am început să îi povestesc mai multe despre ce făceam când ne-am cunoscut. La un moment dat, nu a mai spus nimic. Am privit-o. Adormise. Am cuprins-o în braţe şi am adormit şi eu. Toată noaptea a suspinat, în somn. Atâta suferinţă era în ea, încât mă dărâma.

Când m-am trezit, Alyssa încă dormea. M-am ridicat în picioare şi i-am trimis mamei un mesaj în care o rugam să îmi aducă cheile de afară. Mi-a deschis uşa, curioasă de ce s-a întâmplat, însă eu am încuiat după mine şi m-am grăbit în bucătărie, unde am pregătit micul dejun şi cafeaua pentru mine şi Aly. Am uns pâine cu unt şi miere aurie de albine şi am umplut ochi două ceşti cu lapte cald.

Apoi am pus totul pe o tavă şi am urcat. Alyssa nu se trezise încă. Am aşezat tava lângă pat, pentru a lăsa miresmele delicioase să o trezească şi am început să îi scot lucrurile din valiză şi să le pun la loc.

Spre prânz, s-a trezit. Faţa îi era umflată din cauză că plânsese atât de mult. Ochii ei erau roşii, părul ciufulit şi buzele foarte umflate şi ele. M-a privit, iar ochii ei erau ca două găuri negre, fără fund, pline de durere. Era calmă şi părea lipsită de putere.

— Neaţa, iubito! am sărutat-o, apăsat, iar ea nu s-a ferit.

— Neaţa, şopti ea. Era răguşită.

— Ce faci?

Privi în jos, apoi îşi îndreptă privirea către mine. Ochii săi erau atât de goi, la fel îi era şi sufletul.

— Bine. Tu?

— Bine. Ţi-am adus micul dejun.

M-am cuibărit în pat, lângă ea. Aly s-a ferit.

— Nu vreau să te aud, mi-a spus.

A început din nou să plângă. A mâncat, am băut împreună cafeaua, iar eu am implorat-o, din nou, să nu plece, spunându-i cât de mult o iubesc şi că este singura care contează pentru mine.

— Nu te cred, spuse ea.

— Nu mă crezi că te iubesc?

— Nu! Dacă m-ai fi iubit, m-ai fi respectat.

— Dar te respect şi te iubesc mai mult decât îmi iubesc viaţa. Trebuie să mă crezi, Alyssa. Pur şi simplu noi nu ne putem despărţi niciodată. Te

iubesc prea mult şi ştiu că şi tu mă iubeşti la fel pe mine.

Cuprinzând-o în braţe, am simţit din nou cum deveneam un întreg. Îmi doream doar să rămânem aşa, pentru totdeauna.

Alyssa nu a plecat de lângă mine, însă s-a schimbat. Era rece şi părea mereu goală pe dinăuntru. Mi-a luat mult timp să o ajut să se vindece, să îşi coase înapoi cu aţa atât de firavă a iubirii, sufletul rănit şi descompus. Însă am reuşit. I-am promis că, indiferent de situaţie, nu îi voi mai ascunde niciodată nimic şi m-am ţinut de cuvânt. Însă a durat mult, iar suferinţa ei a fost imensă. Lunile treceau, economiile noastre se terminau. Am terminat amândoi liceul, iar Alyssa s-a înscris la Facultatea de Coregrafie. Începuse să îşi caute chiar şi un loc de muncă şi mă îndemna şi pe mine să fac acelaşi lucru.

De-a lungul timpului, am ţinut legătura cu Alex. Venea rar acasă, cam o dată pe an. Mereu îmi spunea că aş putea să fac mulţi bani dacă aş merge cu el, însă ştiu că Aly nu ar fi acceptat să fac acest lucru.

În anul 2005, imediat după ziua mea, mama a venit acasă, extrem de supărată. La locul de muncă lucrurile mergeau prost de câteva luni de zile, odată cu deschiderea altor centre comerciale şi magazine concurente. Şeful ei a decis să închidă magazinul şi să declare falimentul, aşa că mama urma să îşi piardă locul de muncă, în doar 30 de zile. Lucrurile nu erau în regulă deloc. Bani nu mai

aveam. Alyssa avea nevoie de finanţe pentru facultate. Ratele la casă crescuseră, cheltuielile erau foarte mari. Singura opţiune era să îmi caut un job, dar cum să mă angajez pe doi lei, când puteam să fac atâţia bani mult mai uşor? Înăuntrul meu se dădea o luptă puternică. O luptă între Rău şi Bine. Între Alyssa şi David. Între tot ce ştiam că este corect şi ce nu.

Mama şi-a pierdut locul de muncă şi nici nu a reuşit să găsească repede altul. Eu am fost la câteva firme, cu intenţia de a mă angaja, însă nu puteam să concep ideea de a mă simţi sclavul cuiva 8 ore pe zi, 5 zile din 7. Alyssa simţea că sunt nefericit şi mă întreba mereu ce am de gând să fac.

În ciuda faptului că nu îmi doream, m-am angajat la o firmă care se ocupa cu vânzarea componentelor electrice, ca agent de vânzări. Am lucrat mai bine de opt luni acolo şi eram destul de bun în ceea ce făceam. Într-o seară, în timp ce mă uitam pe calculator, am văzut-o pe Hi5 pe Luisa. Nu mai vorbisem cu ea de aproape doi ani de zile, de când venise la mine acasă. Nu am rezistat tentaţiei şi m-am uitat pe profilul ei. O ducea bine, avea o maşină frumoasă, iar ea arăta super. Prin fiecare por al pielii inspira vulgaritate şi poza provocator. Cu siguranţă era tot prostituată. Mă întrebam câţi bani ar fi putut să facă în Elveţia, la clubul în care lucra Alex. Gândurile mele ajunseseră departe, când Alyssa a intrat în cameră. Venea de la facultate. S-a apropiat de mine, clipă în care eu am închis fereastra de internet, panicat fiind.

— Ce faci? întrebă ea.

— Îmi omor timpul pe aici, tu ce faci?

— Am terminat orele şi vreau să mănânc. Sunt ruptă de oboseală.

Alyssa mă privi. Simţeam că vrea să îmi spună ceva. Între mine şi ea era o comunicare incredibilă. Simţeam când era supărată. Simţeam când suferea. Simţeam şi când era bucuroasă. Acum ştiam că este îngândurată.

— Mă gândeam să mă angajez, continuă ea. E greu cu banii, am multe lucruri pe care mi le doresc şi nu le pot avea.

Am început să râd. Aly era la facultate cam opt ore pe zi. Avea repetiţii, avea de învăţat şi era foarte ocupată. Când ar fi putut să şi lucreze? În plus, mă simţeam prost fiindcă cheltuisem banii de pe apartamentul bunicilor ei. Fusese un sacrificiu pe care eram convins că nicio altă femeie nu l-ar fi făcut pentru mine.

— Nu cred că ar fi bine, Aly. Tu nu ai timp pentru aşa ceva. Ocupă-te de facultate.

Am făcut o scurtă pauză, încercând să îmi fac curaj să continui.

— Eu aş putea oricând să îmi reiau vechile activităţi... Ţi-aş spune totul, crede-mă! De data asta nu ţi-aş mai ascunde nimic. Şi am putea ieşi la liman, am putea scăpa de probleme.

Alyssa mă analiză. Se uită la mine, cu ochii ei mari şi chihlimbarii. Brusc, mi-am amintit cât de mult a suferit din cauza mea. Deşi lucrurile erau mult mai bune între noi, ştiam că nu vor fi nicioda-

tă la fel. Îşi întinse mâna către mine, atingându-mi uşor umărul şi plimbându-şi degetele pe mâna mea, mi-a spus:

— Crezi că nu văd? Apoi, s-a apropiat de mine şi mai mult, sărutându-mă scurt şi apăsat Văd cât de mult te chinui. Cum te macini zi de zi şi crede-mă, mă doare să te văd aşa. Banii ăştia, ne mănâncă zilele, nu-i aşa? continuă ea, cu un zâmbet amar pe faţă.

— Mă chinui... Alyssa, nu sunt eu. Nu mai sunt eu, de fapt. Umblu îmbrăcat cu haine vechi. Pe tine te văd îmbrăcată cu hainele de acum doi ani. Nu aş face nimic rău, te rog să mă crezi. Riscăm să pierdem casa, nu ne mai permitem să ieşim şi să ne distrăm. Asta nu e viaţă, iubita mea. Ăsta e chin. Eu nu sunt făcut să muncesc de la 09:00 la 17:00. Mă transform. Şi nu îmi place deloc cine am devenit.

— David, eu nu vreau să te văd chinuit din cauza mea. Ştiu că poţi mai mult, dar pe de altă parte, cred că există şi altă cale, sau nu?

— Mă simt pierdut. Nu ştiu dacă există şi altă cale...

Am strâns-o la piept.

— Nu vreau să te pierd. Aş face orice pentru tine, Alyssa. Orice! am continuat, cu glasul stins.

I-am cuprins capul cu mâinile mele mari, atingându-i obrajii cu podul palmelor şi mângâind-o cu degetele, uşor şi senzual. Apoi am tras-o către mine, contopindu-ne buzele şi alintându-ne sufletele cu multă iubire. A plecat de lângă mine, apoi, în baie. Eu am rămas singur, pierdut în gân-

duri şi am intrat pe Yahoo Messenger, unde mai vorbeam cu Alex. Era online, aşa că i-am scris.

Ce faci, frate?

BUZZ

Mă pregătesc să plec la treabă, David. Vorbim mâine, te pup

Alex a ieşit de pe Messenger, iar eu m-am ridicat din faţa calculatorului şi am intrat în baie. Alyssa era în cadă, goală. Cu capul pe spate şi ochii închişi, mâinile atârnând pe marginea căzii, Alyssa se relaxa. În baie mirosea a levănţică, de la spuma care îi acoperea frumosul trup. Şi-a ridicat capul, uitându-se la mine. Părul lung, ud şi separat în sute de şuviţe, îi curgea pe sânii ei rotunzi şi perfecţi. Sânii ei, în formă de măr, cu sfârcuri roz, delicioase. Gustul pielii ei era întotdeauna desfătător. M-am dezbrăcat, privindu-mi trupul în oglindă. Umerii mei erau laţi, abdomenul plat. Picioarele groase şi puternice.

— Te deranjează dacă intru şi eu?

— Deloc, răspunse Aly, zâmbind.

Am intrat în cada ei, plină de spumă parfumată. Ea s-a întors cu spatele către mine. Avea o piele incredibil de fină. Am început să o spăl pe spate, mângâind-o cu blândeţe. Ea s-a aşezat între picioarele mele, lipindu-se cu tot trupul de mine. Am făcut dragoste în apa fierbinte şi înmiresmată, eliberându-ne de supărări şi de griji. În clipele mele cu ea, trăiam doar prezentul, uitând de trecut sau viitor. Nu îmi păsa de nimic, decât de senzaţiile unice pe care mi le oferea, de fiecare dată când fă-

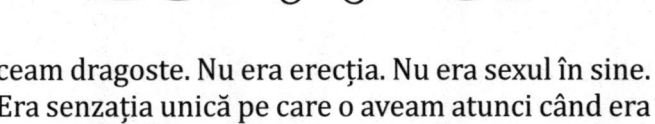

ceam dragoste. Nu era erecţia. Nu era sexul în sine. Era senzaţia unică pe care o aveam atunci când era în braţele mele. Sentimentul că sunt unic în lume şi că Alyssa este doar a mea, pentru totdeauna. Mă simţeam acceptat, adorat şi împlinit.

Ajunsă în dormitor, Alyssa se îmbrăcă. Mereu era sexy, indiferent dacă ieşea din casă sau nu. Chiar şi la culcare, purta pijamale minuscule, mulate pe trupul acela care te îmbia numai la nebunii. Când eram cu ea, eram mereu excitat şi o doream ca un smintit.

Au mai trecut câteva luni, în care timpul s-a scurs mai repede ca niciodată. Luni ce parcă erau zile. Problemele nu s-au rezolvat, ba din contră, totul a luat amploare. Banii de pe apartamentul Alyssei erau gata de mult, de economiile mele nici nu mai vorbesc. Mama nu îşi găsea un loc de muncă bun, iar eu simţeam că mă topesc la job. Nu suportam pe nimeni din jurul meu. Deveneam ursuz şi morocănos şi mă certam cu Alyssa din ce în ce mai des. Ea nu suporta să mă vadă aşa şi îmi reproşa mereu acest lucru, iar eu, în sinea mea, îi reproşam faptul că nu pot să fiu eu însumi din cauza ei. Însă chiar dacă gândeam acest lucru, nu îi spuneam niciodată.

Alyssa era vulcanică atunci când ne certam. Voia să mă lovească, mă înjura şi mă jignea. Dar ştiam că nu vorbea serios şi că regreta de fiecare dată, după ce ne împăcam. Cine ne-ar fi auzit în timpul disputelor, ar fi crezut că avem o dragoste tare ciudată. Poate chiar că nu ne iubeam cu ade-

vărat. Dar iubirea noastră era furtunoasă, nebună şi, mai ales, adevărată.

De Crăciun, în anul 2005, am decis că trebuia să găsesc măcar o fată şi să plec cu ea la Alex în Elveția. A fost cel mai sărăcăcios Crăciun din viaţa mea. Am cheltuit tot salariul pe d'ale gurii şi pentru rata la casă, însă nu au fost suficienţi şi pentru a cumpăra un brad. De cadouri pentru femeile din casă, nici nu mai zic. Am plâns pe 24 decembrie 2005, uitându-mă la rochia scămoşată, din lână, a Alyssei.

Ne-am băgat în pat devreme. Plapuma groasă, din lână, ne acoperea pe amândoi. Aveam impresia că ne înveleşte şi sufletele, ocrotindu-ne de tot ceea ce era în exterior. Deşi eram necăjiţi, aveam sentimentul că sunt liniştit şi protejat acolo, în micuţul nostru dormitor. Ne-am îmbrăţişat şi am adormit pe ritmul colindelor care se auzeau de la televizor.

Alyssa s-a trezit înaintea mea, dis–de–dimineaţă. Când m-am trezit şi eu, cafeaua era pusă în ceşti, împrăştiindu-şi miresmele delicioase în întreaga casă. De la televizorul din sufragerie se auzea un cor de copilaşi care cântau colinde dragi mie. Atmosfera era dulce. Mama era plecată în vizită la prietena ei, aşa că eram doar eu şi Aly.

— Ce spui, iubito, dacă aş începe să fac bani adevăraţi? Dacă mi-ai permite să te tratez aşa cum meriţi, ca pe o prinţesă?

— Prinţesele, dragul meu, îşi aşteaptă prinţii din războaie, nu de la alte femei, răspunse ea, zâmbind, în timp ce făcea un sandviş.

— Tu nu mă vei aştepta, Aly. Mergem împreună, oriunde, nu aşa ţi-am promis?

— Unde mergem? Vrei să mă duci la club, să produc pentru tine?

Doar gândul ei m-a scos din sărite. M-am repezit la ea, apucându-i mâna cu putere şi trăgând-o aproape de mine. Am închis ochii. Îi simţeam respiraţia atât de aproape. Am strâns-o cu putere de spate, lipind-o de mine.

— Dacă mai spui asta vreodată, te bat.

Vorbeam serios.

— Mă ameninţi?

— Eşti şi tare prostuţă. Te ameninţ, dacă mai spui vreodată aşa ceva. Cum poţi să îţi imaginezi că ţi-aş face vreodată asta?

— Mă loveşti! Dă-mi drumul, David!

Am strâns-o mai tare.

— Am spus că mă loveşti, strigă ea, lovindu-mă în piept.

Fără să spun niciun cuvânt, am luat-o de mâna stângă şi am întors-o cu spatele la mine, ridicându-i rochia şi lipindu-mi gura flămândă de gâtul ei, sărutând-o de parcă aş fi fost un vampir disperat după dulcele ei sânge. Apoi am făcut dragoste pe masa din bucătărie, fentând ceştile pline cu cafea.

Până la finele anului am stat şi mi-am făcut planurile. Decizia era luată, voiam ca în maxim o lună de zile să plec. Am vorbit cu Alex şi i-am promis că voi găsi o fată cu care să vin încolo, el trebuia să mă ajute doar cu actele. Din nefericire, nu puteam să o iau şi pe Alyssa, nu din prima, cel pu-

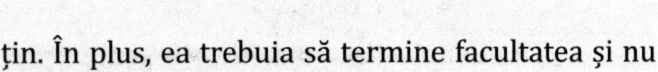

țin. În plus, ea trebuia să termine facultatea și nu putea să mă însoțească.

O anunțasem că vreau să plec, însă nu eram cu sufletul împăcat, aș fi vrut să fie de acord și să mă susțină. Aveam de gând să îi vorbesc chiar în seara următoare, dar nu voiam să o fac acasă. Am împrumutat bani de la Alex și am dus-o la restaurantul în care mergeam pe vremuri, când banii nu ne lipseau. O țineam de mână, iar ea sorbea senzual dintr-un pahar cu vin.

— E posibil să am un spectacol în curând. Va fi ceva minunat, începu Alyssa.

— E posibil să am și eu un spectacol în curând, Aly. Vreau să plec în Elveția.

Nu mai puteam aștepta. Trebuia să lămuresc, o dată pentru totdeauna, treaba asta. Să plec, să îmi găsesc un rost și apoi să o chem și pe ea la mine.

— Înțeleg, spuse ea.

Calmă, a apucat cu două degete furculița, plimbând-o agale prin farfuria cu paste și privind, cu atenție în aceasta.

— Nu ai nimic să îmi spui? am continuat.

— Nimic, răspunse ea, zâmbind. Fă ceea ce te face fericit.

— Iar noi?

Eram sigur că va reacționa dur, că mă va amenința cu despărțirea. Nu mă așteptam, în niciun caz, la o asemenea reacție.

— Iar noi, iubitule, vom rezista dacă iubirea noastră va fi suficient de puternică. Voi încerca să am încredere în tine, dacă îmi vei spune totul.

Zâmbea, deci era bine. Am petrecut o seară plăcută. Aly era în continuare caldă şi iubitoare. Am căzut de comun acord că îi voi spune tot ceea ce am de gând să fac şi că nu voi sta plecat mult.

Am plecat apoi spre casă. Noaptea, în pat, îi simţeam neliniştea. Am îmbrăţişat-o.

— Îmi pare rău că trebuie să plec de lângă tine. Nu ştiu cum va fi, dar să ştii că simt cum o bucată mare din sufletul meu se va rupe în curând.

— Ştiu, mi-a răspuns. În inima mea e o furtună acum. Nu ştiu ce o să rămână după ea. Însă nu pot să îţi dictez viaţa. Doar tu poţi să alegi, eu nu am niciun drept să îţi impun să faci o alegere, doar pentru mine. Atunci nu ar mai fi iubire, ci sclavie. Dacă e iubire adevărată între noi, nimic nu ne va despărţi vreodată, rosti răspicat, îmbrăţişându-mă cu înflăcărare.

Avea dreptate. O iubeam atât de mult, tocmai pentru că nu era ca toate celelalte. Nu îmi interzicea să ies, să mă distrez. Nu căuta să îşi impună punctul de vedere în faţa mea. Alături de ea, nu mă simţeam constrâns să fac nimic, tot ce făceam pentru relaţia noastră făceam benevol, din dragoste şi din dorinţa de a ne fi bine amândurora.

A doua zi, m-am trezit plin de energie. Aveam o poftă nebună să încep să fac bani. Am intrat pe Messenger şi am mai stabilit câteva detalii cu Alex, apoi pe Hi5. Mă întrebam cum să încep. Trecuseră câţiva ani de când nu mai făcusem treaba asta, iar lucrurile erau ceva mai complicate decât atunci când eram puştan. În primul rând, acum nu mai căutam copile, ci fete sau chiar femei. Nu aveam de gând să mă complic cu minore, era prea riscant. Însă, gagicele nu voiau o sărăcie ca mine, ele căutau băieți cu bani. Eu mă cumințisem, toată lumea care mă cunoștea dinainte știa că acum sunt cu Alyssa. Nu puteam nici să încep să agăț fete, la întâmplare, pe internet, fiindcă îi promisesem Alyssei că îi voi fi fidel. Eram puțin îngrijorat, însă știam cu siguranță că voi găsi o idee salvatoare. Așa a și fost. Mi-am dat seama că, pentru a avea succes în noul meu „job", trebuia să caut o fată care să aibă încredere în mine, să o cunoască pe Alyssa și să aibă nevoie de bani. Luisa. Luisa avea să fie poarta mea de ieșire din sărăcie. După ce am dat câteva telefoane, i-am aflat noul număr și i-am trimis un mesaj. Spre deosebire de anii trecuți, acum chiar aveam emoții, fiindcă tot viitorul meu depindea de ea. Luisa a fost foarte bucuroasă de faptul că am contactat-o. Se părea că undeva, în adâncul sufletului ei, mai erau ceva sentimente păstrate, pentru mine. Aveam de gând să profit de acele sentimente.

Aveam respect pentru două femei din această lume. Una era mama, femeia care a sacrificat orice pentru mine, iar cealaltă era Alyssa, fata care a crescut alături de mine, la bine și la greu. Cele două erau îngerii mei pe Pământ, singurele motive pentru care îmi păstram inima bună. Pe restul le vedeam ca pe niște bancomate pline cu bani. Le măsuram potențialul din priviri și le citeam, parcă, cele mai ascunse gânduri.

M-am întâlnit cu Luisa fără să îi spun lui Aly.

Era prima minciună, însă ştiam că nu ar fi fost de acord să mă văd cu ea. Şi ştiam, la fel de bine, că dacă voiam să fac bani din asta, trebuia să încep de undeva. Luisa era un punct de pornire bun. Ne-am întâlnit într-o cafenea micuţă, în centrul oraşului. Când a intrat pe uşă, bărbaţii din local o fixau cu privirea. Arăta demenţial. Cizme până la genunchi, din piele, cu tocuri înalte, o rochie până pe coapse şi, deasupra, avea un palton din stofă neagră, cu blăniţă la mâneci. Părul brunet şi lung, aproape că îi atingea fundul obraznic. M-a sărutat pe obraz. Mirosea a parfum scump.

— Hello, mi-a spus zâmbind şi aşezându-se elegant pe scaunul de lângă mine.

— Vezi că te-ai murdărit la gură, i-am răspuns, râzând.

Luisa şi-a dus mâna la gură, uşor ruşinată.

— De ce? întrebă ea, mirată.

— De engleză, am spus, râzând şi mai cu poftă.

— Ha-ha. Eşti simpatic azi, continuă ea. Ce faci? Tot cu sfânta Alyssa eşti?

Aveam nevoie de Luisa, însă nu aveam de gând să îi permit să vorbească urât despre Aly. Am apucat-o ferm de mână, bruscând-o.

— Uite ce e, nebuno! Eu şi Alyssa suntem un subiect tabu pentru tine. Noi doi avem treburile noastre, combinaţiile noastre, vom lucra împreună. Şi încă ceva, dacă mai apari pe undeva fără să mă anunţi şi îi mai comentezi o singură dată Alyssei, nu o să se termine bine pentru tine.

Ştiam deja că panaramele trebuie tratate cu duritate, altfel li se urcă la cap. Umilite, din când în când şi lovite, puse la locul lor, îşi păstrau bunul simţ şi respectul pentru cel care le proteja.

— Hai, spune, ce vrei să îmi propui? spuse Luisa, cu o ţigară subţire într-o mână şi bricheta în cealaltă. Cu două degete, a prins între buzele ei ţigara şi a aprins-o, discret.

— Am un loc bun în Elveţia. Bun de tot. Poţi să faci atâţia bani încât cu greu îi vei număra.

— Ce băiat bun eşti, David. Vrei să mă trimiţi pe mine în Elveţia, în timp ce tu te distrezi cu iubita ta, aici? întrebă ea, amuzată.

— Nu, nu te trimit pe tine acolo. Mergem amândoi.

Luisa începu să râdă zgomotos.

— Şi iubita ta? Ea ce părere are despre toată treaba asta?

— Asta e treaba mea, Luisa. Uite, eu aş putea găsi cu uşurinţă o altă fată în locul tău, deocamdată nu este decât un singur loc acolo. Dar m-am gândit la tine fiindcă mereu am fost mai apropiat de tine decât de celelalte fete şi îţi ştiu bine situaţia. Tot în cartier stai?

Ştiam deja de la băieţi că se mutase de vreun an din cartier, îşi cumpărase o garsonieră într-o zonă centrală.

— Mie îmi merge binişor aici, David. Mi-am luat căsuţa mea, m-am retras din domeniu, spuse ea, în timp ce lovea cu unghiile sale lungi masa din lemn. Ca să îţi spun drept, m-am apucat de chat.

Mai am câțiva clienți fideli care vin la mine, mai fac un ban în plus. E ok. Nu știu dacă aș vrea să plec.

Auzisem de ceva timp că se deschiseseră tot felul de studiouri de videochat prin București. Știam că fetele se dezbracă, pentru clienți din America și că fac destul de mulți bani. Dar mai știam și că fetele trebuiau să vorbească foarte bine limba engleză și să fie destul de inteligente. Luisa nu era. Ea era direct pe acțiune. Nu ar fi avut răbdare să scrie, să stea la vorbă, să piardă vremea. Intuiția mi-a spus imediat că nu face prea mulți bani.

— Știu că te-ai apucat de chat, îl știu pe șeful tău și mi-a spus că îți merge cam prost. Am mințit.

Luisa mă privi cu uimire, lăsându-și ochii în jos.

— Sunt la început, dar sunt sigură că o să îmi meargă mai bine ceva mai târziu. Chiar am clienți fideli care vor să mă cunoască în realitate, eu dau super pe cameră.

— Păi și de ce nu îi chemi la tine acasă, să le faci ce știi tu mai bine? am întrebat, făcând un semn cu mâna către gura ei. Luisa era o adevărată zeiță a sexului oral. Putea să facă un bărbat să se topească pe propriile picioare în fața sa. Știam atât de bine își făcuse antrenamentele chiar cu mine.

— Ești nebun? Nu ai voie. Crezi că e ca la club? Aici nu ai voie să te duci cu clienții, rosti ea, răspicat.

— Păi și care e ideea atunci?

— Ideea e că stai în fața unei camere, nu te atinge nimeni, nu te obligă nimeni să faci nimic și

câştigi de două, trei ori mai mult decât un salariu normal. Nu ţi se pare bine?

— Da, dar tu nu câştigi atât de mult. Ai nevoie de şcoală ca să faci job-ul ăsta, Luisa. Tu eşti fenomenală pe bară, ai o gură magică şi un trup de vis. Dar nu te văd stând în faţa unui calculator şi mângâind tastatura. Aşa cum nu mă văd pe mine, vreodată, având un job stabil şi fiind bărbatul unei singure femei.

Zâmbeam parşiv. Sigur, eu chiar eram bărbatul unei singure femei. Eram bărbatul Alyssei şi nu aveam de gând să fiu al alteia, însă trebuia să îi vând o iluzie Luisei, pentru a putea să o conving să plecăm împreună.

— Să îţi fie foarte clar, am continuat. Nu o voi lăsa niciodată pe Alyssa. O iubesc. Dar asta nu înseamnă că nu o să mai opresc, din când în când şi în staţia ta. Cred că înţelegi ce vreau să spun. Cu condiţia să fii discretă şi liniştită şi să nu mai apari neanunţată în calea noastră.

O pusesem pe gânduri.

— Plecăm împreună, strângem nişte bani şi apoi poţi să te retragi liniştită, să îţi deschizi o afacere, să fii şi tu fericită.

Îmi încheiasem discursul. Fusesem, zic eu, destul de convingător. Am mai stat puţin, apoi mi-am strâns, în linişte, lucrurile de pe masă şi am plecat, spunându-i Luisei să se gândească până mâine.

M-am oprit direct la magazinul de ziare, de unde mi-am cumpărat o cartela cu număr nou,

special pentru a ține legătura cu Luisa. Eram convins că va accepta propunerea făcută de mine.

A doua zi, mi-a și trimis un mesaj prin care m-a anunțat că acceptă. Totul era perfect. L-am anunțat pe Alex că vin și am început să fac demersurile pentru plecare. Am anunțat-o pe Alyssa, apoi pe mama. Amândouă au fost triste, însă în Aly am citit o tristețe și o disperare incredibilă. Inima mea se descompunea, încet. Ochii erau uscați, nu aveam lacrimi să plâng și nici nu voiam să o fac.

Învățasem o altă lecție importantă a vieții. Uneori, trebuie să te îndepărtezi de ceea ce iubești cel mai mult, tocmai pentru binele acelei persoane. Și întotdeauna trebuie să ai grijă întâi de persoana ta, pentru a fi capabil să te îngrijești și de cei pe care îi iubești. Nu poți uda o floare, dacă vasul cu care o faci este gol. Așadar, trebuia să fiu puternic tocmai pentru cea pe care o iubeam din tot sufletul.

În ziua în care mi-am făcut bagajele, Alyssa a plecat de acasă. M-a rugat să le fac cât este ea plecată. Nu putea să vadă cum îmi strâng lucrurile. Nu m-a întrebat nici măcar o dată cu cine plec, nu m-a întrebat nici măcar când vin. Știa că nu îi pot da un răspuns.

Ultima noastră seară petrecută împreună, a fost tristă. Aly era tăcută. Plânsese. Puteam să văd oceanul de lacrimi din ochii ei, pregătit să se verse după plecarea mea. Am făcut dragoste pentru ultima oară, apoi i-am spus:

— Să fii cuminte, iubito!

— Mereu sunt. Tu să fii! Şi tare mă tem că nu vei fi, oftă ea.

— Ce vrei să spui?

— Ştii şi tu ce vreau să spun. Tu, într-un club, înconjurat de femei frumoase. Cum va rezista iubirea noastră?

— Nicio femeie nu e mai frumoasă decât tine, iubirea mea. În tine îmi văd trecutul, prezentul şi viitorul. Eşti totul pentru mine şi aşa vei rămâne. Să nu suferi, te implor. Fac asta pentru noi, pentru că vreau să îţi ofer viaţa pe care o meriţi, Alyssa. Te iubesc şi aş face orice pentru tine.

— Orice? întrebă ea.

— Orice, i-am răspuns.

O pauză interveni între noi.

— Nu pleca, spuse ea, categoric.

M-am uitat înspre ea. Nu îmi venea să cred că spunea asta acum, cu doar câteva ore înainte să plec. Nu putea să îmi ceară asta.

— Nu îmi cere să fac asta, Alyssa, te rog, am şoptit, privind-o direct în ochi.

Zâmbi.

— Nu îţi cer. Iartă-mă, nu ştiu ce a fost în capul meu. Ce drept am eu să îţi dictez viaţa? Fii fericit, iubitule şi atunci voi fi şi eu. Fericirea ta înseamnă şi fericirea mea. Strânge-mă tare în braţe, murmură ea.

Şi-a ascuns capul în braţele mele. Plângea. Bluza mi se udă, de la sutele de lacrimi vărsate. Avea să îmi fie un dor incredibil de glasul ei dulce, de mirosul pielii ei fine, de mângâierile şi să-

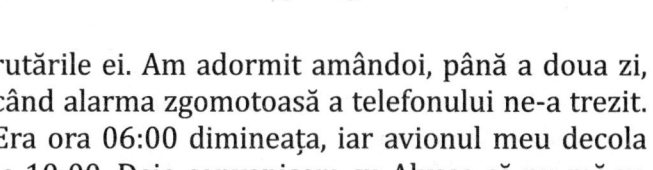

rutările ei. Am adormit amândoi, până a doua zi, când alarma zgomotoasă a telefonului ne-a trezit. Era ora 06:00 dimineaţa, iar avionul meu decola la 10:00. Deja convenisem cu Alyssa că nu mă va conduce la aeroport. Durerea ar fi fost mult prea mare să o văd acolo, în timp ce mă îndepărtez spre o altă lume... o lume din care blândeţea şi puritatea ei lipsea cu desăvârşire.

Am ajuns la aeroport la ora 08:00. La câteva minute după mine, a ajuns şi Luisa, cu două valize mari după ea. Nu am ajutat-o să le care, le aveam şi eu pe ale mele. Chiar dacă nu aş fi avut şi eu bagaje, tot nu aş fi ajutat-o. Cu târfele nu eram un gentleman, nu le respectam. Iar în clipa aceea, aveam o poftă nebună să îmi bat joc de Luisa, de parcă ar fi fost ea vinovată că nu mai eram cu Alyssa. Trebuia, însă, să caut un alt vinovat pentru suferinţa Alyssei, în afară de mine. Altfel, aş fi înnebunit şi nu îmi permiteam să fac asta.

Zburam pentru prima oară. Luisei îi era frică. Mie nu îmi era. De fapt, dacă aş fi murit în clipa aceea, nu îmi păsa câtuşi de puţin. Mă simţeam, oricum, mizerabil, inutil, poate chiar în plus în această lume. Aveam un suflet atât de trist şi de gol, încât nu îmi mai păsa de nimic. Luisa vorbea non-stop, îmi venea să îi mut gura la spate, să o fac să tacă. Mă scotea din sărite.

— Mă asculţi? întrebă, holbându-se la mine.

— Ce vrei fă? Ce mă iei la rost? Doar nu eşti nevastă-mea, am mormăit, nervos. Nu am chef de vorbă, sunt obosit.

— Suferi?

— Nu sufăr, nu înțelegi că sunt obosit? Aștept să decolăm și mă culc.

— Cu cine? mă întrebă, cu un glas jucăuș.

— Cu mă-ta!

Luisa mă cunoștea suficient de bine încât să mă lase în pace atunci când vedea că sunt nervos, așa că a tăcut tot restul drumului.

În scurt timp, avionul s-a pus în mișcare. Glasul pilotului se auzea în boxe, iar însoțitoarele de zbor se plimbau printre scaune pentru a se asigura că avem centurile bine prinse. Îndată, viteza m-a lipit cu spatele de scaun și mi s-a întors stomacul pe dos. Cu repeziciune avionul se ridica de la sol, lăsând tot mai departe Bucureștiul, pe Alyssa și toată fericirea mea. Am dormit până la Zurich, iar Luisa a fost suficient de inspirată încât să nu mă deranjeze deloc.

În aeroport mă aștepta Alex, așa cum discutaserăm. Nu îl mai văzusem de mult timp. Era în formă, arăta foarte bine.

— Îți priește Elveția, fratele meu, am strigat, îmbrățișându-l.

— Îmi priesc banii, David! Știi și tu, când ai bani și mersul ți-e altfel, chicoti Alex. Hai la mașină.

Am ieșit din aeroportul imens, îndreptându-ne spre parcare. Acolo, Alex avea parcată mașina, un Audi negru, cu piele de culoare bej. Era o mașină scumpă, luxoasă și foarte confortabilă. Luisa a urcat în spate, fascinată. Deși eram și eu fascinat, am încercat să nu par prea impresionat.

— Faină maşină, am rostit.

— Da, e mişto. Abia am luat-o. Treburile merg bine tare aici, David, o să îţi explic mai multe când ajungem. Tipul ăsta e tare de tot. Nu ştiu dacă mai ţii minte, ţi-am povestit eu de el, e un rusnac nebun. Are cluburi de noapte prin toată Europa şi America. E tare rău de tot, frate, e miliardar, jur! El cu frate-su şi copiii lor învârt combinaţii la care nici nu poţi visa. Ai să îl cunoşti. E foarte generos cu partenerii lui. Acum e în America, dar vine o dată la câteva luni aici.

Alex m-a plimbat vreo două ore prin Zurich, cu maşina. Oraşul avea un aspect vechi, însă cochet. Magazine luxoase, cafenele somptuoase. Elveţienii păreau să aibă o viaţă îndestulătoare. Babele erau elegante, curate şi purtau genţi de firmă, plimbându-se agale pe străzi, de mână cu bătrâneii lor. Peste tot plutea un aer de abundenţă, de calm şi de belşug. Îmi plăcea. Ne-am îndreptat apoi către centrul oraşului unde urma să locuim.

Alex a oprit într-o parcare mare, îngrijită.

— De aici mergem un pic pe jos. Hai fato, mai repede că nu avem timp să caşti gura, ai timp să vezi totul, spuse el.

Mi-am luat valiza şi am lăsat-o pe Luisa să îşi care singură valizele, urmându-l îndeaproape pe prietenul meu.

Am descoperit cu încântare blocul în care urma să locuim. Un bloc vechi, cu trei etaje şi un aspect rupt dintr-o poveste. Îmi imaginam că voi intra într-un apartament micuţ, cu mobila din

lemn, veche şi urât mirositoare. Mare mi-a fost mirarea când am ajuns pe casa scării şi am urcat la etajul doi, iar Alex a descuiat uşa mare, din lemn masiv. În spatele uşii era ascunsă o adevărată comoară. Mobila modernă, din lemn lucios, covoare deschise la culoare, candelabre strălucitoare în fiecare cameră. Totul sclipea şi emana lux.

— Aici vei sta tu cu fetele tale. Ai trei camere la dispoziţie, vezi şi tu cu câte fete poţi veni. Ale mele stau câte două în cameră şi mai am un apartament peste stradă, unde am mai îngrămădit câteva. Hai, instalează-te şi apoi să mergem să vă arăt clubul.

Mi-am ales cel mai mare dormitor, cu un pat mare, din lemn alb şi două noptiere sculptate. Pe fiecare noptieră trona câte o veioză albă, cu abajur din porţelan. În faţa patului era o comodă, tot din lemn alb, cu trei sertare încăpătoare, iar deasupra, un televizor cu ecran plat. Patul era plin de perne pufoase. Geamurile înalte erau acoperite cu perdele, tot de culoare albă şi ele. Mi-am scos lucrurile din valiză. Alex mă sfătuise să nu îmi iau prea multe haine, fiindcă urma să îmi cumpăr destule de aici. Nici nu aş fi avut, de altfel, prea multe.

După ce am aranjat totul, într-o ordine desăvârşită, am intrat în camera Luisei.

— Nu ştii să baţi? întrebă ea, uşor iritată. Era doar în sutien şi chiloţi, alegându-şi hainele.

— Hai, ia-ţi repede ceva pe tine şi să plecăm. Avem treabă. Spunând acestea, am ieşit val-vârtej, din dormitorul ei.

În doar câteva minute, a ieşit. Afară era destul de răcoare, fiind primăvară, aşa că purta o rochie scurtă şi provocatoare, ca întotdeauna. Părul ei lung şi viguros era prins într-o coadă de cal, iar buzele erau rujate cu o culoare stridentă, un roz aprins. Arăta bine.

Alex a sunat la interfon şi am coborât, curioşi să descoperim minunatul oraş care avea să ne fie casă în următoarele luni de zile.

Am mers prima oară la clubul în care urma să lucreze Luisa. La parter, erau canapele albe, din piele şi mese lucioase. Totul era kitschos, însă atrăgător. De o parte şi de alta a meselor şi canapelelor erau bare înalte, din inox, care îţi furau ochii cu sclipirea lor. Erau şi câteva cuşti, decorate cu pietre strălucitoare. Am băut un pahar la o masă, clubul era gol, întrucât se deschidea abia în câteva ore. În spate se afla o scară interioară, unde clienţii puteau urca la etaj cu fetele, pentru a face sex. Camerele erau micuţe, însă erau amenajate deosebit. Fiecare camera avea denumirea unui oraş şi era amenajată în stilul oraşului ce îi dădea numele. Totul era foarte frumos. Luisa era încântată. Am coborât înapoi în club, iar Alex a arătat cu degetul spre o canapea rotundă, din colţ.

— Acolo stăm noi, în fiecare seară. Supraveghem fetele, avem grijă să îşi facă treaba bine, să nu se întindă prea mult cu clienţii. Le dăm şi lor ceva să se simtă bine, spuse el, făcând un semn discret către nas. Nu cred că tre' să îţi explic cu ce se mănâncă, nu? continuă el, privind spre Luisa. David a spus că ai experienţă.

— Stai liniştit, ştiu ce am de făcut, răspunse ea, zâmbind ghiduş către el.

— Păi bine, atunci, poate îmi arăţi şi mie ce ştii să faci, dacă nu se supără David.

— Eu? Doamne fereşte, cum să mă supăr. Ştii că îmi place să împart, i-am răspuns, rânjind. Frate, vreau să îmi iau o cartelă. De unde pot lua?

Ajunsesem de câteva ore bune, iar Alyssa nu ştia nimic de mine. Voiam să o sun, să îi aud dulcele glas, să îmi alin dorul de ea.

— Am eu câteva cartele, mă duc la maşină să îţi aduc una chiar acum.

Alex a plecat la maşină, iar eu am rămas cu Luisa. Părea căzută pe gânduri.

— O să fie bine, nebuno. O să îţi placă aici.

— Ştiu că o să fie bine. Doar că mă întreb, uneori, cum ar fi fost viaţa mea dacă nu aş fi apucat pe drumul ăsta anevoios, spuse ea, cu un aer plin de tristeţe.

— Ce rost are să te întrebi asta? Eşti aici şi doar asta contează, nu poţi da timpul înapoi. Bucură-te că eşti pe mâini bune, mai bine.

— Mă întreb, spuse ea, oftând, oare dacă aş fi luat o altă cale, am fi fost împreună acum?

— Dar suntem împreună. Parteneri, prieteni. Suntem împreună în treaba asta. Şi cât timp vei fi alături de mine, vom urca împreună.

— Nu, David. Mă refer, împreună... cu adevărat. Aşa cum eşti tu cu Alyssa.

M-am uitat la ea şi la buzele ei, mult prea rujate. La ochii ei înconjuraţi cu mult fard negru. La

hainele ei vulgare și la unghiile ei lungi. Era tristă.

— Nu cred. Nu, nu cred că ar fi fost posibil. Știi, dacă nu aș fi cunoscut-o pe Alyssa, sunt sigur că nu aș fi cunoscut vreodată iubirea, i-am răspuns, zâmbind. Ea e cu totul diferită de orice altă femeie, e specială, iar locul ei din inima mea nu poate fi înlocuit vreodată, de nimeni.

Luisa privi înspre mese, înspre cuștile sclipitoare, după aceea înapoi spre mine. Zâmbi, apoi se așeză la masă, turnându-și într-un pahar gol whisky, apoi energizant.

— Vrei? mă întrebă.

— Pune-mi și mie, dar sec.

Alex s-a întors și mi-a înmânat o cartelă.

— Ai grijă, spuse el, apelurile sunt scumpe tare. Vorbește prin mesaje sau, cel mai bine, dacă ai multe de vorbit, folosește calculatorul de acasă. Nu are parolă, dar ar fi bine să îți pui una, mai ales după ce mai aduci ceva fete în apartament.

— Am înțeles.

Am petrecut restul serii în club, discutând toate detaliile legate de banii fetelor, de consumație și regulamentul clubului. Fetele lucrau de marți până duminică, iar lunea erau libere. Cele mai profitabile zile erau vinerea, sâmbăta și duminica. O fată buna câștiga aproximativ 15.000 de euro pe lună, asta fără banii pe care îi putea primi de la clienții fideli, extra. Din banii ăstia urma să stabilesc un procent pe care să îl iau direct de la ea, la sfârșitul fiecărei ture. Cu Luisa stabilisem să iau 40%. În schimb, avea protecție, un bun sfătuitor, cu care

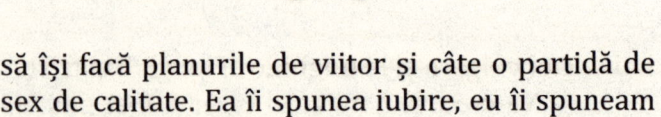

să îşi facă planurile de viitor şi câte o partidă de sex de calitate. Ea îi spunea iubire, eu îi spuneam muncă. Într-un fel, eram tot un fel de prostituată, dar aveam şi rol de bodyguard.

Am stabilit cu Alex că fata mea avea să înceapă chiar de a doua zi. Era vineri şi era sigur că va face bani buni.

Ajunşi înapoi în apartament, stăteam la vorbă cu ea.

— Ai grijă cu fetele, să ştii că aici sunt toate naţiile. Rusoaicele sunt cele mai rele, dar nici cu ucrainencele nu îmi e ruşine. Femeile sunt perverse. Mai bine să îţi vezi de ale tale, de banii tăi. Dacă ai vreo prietenă mai bună în România, adu-o şi pe ea şi faceţi echipaj. Numai să fie majoră.

— Chiar mă gândeam să o chem pe vară-mea. Ea e în Italia, de vreo doi ani, la stradă. Nu face aşa mulţi bani pe cât zice băiatul ăsta că se fac aici, cred că ar fi încântată. Am să văd cum îmi merge mie şi, dacă e bine, o să o chem şi pe ea.

— E frumoasă? am întrebat.

— E înaltă, blondă. E bună rău. E cu un an mai mică decât mine şi prima oară a plecat cu un băiat din Ferentari, însă nu mai e cu el. E pe cont propriu acum.

— Aici nu primesc orice fată, să ştii. Trebuie să o înveţi să dansezi. Munca la stradă nu e chiar la fel cu cea de aici. Acolo e acţiune direct. Aici trebuie să ştii să vorbeşti, cum să iei clientul, să îl fidelizezi. Ştii tu foarte bine.

— Ştiu. Nu îţi face griji, dacă e sa vină, o învăţ

eu tot ce trebuie.

— E bun.

Vorbeam prin mesaje cu Alyssa şi chiar nu puteam să fiu atent şi la Luisa. Am deschis calculatorul din sufragerie, living, cum îi spunea Alex şi am intrat pe Yahoo Messenger. Aly era online. Am deschis fereastra roz, plină de inimioare şi i-am trimis un pupic.

Sunt bine, iubito. Am ajuns. Tu ce faci?

Bine, iubire. Mă topesc de dor. Nu ştiu ce voi face fără tine...

Fii puternică, te implor. Voi veni să te iau şi pe tine aici, doar să mă pun un pic pe picioare. Ocupă-te de facultate, încearcă să ieşi cu colegele. Să nu crezi că mie îmi este uşor. Gândul îmi zboară doar la tine şi abia rezist.

Aş vrea să fii aici, lângă mine. Să adormim împreună. Mă simt atât de singură. Mă simt a nimănui.

Şi cu toate astea, eşti a mea. Nici un miliard de kilometri nu ne-ar putea despărţi, vreodată. Mă iubeşti, nu?

Te iubesc şi te ador! Mă bag în pat, sunt obosită, David. Mâine seara intri pe Mess?

Am să intru înainte să plec la muncă.

La muncă? Începi de mâine?

Da. Te iubesc! Noapte bună, iubito!

Noapte bună!

Am închis calculatorul, cu sufletul pustiit de dor. Prima noapte în care dormeam fără EA avea să fie grea. Obişnuiam să adormim îmbrăţişaţi, iar ea mă mângâia, uneori, pe spate, până în clipa în care

adormeam. Simțeam o durere puternică în coșul pieptului. Era dorul care mă apăsa, durerea care mă cuprindea. M-am ghemuit în pat, fără să fac duș sau să mă spăl pe dinți. Pereții mă strângeau între ei, sufocându-mă. Îmi doream doar să fiu alături de ea, să adorm în brațele sale iubitoare. Dar iată-mă aici, singur și plin de dor, înnăbușindu-mi sufletul în dorință. Am adormit și nu prea. Mă trezeam din oră în oră, pierdut. Într-un târziu, în noapte, Luisa mi-a bătut în ușă. Am ignorat-o, încolăcindu-mă confortabil, cu o pernă între picioare și reușind, într-un final, să adorm.

M-am trezit pe la prânz. Luisa era trează demult, stătea pe Hi5, la calculator. Mi-am amintit ce îmi spusese Alex, despre parolă. Hmm, trebuia să pun o parolă neapărat.

— Neața.

Luisa mă întâmpină, zâmbitoare.

— Neața, i-am răspuns morocănos.

— Am fost aseară pe la tine. Mă gândeam că poate ai nevoie de un masaj, de puțină relaxare. Am bătut la ușă.

— Și eu ce am făcut? am întrebat-o, pe un ton jucăuș.

— Păi, nici nu ai răspuns. Probabil dormeai.

— Nu dormeam. Dar nu îmi place să fiu deranjat. Dacă aveam nevoie de un masaj, fii sigură că îți ceream.

Chiar nu îmi doream să o văd pe Luisa pe la ușa mea în fiecare noapte. În patul meu, nici atât. Voiam să păstrez o oarecare distanță între noi.

Am băut o cafea amară şi am fumat vreo patru ţigări, una după alta, pe balconaşul cochet din sufragerie. I-am cerut Luisei să mă lase singur. Afară bătea un vânt răcoros, era destul de plăcut. Pe stradă circulau multe maşini, iar oamenii erau grăbiţi, însă totodată relaxaţi. Am respirat adânc, apoi am intrat înapoi în casă.

— Luisa! am strigat, deodată.

— Ce e? răspunse ea, ieşind din cameră, grăbită.

— Hai să stăm puţin de vorbă.

— Ok, spune.

— Trebuie să îţi creezi o poveste frumoasă şi credibilă, pe care să o spui clienţilor. Un nume de scenă. Te-ai gândit la ceva?

— Mmm, nu m-am gândit. Adevărul nu ar fi suficient?

— Cel mai bine este să găseşti ceva tragic care să îi facă pe clienţi să se ataşeze de tine. Nu să te creadă o simplă curvă la care să vină să îşi satisfacă nevoile, ci o fată bună, cuminte, care face asta, cumva, obligată de situaţie. O poveste bună îţi va aduce bacşişuri mai grase, cadouri mai scumpe şi aşa mai departe.

— Păi asta nu e ceva foarte departe de adevăr, râse ea, cu poftă.

— Nu e, dar poţi găsi ceva mai bun, cum ar fi un părinte bolnav, pentru care munceşti. Le povesteşti despre situaţia proastă din România. Ştii deja, casă nu ai, vrei să îţi cumperi, chestii de astea, lacrimogene.

125

— Şi din păcate, adevărate, continuă ea.

— Din păcate, am răspuns.

M-am gândit, de îndată, la situaţia mea. Oare ar fi impresionat pe cineva povestea mea? Probabil că nu, până la urmă, nimeni nu mă obligase să plec sau să aleg calea asta. Cine m-ar fi înţeles? Oricum nu aveam nevoie să îmi înţeleagă nimeni alegerile. Nimeni, în afară de Alyssa. Ea era lumea mea toată.

Spre seară, Luisa a început să se pregătească. Hainele sexy, tocurile cui şi machiajul strident o făceau perfectă pentru meseria pe care o practica. Nu alesesem prost. Eram convins că Luisa va face o avere în acel club. O avere pe care urma să o împartă cu mine, cel care îi era mentor.

Alex a venit să ne ia, imediat ce ea a fost gata. Tăcut, am mers la maşină. Deşi clubul era la doar doi paşi de locuinţa noastră, nu aveam voie să mergem pe jos. Fetele nu aveau voie sa circule neînsoţite, mai ales la muncă. Toţi patronii de cluburi de noapte erau oameni cu relaţii, cu mulţi bani, multă putere şi influenţă, dar cu duşmani pe măsură.

În clubul fabulos, muzica era dată la maxim. Luisa a mers în camera din spate, iar eu am rămas cu Alex la canapeaua noastră. Am făcut cunoştinţă cu prietenii lui, toţi români, majoritatea din Bucureşti, dar şi din alte oraşe. Unii aveau iubitele la club. Ştiam că mulţi băieţi practicau asta, însă mi se părea josnic. Cum, mă, să îţi scoţi iubita la produs? Una era să agăţi câteva fete şi să le oferi un loc de muncă, să le-o mai tragi din când în când ca să nu uite cine e tatăl lor, şi alta era să îţi faci o familie

cu o prostituată. Dar asta nu era treaba mea, până la urmă, iubita şi viitoarea mea soţie era acasă, aşteptându-mă, iar eu aveam alte lucruri de făcut decât să mă gândesc la combinaţiile şi iubitele altora.

Noaptea a trecut repede, Luisa a fost foarte căutată. La un moment dat, mi-a făcut un semn discret şi m-a chemat în spate.

— Vreau să merg acasă, spuse ea, hotărâtă.

— Cum să mergi acasă, nebuno, aici nu eşti la clubul ăla jegos din Bucureşti sau pe apartament. Aici trebuie să stai la program.

— Dar nu mai pot, David, am obosit. Am avut patru clienţi în seara asta. Mi-am făcut banii.

Regula spunea că fetele trebuiau să plătească clubului o taxă de optzeci de euro, în fiecare noapte. Atâta timp cât o plăteau, puteau să lucreze şi treizeci de minute. Însă eu nu stăteam acolo pentru câţiva euro. Nu îmi lăsasem iubita acasă pentru trei lei.

— Cât ai făcut? am întrebat-o, răstit.

— Aproape trei sute... e bine pentru prima seară, David.

— Fă, tu eşti proastă? E ora 03:00, mai ai două ore. Poţi să faci măcar cinci sute. Dacă tot ai venit aici să te rupi în două, măcar fă-ţi treaba bine, am strigat la ea.

— Dar sunt obosită, David!

— Aşteaptă.

Am plecat grăbit la masa noastră şi am luat de la Alex puţină cocaină. Ajuns înapoi la Luisa, i-am spus hotărât:

— Hai să tragem, să capeți puțină energie.

Apoi, am tras-o de mână într-o toaletă. În toaletă, Luisa a început să mă mângâie și să mă sărute. I-am prins mâna și am împins-o spre blatul de la chiuvetă, înmânându-i plicul cu praf magic.

— Hai, fă-ți plinul rapid.

Supărată și fără să rostească un cuvânt, Luisa a tras 2 linii, în viteză.

Cocaina de calitate și-a făcut rapid efectul, iar noi am părăsit toaleta. Acum, lucrurile mergeau altfel. A stat până la sfârșitul programului și, așa cum îi spusesem, a depășit suma de cinci sute de euro pentru prima seară.

Am dus-o apoi acasă, unde ne-am așezat pe canapea pentru a împărți banii. Am luat două sute de euro și m-am dus la somn.

Nu reușeam să adorm. În mintea mea umbla, goală și plină de iubire, Alyssa. Mă cuprindea o furie incredibilă, pe mine însumi. M-am ridicat din pat și m-am îndreptat către barul din sufragerie, unde mi-am pus un pahar plin cu whisky, sec, pe care l-am savurat în liniște, în semi-întunericul care mă cuprindea. Îmi venea să izbesc pereții cu pumnii, să scorojesc tot varul de pe ei și să îl înghit apoi. Gânduri tot mai negre mă cuprindeau, iar aburii alcoolului începuseră să mă amețească, când, deodată, am simțit brațele Luisei în jurul meu, atingându-mă. Am simțit că trebuie să o resping, însă o parte din mine avea nevoie de mângâiere, iar alta, de durere. M-am întors, prinzându-i părul și împingându-i capul către mijlocul meu.

Iar ea a ştiut cu precizie ce are de făcut, trezind în mine instinctele animalice. După ce a terminat, s-a ridicat, probabil voia să continuăm. Însă am alungat-o, aşa cum aş fi alungat un câine pe care nu îl voiam în preajma mea şi m-am lungit pe canapea.

— Pleacă, i-am spus.

— De ce trebuie să fii atât de rece? întrebă ea.

— Nu sunt rece. Ce vrei să îţi fac?

Se apropie de mine, încet.

— Să te porţi mai frumos cu mine. Nu îţi dai seama că sunt îndrăgostită de tine?

— Dar tu nu îţi dai seama că nu îmi pasă? Nu suntem altceva decât parteneri.

— Partenerii de muncă şi-o şi trag?

— În domeniul ăsta, ştii bine că da. Eu nu te-am căutat niciodată. Du-te, te rog, vreau să fiu singur.

— Ce are ea şi nu am eu? murmură ea, nedumerită.

— Totul. Decenţă, inocenţă, bunătate. Inima mea. Sufletul meu. Pleacă odată, până nu mă enervez.

— Asta nu e iubire, strigă ea. Dacă ai iubi-o, nu ai fi aici cu mine.

— Asta e iluzia ta? Te înşeli, fata mea.

Uşa s-a închis cu un zgomot puternic.

În sfârşit era linişte. Am închis ochii. Afară se luminase deja, dar totuşi am adormit, cu sufletul plin de amărăciune.

Zilele următoare au fost identice. Devenisem un fel de robot, mereu trist. Dacă în România eram

trist pentru că nu aveam bani şi mă pierdeam pe mine însumi, aici eram trist pentru că mă pierdusem de tot. Fără Alyssa nu mai eram eu. Eram un munte de om, cu sufletul gol şi sfâşiat. Vorbeam cu ea zilnic, însă simţeam cum ne îndepărtăm. Devenisem tot mai violent şi răutăcios cu Luisa, uneori, când insista prea mult, o împingeam şi o ameninţam. Când făceam sex cu ea, simţeam nevoia să îi provoc durere, atât fizică cât şi sufletească. Dar ea accepta orice, în speranţa că, într-o zi o voi părăsi pe Alyssa. Pentru iubirea asta stupidă pe care mi-o purta, merita să sufere. Iar speranţa ei îmi umplea, zi de zi, portofelul.

Eram decis să fac tot ce trebuie ca să o aduc şi pe Alyssa în Elveţia, însă trebuia să fac bani înainte de toate. Dacă aş fi adus-o, riscam să o supăr pe Luisa şi să mă lase cu ochii în soare. În concluzie, era important să mai găsesc câteva fete, ca să am o siguranţă.

Zis şi făcut. Am început să pescuiesc pe Hi5 şi Messenger şi să insist la Luisa să o aducă pe verişoara ei. În trei luni, am reuşit să combin câteva fete cu care trebuia să mă întâlnesc în Bucureşti şi să le aduc aici. Luisa a adus-o şi pe verişoara ei, între timp.

În iunie 2006 am plecat înapoi în România, hotărât să mă întorc cu mai multe fete. Câte picau. Aly nu ştia că vin acasă, intenţionam să îi fac o surpriză. Am plecat către România într-o zi de joi, dimineaţa.

Odată ajuns în Bucureşti, am luat un taxi spre casă. Poarta era deschisă, ca întotdeauna. Am in-

trat, în linişte. Aveam mâinile încărcate cu sacoşe pline de cadouri. Mama era acasă, trebăluind în bucătărie. Casa era curată, strălucitoare. Mirosul atât de familiar, de mâncare delicioasă, îmi invada nările.

— Mamă! am strigat, plin de emoţie.

Mama a lăsat din mână farfuria şi a alergat, îmbrăţişându-mă cu dragoste.

— David. Fiul meu iubit. Doamne, am crezut că mor de dorul tău!

Am îmbrăţişat-o prelung pe mama, ascunzându-mi ochii în pieptul ei.

— Unde e Aly?

Mama privi în jos.

— E la şcoală. David...

— Ce e, mamă? Alyssa e bine, nu?

— Alyssa a suferit enorm după plecarea ta. Plânge seară de seară, a slăbit mult. Întoarce-te la ea, mamă, că o omori.

Cuvintele mamei mi-au străpuns inima ca un pumnal cu tăişul proaspăt ascuţit. Simţeam că Alyssa suferă, dar încercam să mă gândesc mereu la bucuria pe care urma să i-o fac la întoarcerea mea. Am stat puţin cu mama, apoi am plecat la Alyssa la facultate, unde am aşteptat-o până a ieşit de la ore.

Într-un final, a ieşit. Venea către mine iubirea vieţii mele, alături de un grup de colegi. Era atât de fină şi de simplă! Inima a început să alerge, cautând-o pe a ei. Când, în sfârşit, m-a zărit, Aly a alergat spre mine, uimită.

— David! Ce surpriză! E incredibil! strigă, ea, vizibil tulburată.

Am îmbrățișat-o, plin de dragoste și cu sufletul umplut până la refuz cu fericire și satisfacție, urmând să o sărut înfometat de dor și strângând-o cu putere în brațele mele. Era atât de mică și firavă încât simțeam că strâng la piept un copil. Sufletul mi s-a strâns. Într-adevăr, slăbise mult. Gândul că suferința a fost cea care a slăbit-o mă durea, așa că am încercat să îl alung.

— Iubirea mea, am șoptit, lipindu-mi trupul de al ei. Nu poți să îți imaginezi cât de dor mi-a fost de tine!

Alyssa tăcea, cuibărită cuminte la pieptul meu. Îndată, tricoul mi se udă. Aly plângea, tremurând în brațele mele.

— Nu mai pleca, te rog! Nu mai pleca, mor fără tine. Mă topesc fără iubirea ta.

I-am privit ochii plini de lacrimi și bunătate, prinzându-i în mâini capul și sărutându-i buzele.

— Acum sunt aici și doar asta contează.

Am plecat împreună să mâncăm. Aveam bani și mă simțeam bine. Acasă o așteptau pe Aly o mulțime de cadouri, cumpărate de mine. Voiam nespus de mult să o văd fericită. Și era atât de veselă și plină de viață, cum nu o mai văzusem de foarte mult timp.

Zilele s-au scurs repede, mult prea repede, așa cum se scurgeau mereu în prezența femeii pe care o adoram, iar eu mă simțeam un alt om. Norul negru din mintea mea dispăruse complet.

Începeam să regret tot ce făcusem în Elveția. Mă simțeam chiar prost pentru că mă purtasem urât cu Luisa. Îmi doream să amân întâlnirile cu fetele, însă rămăsese în mintea mea un minim de luciditate și știam că trebuie să mă întorc acolo. Norișorii roz pe care pluteam începuseră să se risipească, chiar după primele zile, pentru că aveam o conștiință care se lupta să mă țină la suprafață.

După primele zile petrecute acasă, am început să mă întâlnesc cu fetele pe care trebuia să le iau cu mine. Pe prima o cunoșteam de multă vreme, lucrase cu Bobo acum mulți ani. O chema Alexandra. Avea niște sâni imenși și un fund mare, bombat. Răutăcioșii spuneau că e grasă, ea prefera să spună că are forme. Adevărul este că era bună și avea un aspect de braziliancă. Era nimfomană, se culca cu cine apuca, chiar și fără bani. Știa că am iubită, dar nu o deranja deloc lucrul acesta. Ne-am întâlnit la Mall, la o cafenea. Mă aștepta deja în față când am ajuns. Purta o pereche de blugi mulați, cu talie joasă și o cămașă descheiată până la crăpătura dintre sânii aceia imenși.

— Hey, spuse ea, apropiindu-se de mine și sărutându-mă pe obraji. Mirosea a parfum ieftin, însă se vedea că se străduise din greu să arate bine, probabil în speranța că mă va cuceri.

O priveam și mi se părea dureros de amuzantă. Îmi povestea cât de fericită este, că e la facultate, că e bine așa cum e, dar i-ar plăcea să câștige ceva mai mulți bani. O ascultam, deși gândul îmi era pierdut, undeva, departe. La un moment dat,

i-am spus:

— Uite, Alex. Ştii că eu sunt un tip direct.

— Ştiu, răspunse ea, încântată.

— Am un loc bun în Elveţia, la un club. Primesc dansatoare doar pe bază de recomandare şi acceptă doar fete cu un aspect fizic plăcut. E ceva select. Se fac bani mulţi, între 10 şi 15.000 pe lună.

— De dolari?

— De euro, nu dolari. Bine, vei fi plătită în franci, dar eu vorbesc despre echivalentul lor în euro. În fine, eu recrutez acum fete şi vreau ce e mai bun. Nu umblu cu vrăjeli, îmi dai şi mie 30% din încasări şi am grijă de tine, îţi ofer loc într-un apartament de lux. O să îţi placă.

— Da, David, dar eu m-am înscris la facultate, precum îţi spuneam mai devreme. Ce fac dacă plec?

— Eşti nebună? Dar ce faci dacă rămâi?

M-am apropiat uşor de ea, şoptindu-i:

— Uite, ştim cu toţii că îţi place viaţa. Şi dacă tot eşti disperată după bărbaţi, de ce să nu profiţi de treaba asta şi să faci şi nişte bani? Pe mine mă ştii de atâţia ani, sunt băiat serios. Sunt plecat cu o prietenă, are deja puşi deoparte vreo 20.000, îşi face toate poftele. Nu dă banii vreunui fraier, am grijă de ea şi totul este perfect.

Alexandra m-a privit. Avea ochii negri şi purta gene false, dar erau atât de evidente încât îmi venea să râd.

— Am să mă gândesc la propunerea ta, mi-a răspuns.

„Proasta satului de urâtă, te gândeşti?" mi-am spus.

— Bine, am continuat. Dacă te hotărăşti, mă suni şi rezolvăm.

M-am ridicat, spunându-i:

— Vineri să ştii că plec, cu sau fără tine.

Astăzi era duminică şi chiar voiam să plec vinerea următoare. Eram nerăbdător să îmi aşez treburile acolo, pentru a putea să închiriez un apartament în care să stau doar eu cu Alyssa şi să supraveghez totul având-o, sub aripă pe iubita mea.

Mi-am pregătit discursurile şi pentru cele-lalte fete. Totul era simplu. Nu le minţeam, le pre-zentam o ofertă bună de muncă unor fete despre care ştiam că oricum nu sunt cuminţi şi care mă cunoşteau suficient de bine încât să aibă încredere să plece cu mine. Unele dintre ele erau şi atrase de mine, iar eu le dădeam speranţă că ar putea fi ceva între noi. Ceva, însă nu ceea ce voiau ele. Toa-te ştiau bine că, orice ar fi fost, pe Alyssa nu aş fi părăsit-o niciodată.

Cât despre iubita mea, am avut grijă să o fac să se simtă ca o prinţesă în timpul petrecut acasă. Zi de zi, am asigurat-o că lupt pentru a o aduce în Elveţia şi pe ea şi că voi fi cuminte. Şi nu minţeam. Chiar aveam de gând să fiu cuminte, să nu mă mai culc nici măcar cu Luisa, oricât de tentat aş fi fost.

Speram că timpul va trece repede şi că până la venirea iernii să fiu, din nou, împreună cu Aly. Trebuia musai să îmi cumpăr o maşină până

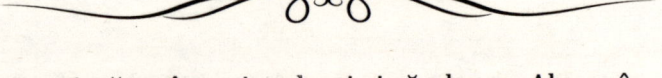

atunci, să strâng niște bani și să plec cu Alyssa într-o vacanță de vis.

Până la plecare, am avut grijă să o umplu pe Aly de cadouri și de iubire. Însă ceva în ea era schimbat. Nu era rece. Nu era tristă. Era, poate, mai dură decât de obicei. Zâmbea mai puțin și avea un comportament mai serios. Însă era la fel de iubitoare ca înainte.

Mama a fost tristă să afle că vreau să plec înapoi, spera că voi rămâne acasă. Știa bine la ce voi pleca și nu o încânta ideea. Însă a acceptat banii pe care i-am oferit fără să stea pe gânduri, drămuindu-i cum știa ea mai bine.

Nu am reușit să plec vineri, așa cum îmi propusesem, ci cu o săptămână mai târziu. Am plecat cu două fete. Alexandra, bruneta voluptoasă și Iulia, o tipă blondă, pe care o știam din cartier.

De data aceasta, despărțirea a fost mai puțin dureroasă. Aveam deja un orizont, o speranță că în doar câteva luni vom putea fi împreună și că vom avea o viață bună. Viitorul suna bine și aveam un motiv să lupt, să fac lucrurile mai bine.

Odată ajuns înapoi la treabă, lucrurile au mers de la sine. Făceam același lucru, doar că devenisem mai bogat. Câștigurile erau triple, dar și responsabilitățile erau mai multe. Șeful nostru, pe care aveam să îl cunosc în curând, după spusele lui Alex, voia să menținem liniștea și pacea, așadar, nu trebuia să fim violenți sau să căutăm scandal.

Pe măsură ce fetele mele se acomodau și începeau să câștige tot mai bine, eu căutam noi can-

didate. Şi, Slavă Domnului, aveam destule fete care mă căutau. În luna octombrie aveam deja 6 fete, cu tot cu Luisa. De la fiecare luam 30% din încasări. Asta însemna că aveam un câştig lunar de aproximativ 20.000 de euro. Fără să plătesc taxe, impozite sau ceva. Erau banii mei, curaţi. Mă rog, nu prea erau curaţi, dar era bine şi aşa. În noiembrie mi-am cumpărat prima maşină. Visasem toată viaţa la această clipă. Am cumpărat, de la bunul meu prieten, Alex, maşina cu care venise să mă ia, prima oară, de la aeroport. Un Audi A6, ultimul model, cu dotări de top. La volanul ei mă simţeam un mic rege. De ce spun mic?

Locuiam într-un oraş în care eram un mic păduche, comparativ cu milionarii care trăiau acolo. Adesea, mă duceam în cartierele fabuloase cu vile ce valorau milioane de euro şi le priveam, decis fiind ca într-o zi să fiu şi eu atât de bogat.

Nu ştiam încă cum, însă ştiam sigur că peste câţiva ani voi conduce un imperiu. Totuşi, nu mi-aş fi dorit să fiu toată viaţa peşte. Însă nici nu aveam habar de ce aş fi vrut să fac cu adevărat. Ştiam cu certitudine un singur lucru. Orice aş fi făcut, Alyssa trebuia să fie în dreapta mea. Confidentă, prietenă, iubită şi parteneră. Am jurat că nu o voi mai înşela niciodată, de îndată ce voi termina cu prostiile. Şi am sperat că ea nu va afla niciodată de câte ori m-am culcat cu fetele, câte petreceri nebune am dat cu Alex şi cât de smintit am fost în perioada în care ea nu a putut să fie alături de mine.

La începutul lunii noiembrie, l-am rugat pe

Alex să se ocupe de fetele mele ca să pot pleca şi eu în România două săptămâni, iar el a acceptat. Şi eu făcusem acelaşi lucru pentru el, de fiecare dată când îmi ceruse.

Am anunţat fetele că voi pleca în câteva zile. Voiam să plec cu noua mea maşină şi să îi fac Alyssei o surpriză. Eram hotărât să o conving să vină cu mine. Dacă ar fi acceptat, deja vorbisem cu Alex să închiriez un apartament în blocul de vizavi. Era disponibil un apartament cu două camere, micuţ şi cochet. Aly l-ar fi adorat.

A doua zi, am primit un mesaj de la Alex:

Vino urgent la club!

M-am speriat. Alex nu folosea cuvinte precum „urgent" decât dacă lucrurile erau cu adevărat urgente. M-am îmbrăcat în doar câteva secunde şi am plecat grăbit spre club, în timp ce îl apelam pe prietenul meu.

— Frate, ce s-a întâmplat? am întrebat, în clipa în care i-am auzit vocea în receptor.

— Vino repede la club. A venit Alexei. Hai, trebuie să îl cunoşti. Te aştept!

M-am blocat pentru câteva momente, amintindu-mi de prietenul mamei, ce purta acelaşi nume. Alexei fusese un idol pentru mine şi ţinusem mult la acel om. Mulţi ani m-am gândit la el, dar probabil că nu aveam să îl mai văd vreodată. Coincidenţa făcea ca patronul clubului să poarte acelaşi nume.

Eram emoţionat. Urma să cunosc un om influent şi important. Dacă nu mă plăcea? Dacă era

vreun nebun, ca în filme. Rușii erau cunoscuți în întreaga lume pentru duritatea lor. Și, până la urmă, trebuia neapărat să îl cunosc pe acest Alexei? Nu puteam doar să lucrez pentru el fără să îl cunosc personal? În fine, cât ținusem acest discurs în sinea mea, deja ajunsesem la club. Era zi, deci clubul era închis. Când am deschis ușa mare, metalică, am auzit, pe fundal, o muzică discretă. Am intrat în imensul club cu o emoție pe care nu o mai simțisem până atunci. La masa noastră, era Alex, care fuma împreună cu prietenii lui. M-am îndreptat spre el:

— Fratele meu de nota zece! strigă el, dând noroc cu mine. Hai sus să îl cunoști pe marele boss! continuă el, vesel.

— Mergem în birou? am întrebat.

— Da, hai, grăbește-te. O să îți placă maxim de Alexei, tipul e super. Ți-am zis că își tratează foarte bine colaboratorii. Știe ce e ăla respect.

— În ce limbă vorbești cu el, în rusă?

— Ești nebun frate, de unde să știu eu rusă? Asta ar fi culmea, să mai vorbesc și rusă. Omul vorbește romană la fel de bine ca mine și ca tine. A avut afaceri și în România.

Mintea mea a zburat din nou la Alexei, prietenul mamei mele. Ar fi fost imposibil. Din nou, îmi imaginam că șeful nostru era un tip masiv, cel mai probabil chel, plin de tatuaje și foarte dur. Urcând treptele către biroul mereu încuiat, al „Șefului", îmi tremurau ușor picioarele, din pricina emoției care mă cuprindea. Iar când Alex a deschis ușa din lemn masiv a biroului, am simţit cum mi se înmoaie picioarele. În faţa mea, pe un scaun mare, din piele, stătea Alexei, prietenul mamei. Omul pe care îl idolatrizam încă din copilărie. Când m-a văzut, m-a recunoscut şi el, privindu-mă cu ochii lui albaştri şi reci ca gheaţa. Chipul lui, aproape impenetrabil, s-a îmblânzit şi mi-a zâmbit cald. În mintea mea au început să se lege toate. Aşadar, astea erau afacerile urgente din America pentru care a trebuit să plece. Probabil că mama ştia foarte bine cu ce se ocupă Alexei, din moment ce a ales să nu plece cu el şi nici nu mi-a spus motivul pentru care a făcut această alegere.

Eram blocat. Complet blocat. Mâinile şi picioarele nu mai aveau control. Problema cea mai mare era că nu ştiam cum să reacţionez. Instinctul îmi spunea să îl îmbrăţişez. Ţineam la el, aşa că îmbrăţişarea mea ar fi fost sinceră. Pe de altă parte, mintea îmi spunea să îmi văd de treaba mea, fiindcă biroul era plin de băieţi şi poate nu ar fi vrut să mă îmbrăţişeze. În fond, toţi eram angajaţii lui şi trecuseră ani buni de când nu mă mai văzuse. În acel moment, m-am întrebat cum ar fi fost viaţa mea, dacă mama ar fi acceptat să plece cu el, acum mulţi ani. Dar gândul a dispărut cu aceeaşi repeziciune cu care a apărut.

Alexei s-a ridicat de la birou, vizibil surprins şi el. S-a îndreptat către mine, cu mâinile întinse:

— David! Nu pot să cred! Tu eşti prietenul lui Alex, de la Bucureşti? Vino, vreau să te îmbrăţişez. Dumnezeule, cât de mare ai crescut!

L-am îmbrăţişat pe Alexei cu mult drag şi am simţit doar bunătate din acea caldă îmbrăţişare. O îmbrăţişare pe care mi-ar fi dat-o acel tată care mi-a lipsit toată viaţa mea.

— Nu credeam că o să te mai văd vreodată, Alexei. Mă bucur... pur şi simplu mă bucur nespus de mult să te revăd. E o surpriză incredibilă!

Îmi tremura glasul. Alex se uită la mine, uimit. Probabil se întrebă de unde îl cunosc pe Alexei. Am zâmbit la el, făcându-i din ochi.

— Vreau să faci cunoştinţă cu fiul meu. Vitaly, el este David. E fiul Elenei, cred că îţi mai aminteşti de ea.

Stai, ce? Fiul lui Alexei o cunoştea pe mama? Pe ce lume am trăit până acum?

Vitaly era un băiat înalt, cu pielea albă ca porţelanul. Chipul îi era serios, buzele subţiri, iar ochii, moşteniţi, cel mai probabil, de la Alexei, de un albastru ca cerul. Vitaly mă privi fix, în ochi, întinzând o mână rece şi cuprinzându-mi mâna cu fermitate.

— Probabil eşti surprins de faptul că vorbim cu toţii limba română, continuă Alexei. Copiii mei au crescut în România până la vârsta de 12 ani, când mama lor a murit. Eu aveam deja afacerile în America deschise şi i-am luat şi pe ei acolo, când soţia mea s-a stins. Eu şi fiul meu suntem foarte apropiaţi, ştie totul despre mine şi despre mama ta.

Uitându-se în jurul său, Alexei le făcu un semn discret tuturor să plece. În birou am rămas doar eu şi fiul său.

— Mai am un băiat, însă el se ocupă de cluburile din America și vine foarte rar în Europa. Are familie, e stabilit acolo. Nu îi place să călătorească deloc.

— Înțeleg, am răspuns, fără să știu foarte bine ce ar fi trebuit să spun.

Mă simțeam stânjenit. Nu îl mai văzusem pe Alexei de mulți ani. Pe vremea în care era împreună cu mama, știam că ține la mine, o arăta de fiecare dată. Însă acum, după atâția ani, nu aveam de unde să știu dacă mai simțea ceva față de mine. În sufletul meu, însă, el avea un loc special. Îl așezasem pe un piedestal, fiindu-mi model încă din prima clipă în care l-am cunoscut. Nu îmi imaginasem, însă, vreodată, că afacerile sale ar fi fost de acest fel. Credeam că se ocupă cu orice altceva, numai cu cluburi de noapte nu.

Alexei avea exact imaginea unui om de afaceri extrem de influent și bogat. În mintea mea, limitată, pe atunci, patronii de cluburi și angajații lor trebuiau să fie oameni cu un aspect înfiorător. Aceasta a fost pentru mine o altă lecție, cu bătaie lungă. Adică am învățat, vreme îndelungată, cât am lucrat în acest domeniu, mai mult sau mai puțin frumos, că de cele mai multe ori, pisica cea mai blândă zgârie cel mai tare.

Așa stăteau lucrurile și cu familia Vsevolod. Păreau blânzi, însă, în timp, am aflat că, de fapt și de drept, erau oameni de afaceri fără suflet, atunci când venea vorba de bani. Familia era totul pentru ei, în rest, nu conta nimic altceva.

Am stat de vorbă cu Alexei şi fiul său până la începerea programului. Am decis să amân cu câteva zile plecarea spre România, pentru a mai petrece timp cu noul meu mentor. Chiar şi după începerea programului, am rămas tot în birou, după uşa bine ferecată, unde le-am povestit celor doi cum ajunsesem să lucrez pentru ei.

— Dacă mama ta ar fi acceptat să plecăm împreună, acum nu ar fi trebuit să mai faci treaba asta, spuse Alexei, privindu-mă. Te-aş fi crescut ca pe fiul meu, David. Să ştii că eu m-am îndrăgostit sincer de mama ta. Avea în ea acel ceva magnific, bunătatea aceea monumentală pe care nu am mai întâlnit-o la altă femeie.

— Nu mă îndoiesc de asta, am spus. Să ştii că te-am admirat încă din prima clipă în care te-am văzut. Recunosc, am judecat-o pe mama multă vreme pentru faptul că nu a avut curajul să plecăm din ţară.

— Mama ta merită toată admiraţia şi respectul tău, fiule. Nu a vrut să vină în America deoarece ştia cu ce mă ocup şi a spus că ea preferă să trăiască o viaţă simplă şi cinstită, decât să intre într-o familie ca a mea. Poţi să o condamni pentru asta?

Am stat pe gânduri câteva clipe, apoi am răspuns hotărât:

— Nu. Nu pot să o condamn. Ştiu ce presupune viaţa mea, care nu e nici pe departe atât de complicată cum este a ta. Iar după câte a tras cu tata, o înţeleg pe biata mamă. Tot ce a vrut a fost doar linişte şi pace. Şi totuşi, uite-ne aici, amândoi,

în treaba asta. Probabil, cineva de sus a vrut cu tot dinadinsul să avem o relație mai apropiată.

— Elena știe ce faci tu aici?

— Știe și nu prea știe. Știe că sunt cu niște fete, dar nu i-am dat niciodată detalii.

— David, știu că aici vin mulți băieți din România cu iubitele lor. Și tu ești tot cu iubita ta?

Simțeam că Alexei mă întreba acest lucru cu o oarecare milă, așa că m-am grăbit să îi răspund:

— În niciun caz. Eu am aceeași iubită încă de când aveam șaisprezece ani. O fată cuminte, liniștită. Studentă la coregrafie, balerină. E un înger de fată. De fapt, chiar zilele astea voiam să plec în România și să o aduc aici, să locuiască cu mine. Îmi e tare greu fără ea, am rostit, oftând.

— Trebuie neapărat să o aduci aici. David, lumea asta murdară în care te învârți te poate face să îți pierzi capul. Încearcă să îți ții picioarele bine înfipte în pământ. Urmărește-ți scopurile, dar ai grijă să nu pierzi ceea ce iubești. Crede-mă, îți spun din proprie experiență. Poți avea toți banii din lume, dacă acasă nu te așteaptă o femeie care te iubește în adevăratul sens al cuvântului, trăiești degeaba.

Mi-am amintit de scumpa mea Alyssa. De chipul ei angelic și de trăsăturile ei fine. De mișcările ei elegante și de senzualitatea ei. Brusc, mi-a venit în minte copila pe care am cunoscut-o prima oară, când eram doar un puștan. Acea copilă îmbrăcată băiețește, cu genunchi mari și picioare lungi. Crescusem împreună cu Alyssa. Devenisem un bărbat complet, întreg, alături de ea. Am simțit cum mă

topesc, precum o lumânare aprinsă cu bricheta, doar cu gândul la atingerile ei, la vorbele ei dulci și la simplul ei fel de a fi, original și sincer.

Am mai stat puțin cu Alexei și cu Vitaly, apoi am coborât în club. Noaptea începuse, iar fetele mele erau la treabă și trebuia să le supraveghez. Alex era la masa noastră, ca întotdeauna. Mă privea cu suspiciune.

— Frate, ce-a fost asta? De unde îl știi pe Alexei? îmi spuse Alex la ureche.

M-am apropiat de el, răspunzându-i:

— Ții minte când m-ai adus aici, ți-am spus că mama a avut un bun prieten rus?

— Da.

— Ei bine, oricât de incredibil ar părea, acel prieten e chiar Alexei. Nu m-aș fi gândit vreodată că ar putea fi posibil, dar uite că viața poate fi surprinzătoare.

Alex a început să râdă zgomotos, servindu-mă cu o țigară. Însă în clipa aceea, am simțit o invidie ascunsă în el. O invidie, cred eu, nejustificată. O invidie care a crescut, zi de zi, tot mai mult.

Am învățat, astfel, o nouă lecție. Lecția prieteniei. Prietenii pot fi de moment sau permanenți. Există multe tipuri de prieteni și cred că, de-a lungul vieții, i-am avut pe toți. Alex a fost un prieten care nu a putut concepe că eu, copilul pe care l-a ajutat să crească, a devenit preferatul șefului. De fapt, ce nu realiza el era că eu nu făcusem nimic pentru a intra sub pielea lui. Pur și simplu așa au fost să fie lucrurile, așa au fost aranjate, probabil

145

de Dumnezeu însuşi.

Am mai rămas în Elveţia o perioadă de timp. Alexei a stat o săptămână, apoi a plecat, însă m-a lăsat pe mine să mă ocup de club. Alex nu a suportat ideea că trebuia să îmi raporteze mie totul. Într-o zi, m-a anunţat că pleacă în Italia, la un alt club, cu tot cu fete.

Vestea nu era una bună, deoarece Alex avea peste patruzeci de fete în club. În plus, odată cu plecarea lui, urmau să plece şi prietenii săi. L-am sunat pe Alexei şi l-am anunţat, iar el m-a rugat să rezolv problema.

Nu ştiam cum se aştepta el să rezolv, aşa că am decis să fac lucrurile în felul meu. Mi-am contactat toţi prietenii din România, anunţându-i că am locuri libere la club. Iar mutarea s-a dovedit a fi una benefică, fiindcă mulţi prieteni îşi doreau să îşi aducă fetele în Elveţia, însă nu aveau legătura necesară. Până de Crăciun, nu doar că am refăcut echipa destrămată de Alex, ci am şi înmulţit fetele. Prietenii din Bucureşti au venit, la rândul lor, cu alţi prieteni, din toată ţara, printre care şi Bobo, vechiul meu prieten.

Într-un fel, Alex îmi lipsea şi mă simţeam prost din cauză că reacţionase în felul acesta. Îl consideram un bărbat adevărat şi tocmai îmi dovedise că, de fapt, nu este. Că orgoliul lui a fost mult prea mare, iar un orgoliu mare nu poate să facă altceva decât să-şi distrugă posesorul.

De Crăciun, am reuşit să plec spre România, cu maşina. Am plecat hotărât să îmi aduc iubita,

să mă mut în apartamentul lui Alex şi să locuim împreună acolo. Luisa a ţinut morţiş să meargă şi ea cu mine. Strânsese bani frumoşi şi voia să îşi viziteze familia cu ocazia sărbătorilor.

După două zile de condus încontinuu, am ajuns, în sfârşit, acasă. Bineînţeles, Alyssa nu avea nici cea mai vagă idee că vin. Mama ştia, o sunasem înainte şi o anunţasem, cu atât mai mult cu cât aveam nevoie de un complice care să mă ajute să pun la cale o surpriză de zile mari pentru Aly.

Când am ajuns, casa era goală. Înăuntru, totul era schimbat. Cu banii pe care îi trimiteam lunar, Aly schimbase mobilierul, electrocasnicele, chiar şi perdelele.

Vorbisem la o florărie din oraş şi stabilisem să îi umple camera cu trandafiri Alyssei. Îi cumpărasem un set superb, cu lănţişor şi pandantiv în formă de inimă şi un inel finuţ, cu diamante. Îi promisesem că o voi trata ca pe o regină şi aveam de gând să mă ţin de cuvânt.

Alyssa s-a întors, împreună cu mama. Plecaseră împreună la cumpărături. Au intrat în casă, cu sacoşele în mână. Parcasem maşina undeva mai departe, tocmai pentru că îmi doream să o surprind. Însă, având în vedere că era ultimul model de Audi, maşina i-a atras atenţia iubitei mele. Chiar când au intrat în casă, vorbeau despre ea.

— Sunt sigură că i-ar plăcea lui David! spunea Aly, cu un glas puţin cam trist. Îmi e atât de dor de el.

— Lasă, draga mea, sunt sigură că va veni cu-

rând acasă, răspunse mama, vioaie.

— Vine, sigur vine, însă ce folos, dacă pleacă înapoi?

— Fata mea, te rog, du-te în cameră şi adu-mi feţele de pernă. Vreau să pun rufe la spălat.

Mama ştia foarte bine că eu sunt ascuns în dormitorul nostru şi din acest motiv o trimitea pe Aly acolo. Cu uşa crăpată, ca să pot trage cu urechea, o aşteptam eu. Când a deschis-o, s-a lovit de marea de trandafiri pe care o pregătisem pentru ea. Pe scaun, lângă pat, stăteam eu şi o aşteptam, cu braţele şi sufletul larg deschise. Alyssa s-a oprit în uşă. A început să zâmbească, însă lacrimile îi curgeau, în acelaşi timp. Îşi lipi palma stângă de frunte, apoi căzu în genunchi, plângând în hohote. M-am grăbit să o ridic în braţe şi să o sărut, strângând-o la pieptul meu.

— Gata, iubita mea, te rog, nu mai plânge. Sunt aici acum şi nu mai plec nicăieri.

— David...

Era atât de emoţionată, încât nu era capabilă să spună nimic. După câteva minute de stat îmbrăţişaţi, fără să vorbim, a părut că iese din starea de şoc şi că realizează, în sfârşit, că sunt alături de ea.

— Nu e un vis? întrebă ea, cu lacrimi în ochi.

— Nu, iubito, e doar realitatea.

Mama a venit şi ea în dormitor. Plângând, m-au îmbrăţişat, amândouă, pe rând. Am mers apoi direct în bucătărie, unde am mâncat vestita supă cu găluşte pe care o făcea mama. Cred că cel mai special ingredient din supa mamei era iubirea.

Au urmat apoi, cele mai frumoase zile petrecute până atunci. De Crăciun, am împodobit un brad mare, cel mai mare de până acum, în sufrageria mamei. Le-am cumpărat femeilor pe care le adoram cadouri și le-am pus sub brad. Am plecat, în a doua zi de Crăciun, cu Aly la munte și am stat în Poiana Brașov, la hotel Alpin, unde am petrecut până de Revelion.

Revelionul l-am făcut acasă, cu mama și cu Alyssa. Mi-ar fi plăcut să pot trăi acele momente de tihnă și pace pentru totdeauna, dar, din păcate, imediat după Anul Nou trebuia să fiu înapoi în Elveția.

Venisem în România hotărât să o conving pe Aly să mă însoțească și am încercat să fac acest lucru pe tot parcursul vacanței petrecute acasă. Însă ea m-a refuzat. Am înțeles-o. În vara anului 2007 trebuia să termine facultatea. Muncise prea mult ca să lase lucrurile așa. Cu greu și cu multă durere în suflet, pe 5 ianuarie am plecat înapoi în Elveția, lăsând-o pe Aly, din nou, în urmă, cu promisiunea că voi veni după ea imediat ce termină școala.

M-am întors la club încă din prima zi în care am ajuns înapoi în Elveția. Fetele fuseseră liniștite, Alexei lăsase pe altcineva să se ocupe de club cât fusesem plecat. Singura problemă care apăruse era cu una dintre fete, fiindcă intrase în vorbă cu un grup de ucraineni, care aveau și ei fete la un club rival. Voiam să mă ocup personal de treaba asta, fiindcă domnișoara în cauză era adusă prin intermediul unui prieten. Nu o cunoșteam decât

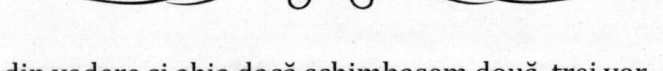

din vedere şi abia dacă schimbasem două, trei vorbe cu ea.

Numele ei era Magdalena şi avea să îmi rămână întipărit în memorie pentru tot restul vieţii mele.

Am chemat-o în birou şi i-am cerut explicaţii. Speriată, fata a început să plângă şi mi-a povestit că un tip o abordase în ziua ei liberă, într-un magazin din centrul oraşului. Îl ştia din club, îi fusese client pentru o seară, aşa că i-a răspuns. Astfel, încălcase una dintre cele mai importante reguli impuse fetelor: nu aveau voie să discute cu clienţii în afara clubului. Regulile erau puse în mod special pentru protecţia lor, dar şi pentru liniştea noastră. Magdalena a făcut în acea zi schimb de numere de telefon cu Oleg, tipul din Ucraina şi a început să vorbească cu el, legându-se între ei o prietenie puţin cam strânsă. Unul dintre băieţii care se ocupa de fete, pe nume Vlad, a observat că Magda vorbea cu cineva şi i-a citit mesajele, iar astfel a descoperit că dansatoarea îi spunea tot ce se întâmplă în interiorul clubului. De la regulamentul intern şi până la micile secrete care menţineau lucrurile într-o ordine perfectă, Magda i-a povestit absolut tot ceea ce ştia. Vlad i-a aplicat Magdei o corecţie zdravănă pentru greşeala pe care o săvârşise aceasta, iar ulterior, cea din urmă, i-a povestit lui Oleg cele întâmplate. În următoarea seară, maşina lui Vlad a fost incendiată, la doar câteva străzi distanţa de club. Era clar că ucrainenii căutau scandal cu noi. Totuşi, îndrăzneala de care dădeau dovada nu pu-

tea fi iertată. Prin urmare, a doua zi le-am pregă-
tit o surpriză şi, cu ajutorul dansatoarei noastre,
am aflat unde locuiau. Am intrat peste ei în casă.
Eram peste douăzeci de bărbaţi. Am avut grijă să le
arătăm cine deţine controlul în zonă. Câţiva dintre
băieţii noştri i-au bătut bine, în timp ce alţii le-au
violat şi bătut dansatoarele. Bătute bine, sigur nu
puteau să facă bani măcar două săptămâni. Apoi,
ne-am retras cu toţii în treaba noastră.

Alexei a fost mulţumit de ceea ce am făcut.
Deşi era un om liniştit, nu suporta ca autoritatea
lui să fie subminată.

Am trimis-o pe Magda acasă, pentru că se
simţea în pericol după toată tărăşenia asta. Nici eu
nu mă simţeam prea bine. Aveam permanent sen-
zaţia că ceva rău va urma, parcă presimţeam ceea
ce avea să se întâmple.

În luna martie, chiar cu puţin timp înainte
de ziua mea, am plecat mai devreme din club. Bă-
usem cam mult şi mă simţeam ameţit. De fiecare
dată când simţeam că nu mai pot, preferam să mă
retrag, decât să mă fac de râs. Aveam un nume de
protejat şi un club de condus, aşa că trebuia să mă
simt mereu sigur pe mine.

Din nefericire, în acea noapte am ales să
merg pe jos pentru a-mi răcori puţin mintea. Doar
două persoane ştiau că voi ieşi singur din club, la
ora aceea. Una dintre dansatoare, Felicia, amică cu
Magda şi iubitul ei, Mario.

Cu doar câteva sute de metri înainte să ajung
la blocul în care locuiam, m-am oprit brusc. În faţa

mea opriseră două mașini, din care au coborât mai mulți bărbați. Nu am apucat să spun nimic, deoarece unul dintre ei m-a lovit cu o bâtă în genunchi. Am apucat să îl lovesc, agățându-mă de altul, în viteză. Apoi am picat la pământ, fără să-mi mai pot controla picioarele. Apoi, am simțit cum gustul sângelui îmi inundă gura și o ploaie de lovituri îmi stâlceau trupul și capul. La un moment dat, am amorțit.

În acele clipe o vedeam doar pe Alyssa în fața ochilor, însă ea se îndepărtă tot mai tare de mine. O durere puternică nu îmi permitea să mai respir și simțeam cum plămânii mei sunt plini. Am încercat să o prind de mână, să nu plece, însă nu îmi puteam mișca membrele. Urechile îmi țiuiau, iar capul îmi pocnea de durere. Apoi, țiuiala s-a oprit brusc, iar o liniște blândă mi-a acaparat mintea. Mă cuprinsese o liniște plăcută și o senzație de eliberare, urmate de un fior rece. Am devenit relaxat, cu totul calm și vesel, deși Aly nu mai era în fața ochilor mei. Deodată, ea a reapărut în fața mea. Am strigat-o, însă s-a întors cu spatele, alergând pe o câmpie plină cu flori galbene și iarbă verde. Am alergat după ea până când am ajuns în dreptul unei păduri întunecate, unde a dispărut. O strigam din toți rărunchii, însă nu a mai apărut. Intram tot mai adânc în pădurea întunecată, până când în jurul meu totul a devenit negru, iar eu simțeam cum pic într-un abis... și nu am mai știut nimic de mine.

În jurul meu auzeam forfotă. Voci distincte, oameni vorbind. Dar nu puteam vedea nimic și nu

puteam reacționa în niciun fel. Eram închis într-un fel de cușcă a sufletului, de unde puteam doar auzi.

Cel mai des o auzeam pe Alyssa. Plângea mult și mă striga, însă eu nu puteam să îi răspund. Parcă era undeva, departe. Undeva unde eu nu puteam să ajung, orice aș fi făcut și oricât de mult ar fi vrut sufletul meu să ajungă la ea.

Am început să mă rog. Și mă rugam așa cum nu o mai făcusem de mulți ani. Îl imploram pe Dumnezeu să mă scape din acel abis de necunoștință în care căzusem, pentru a o vedea, din nou, pe Alyssa. Am promis că nu o voi mai înșela niciodată, făgăduindu-i lui Dumnezeu că mă voi liniști, implorându-l să mi-o ia pe Aly, dacă vreodată îi voi mai întrista sufletul. Iar Dumnezeu, în marea lui bunătate și înțelegere, a ascultat rugile înflăcărate ale pierdutului meu suflet.

***

Am deschis ochii după o săptămână de comă, conform spuselor medicilor, perioadă care pentru mine trecuse ca o secundă. Așadar, fusesem mai aproape ca niciodată de moarte. Mă aflam într-o cameră de spital albă, într-un pat cu mânere din plastic, tot albe. Nu îmi aminteam mare lucru și mă întrebam ce caut aici. Eram mort? Cu siguranță Raiul sau Iadul meu nu arătau ca o cameră de spital, deci nu puteam fi mort. În România nu eram, fiindcă spitalul era mult prea arătos. Eram, mai mult ca sigur, internat într-un spital din Elveția. Am vrut

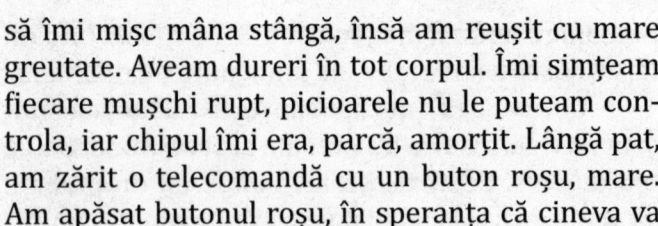

să îmi mişc mâna stângă, însă am reuşit cu mare greutate. Aveam dureri în tot corpul. Îmi simţeam fiecare muşchi rupt, picioarele nu le puteam controla, iar chipul îmi era, parcă, amorţit. Lângă pat, am zărit o telecomandă cu un buton roşu, mare. Am apăsat butonul roşu, în speranţa că cineva va veni să îmi spună ce se întâmplă cu mine.

În camera de spital au intrat două asistente, purtând salopete albe, impecabile, cu o dungă roz. Au început să îmi vorbească în limba germană, limbă pe care eu nu o cunoşteam deloc. Le-am întrebat dacă vorbeau engleza, însă au făcut un semn din cap şi au ieşit. Câteva minute mai târziu, în cameră a intrat Alexei. Îndreptându-se spre patul în care zăceam, cu privirea îngrijorată aţintită către mine, Alexei se aşeză pe un scaun, lângă mine, spunând:

— Ne-ai speriat rău, puştiule! Am crezut că te vom pierde. Îţi aminteşti ceva din ce s-a întâmplat?

Am stat puţin pe gânduri. Totul era învăluit în ceaţă, însă îmi aminteam, vag, clipele de teroare pe care le trăisem când am fost atacat. Nu loviturile în sine mă speriau, pentru că eram destul de rezistent. Mă speria frica de moarte. Groaza că voi muri neîmplinit şi că le voi lăsa pe Aly şi pe mama să înoate pentru tot restul vieţii într-o mare de amărăciune fără fund.

Am schiţat un zâmbet amar către Alexei şi i-am povestit ce se întâmplase.

— Sigur au fost ucrainenii ăia blestemaţi. Să nu îţi faci griji, spuse el, prinzându-mi braţul în

mâna lui. Fiecare lovitură pe care ai primit-o va fi aprig răzbunată.

Chipul lui a devenit aspru, atât de aspru cum nu îl mai văzusem vreodată. Am mormăit ceva ce nici măcar eu nu am înțeles, apoi Alexei a continuat:

— Ai fi putut fi fiul meu, David. Şi nimic din toate astea nu ți s-ar fi întâmplat. Din prima clipă în care te-am cunoscut, pe tine şi pe Elena, am ştiut că trebuie să am grijă de voi. Ceva mai presus de mine m-a făcut să simt asta. Însă nu este prea târziu.

S-a ridicat de pe scaun şi s-a îndreptat către uşă, când, cu greu, mi-am mişcat capul către el:

— Mulţumesc, Alexei!

— Nu ai pentru ce! Suntem o familie, noi, toţi, aici. Era să uit. Iubita ta şi mama ta sunt în Elveţia. Vitaly le-a adus, crezând că te vei stinge. Medicii erau destul de sceptici în privinţa vindecării tale. E la apartamentul în care veţi locui, de acum. Alexei zâmbi, iar zâmbetul lui era unul sincer.

Alyssa era aici. Mama era şi ea aici. Aşadar, nu o visasem. Probabil că sufletul meu o simţea alături.

M-am întins comod pe spate şi am închis ochii. Mă simţeam mai obosit ca niciodată, de parcă aş fi făcut un efort imens. Probabil că am adormit, însă, ceva mai târziu, m-a trezit zgomotul făcut de uşa de la intrare, iar mirosul de parfum delicat, care a umplut încăperea, m-a făcut să mă ridic, cu greu, în capul oaselor. Sosise Alyssa.

— David, strigă ea, grăbindu-se spre mine.

— Alyssa, iubirea mea... Nici nu știi cât de fericit sunt să fiu alături de tine.

Cu greu mă abțineam să nu plâng. Totuși, în ciuda strădaniei mele, am simțit câteva lacrimi stinghere cum mi s-au prelins din ochi. Alyssa m-a îmbrățișat cu drag, lipindu-se de mine. Părul ei îmi intra în gură și îmi acoperea toată fața, însă eram fericit.

— Sunt aici acum, spuse ea. Și nu am de gând să mai plec vreodată de lângă tine.

Mi-a povestit apoi, cu un aer grav, cum a venit Vitaly la poarta mamei și cum au ajuns amândouă în Elveția, cu avionul. Se temeau cu toții că voi muri și că nu vor apuca să își ia rămas bun de la mine.

Leziunile pe care le aveam erau destul de grave. A trebuit să rămân în spital să mă refac încă două săptămâni, apoi am părăsit clinica pe picioarele mele, însă ajutat de Vitaly. Erau oameni buni și mi-au fost alături.

Un singur lucru mă deranja profund, și anume, prietenia care se legase între Alyssa și Vitaly. El făcea glume, iar ea îi zâmbea. Acest lucru mă scotea din sărite, însă nu aveam niciun motiv real să mă supăr. Până la urmă urmei, eu eram nebunul care fusese gelos pe faptul că Aly plânsese mult de dorul bunicii ei. Eram bolnav de gelozie, iar Vitaly era un om mult prea corect și nu ar fi fost în regulă sa îl bănuiesc de nimic.

Mama nu s-a regăsit în Elveția. A stat cu mine până când mi-am revenit, apoi a insistat să mă

întorc în România şi să renunţ la viaţa pe care o aveam, însă, văzând că nu are succes, m-a anunţat cu tristeţe că vrea să plece înapoi.

Cu sufletul îndoit, am lăsat-o să se întoarcă acasă, după ce am înţeles că acel loc nu era pentru ea un cămin şi că nu era fericită acolo. Dacă eu eram fericit, asta nu însemna că trebuie să o forţez şi pe ea să rămână aici. I-am cumpărat bilet de avion şi am condus-o la aeroport. Alyssa a plâns după mama. Eu nu am făcut-o, însă sufletul meu a fost trist multă vreme după plecarea ei.

Alexei a închiriat pentru mine şi Aly un apartament cu trei camere. Mult prea mare pentru noi doi, însă spaţiul în plus nu era o problemă. Era amenajat atât de frumos, încât nu îmi venea să mai ies din el. Mobila închisă la culoare şi strălucitoare îţi fura ochii. Televizorul, dormitoarele, geamurile înalte, totul era pur şi simplu fabulos. Simţeam că am evadat din lumea mea şi că am intrat într-o lume nouă, plină de bogăţii şi lux.

Întotdeauna am ştiut că soarta mea este una deosebită. Intuiţia mea îmi spunea acest lucru. Deşi am trăit o copilărie într-o sărăcie lucie şi viaţa mea nu a fost niciodată una roz–bombon, în sinea mea am ştiut că tinereţea mea va fi fantastică. Mereu îmi imaginam că voi trăi într-o casă imensă şi că voi învârti grămezi de bani.

Mama m-a crescut bine, dragostea ei necondiţionată m-a ajutat să am mereu încredere în mine, să mă iubesc pe mine însumi şi să am curajul să aleg întotdeauna ceea ce mă face fericit. Iubi-

rea Alyssei mă completa şi îmi dădea putere ne-
bănuită. Din dragoste pentru cele două femei din
viaţa mea, eram în stare de orice. Eram în stare să
traversez Iadul, să înot în lavă fierbinte, doar dacă
ştiam că, la final, lucrurile aveau să fie bune pentru
mine şi pentru ele.

Ultima păţanie m-a pus pe gânduri. M-a fă-
cut să mă întreb dacă viaţa aceea era cea potrivită
pentru mine. M-am întrebat, în multe nopţi târzii,
dacă acela era preţul pe care trebuia să îl plătesc
pentru păcatele mele. Eram un păcătos, ştiam asta.
O minţeam pe Alyssa, mă foloseam de femei pen-
tru a câştiga tot mai mult. Eram, cum ar fi spus
mama, un om rău.

Din jocul acela nu puteam să ies când voiam
eu. Puteam scăpa doar suficient de bogat încât să
îmi permit să fac ceea ce voiam. În plus, era şi Ale-
xei care se baza pe mine.

M-am întors la birou într-o zi de marţi, plo-
ioasă. Trecuseră două luni de la bătaia cruntă pe
care o primisem. Alexei aflase deja cine a pus la
cale atacul împotriva mea. Ajuns la birou, m-a cu-
prins o tristeţe cumplită. Nu mă simţeam bine în
acel loc. Îmi venea să închid totul şi să fug. Îmi do-
ream să fac cu totul şi cu totul altceva cu viaţa mea.
Să o iau pe Alyssa în braţe şi să fugim într-o lume
simplă, curată şi pură, ca sufletul ei. Dar banii... ei
bine, banii mă încântau prea mult şi mă făceau de-
pendent. Dorinţele materiale, visurile măreţe pe
care le aveam, nu se potriveau cu un job normal
sau cu câştiguri normale, nici măcar cu câştiguri

medii. Alături de Alexei puteam să conduc lumea
şi nu aveam de gând să mă opresc aici. Totuşi, ră-
măsesem cu o teamă din cauza bătăii primite. Era
teama pentru viaţa mea. Brusc, am realizat că nu
doar eu sunt în pericol, ci şi Alyssa. Mi-am dat sea-
ma că am doar două opţiuni. Fie merg mai departe
şi devin mai puternic, mai cunoscut şi invincibil,
fie mă retrag de tot şi mă angajez undeva, alegând
să trăiesc o viaţă modestă. Doar gândul că viaţa
mea ar putea fi atât de anostă m-a făcut să mă um-
plu de scârbă. În lumea asta există multe tipuri de
oameni. Eu, cu siguranţă nu eram genul care să se
mulţumească cu puţin. Aşadar, am decis repede.
Trebuia să devin mai puternic şi singura soluţie pe
care o aveam la dispoziţie era să îi caut pe cei care
îmi făcuseră rău. Să aflu, în primul rând, de ce au
făcut-o.

Unul dintre cele mai preţioase daruri de la
Dumnezeu era intuiţia de fier pe care o aveam.
De obicei, primul gând pe care îl aveam era şi cel
corect. De fiecare dată când îmi ascultam intuiţia,
aveam de câştigat.

Eram sigur că cei care m-au atacat erau ucrai-
nenii pe care îi bătusem cu aproape 3 luni în urmă
şi că era o răzbunare din partea lor. Nu trebuia să
mă gândesc prea mult ca să îmi dau seama de lu-
crul acesta. Însă, ceea ce era mai grav, era faptul că
în clubul nostru era un turnător sau o turnătoare,
care le spusese acestora că sunt singur. De regu-
lă, mergeam spre casă, fie cu maşina, fie în gaşcă,
împreună cu băieţii care îmi asigurau protecţia. Ei

ştiau cu siguranţă că voi fi singur. Doar două persoane din club ştiau că aveam să plec pe jos. Una dintre ele era cea care m-a trădat. L-am sunat pe Alexei şi l-am chemat la club, însă el era deja pe drum, aflând că am venit la birou. A ajuns repede, timp în care eu am ticluit un plan. Odată ajuns, am început discuţia, fără a pierde timpul.

— Alexei, cred că ţi-ai dat şi tu seama că avem un turnător în club şi că datorită lui au avut ucrainenii ocazia să mă atace, nu?

Alexei se aşeză pe canapeaua neagră, din piele, privindu-mă.

— Fireşte că mi-am dat seama. Cred că ştiu şi cine a fost turnătorul, continuă el. Nu am făcut nimic încă în privinţa asta, fiindcă am aşteptat să văd ce vei spune tu. Dar răzbunarea nu se va lăsa aşteptată, sper că ştii asta.

— Bineînţeles, am răspuns, hotărât. Însă nu cred că a fost vorba de un turnător, ci de o turnătoare.

— O bănuieşti pe Felicia? întrebă Alexei, vizibil mirat.

— Sunt sigur că ea a fost. Amintindu-mi seara aceea, emoţiile de pe chipul ei şi felul în care mă privea, intuiţia îmi spune că ea a fost.

— Atunci, spuse Alexei, nu ne rămâne nimic de făcut decât să aflăm mai multe chiar de la ea. Să mergem, adăugă el, făcându-mi un semn discret din mână.

Am coborât în club, apoi ne-am îndreptat către ieşire, împreună cu grupul de băieţi care era

permanent cu noi. Un mix frumuşel de români şi ruşi. O adunătură de criminali, proxeneţi şi traficanţi de droguri. Gândul îmi provoca fiori şi mă făcea să mă întreb dacă îmi place de tipul care devenise. Îmi plăcea de el. David devenise puternic şi avea să devină, în curând, invincibil.

Am urcat, alături de Alexei, în maşina lui, lângă el, pe bancheta din spate. În faţă stătea Vitaly, iar la volan era şoferul lor. Nu îmi aminteam cum îl chema, însă părea o stană de piatră. Mereu serios, inflexibil şi foarte tăcut, blond, cu aceeaşi ochi reci ca un sloi de gheaţă, la fel ca ai lui Alexei, o statură impunătoare şi întotdeauna îmbrăcat elegant.

Am plecat direct către apartamentul în care locuiau fetele. Eu şi Alexei am rămas în maşină. Am văzut pe geam cum, ţinând-o strâns de mâna dreaptă, mai mult târând-o, unul dintre băieţi a adus-o pe Felicia şi a trântit-o într-una dintre maşinile din spate, apoi am demarat în trombă.

După ce am traversat oraşul, am ajuns la o vilă impunătoare, într-o zonă foarte retrasă. Cel mai probabil deja ieşisem din oraş. Am oprit în parcarea vilei şi am coborât, alături de Alexei şi Vitaly. Băieţii au dus-o pe Felicia direct în sufrageria casei.

Tacticos, Alexei s-a aşezat alături de ea. În partea cealaltă a luat loc Vitaly, iar în faţa ei, eu.

Felicia venise dintr-un sat din Vaslui. Avea douăzeci şi şapte de ani şi fusese prostituată în Germania până pe la douăzeci şi doi de ani, când s-a hotărât să renunţe, după ce se îndrăgostise de

un șofer de camion din Vaslui. S-a căsătorit cu el, însă viața nu a fost deloc blândă cu ea. După multe bătăi, sarcini pierdute și chin, l-a părăsit, luând viața de la capăt, în București. Probabil, mă gândeam eu, aia îi era soarta. Să își vândă trupul pentru bani. Un amic de-al meu a aranjat-o bine, pentru că văzuse potențialul ei și a adus-o direct la mine, știind că fetele aveau viață bună în Elveția.

Iar acum, dăduse cu bâta în baltă rău de tot. Toate simțurile îmi spuneau că ea mă dăduse pe gheață ucrainenilor.

Plângea. Poate pentru o secundă mi-a fost milă de ea. Însă, secunda aceea a trecut repede, când mi-am amintit cât de mult a suferit Alyssa din cauza ei. Puteam să mă controlez. Puteam să am milă, însă deveneam smintit, nebun, psihopat, atunci când ceva o afecta pe Aly. Poate că aș fi uitat durerea pe care am simțit-o, dacă ea nu ar fi suferit.

— Hai, păpușă, spune tot, acum.

— Nu am nimic de spus, David, mă jur pe familia mea, să moară tăicuțu' meu dacă am făcut ceva, strigă ea, holbându-se la mine. În ochii ei citeam groaza, iar în glasul ei se simțea disperarea.

— Fă, tu ești în stare să juri pe oricine ca să scapi. Dar nu te cred. Și știi de ce?

Felicia se uita la mine. Își plecă capul, privindu-și picioarele goale, apoi îl ridică, din nou, privindu-mă.

— De ce? întrebă, calmă.

— Pentru că Oleg ne-a spus totul, proasto! am strigat. Totuși, dacă recunoști, sunt dispus să

te iert. Dar vreau să îmi spui de ce ai făcut-o.

O minţeam cu neruşinare. Nu aveam de gând să o iert, însă trebuia să fiu sigur că intuiţia nu mă înşela, înainte să o trimit acasă.

Felicia s-a uitat în jos, apoi m-a fixat cu privirea.

— Recunosc! Sunt vinovată! David, o ameninţau pe Magda şi pe fiica ei... m-am speriat şi...

— Cum poţi să spui că te-ai speriat? De ce nu ai ascultat regulamentul? Trebuia doar să vii la noi şi să ne spui şi se rezolva problema!

Vitaly interveni, nervos din cale afară:

— Idioato, omul ăsta era să moară din cauza ta! strigă el, furios, lovind-o peste faţă.

Felicia începu să plângă şi mai tare. Într-un fel, îmi era milă de ea, din nou, însă, era cu adevărat proastă. Deodată, Vitaly se ridică în picioare. S-a îndreptat spre mine, înmânându-mi un pistol. Am luat arma în mână, blocat. Doar nu voia să o împuşc?

— Ocupă-te de ea, pe tine a vrut să te omoare, rosti el, răspicat.

În clipa următoare, Felicia se aruncă la podea, urlând disperată şi strigându-mă.

Alexei s-a uitat către mine, cu o privire dură.

— Noi nu iertăm, David. Trebuie să le arăţi tuturor ce se întâmplă cu cei care te trădează.

Apropiindu-se de mine, mă apucă de mână şi îmi şopti la ureche:

— Mila te va distruge, David. Cine greşeşte, trebuie pedepsit.

Aveam în mână pistolul lui Vitaly. Nu era pentru prima oară când țineam o armă în mână, însă ar fi fost prima dată când urma să curm o viață. Nu mai auzeam nimic în jurul meu. Îmi închisesem urechile, pentru a nu auzi cum urlă și se zbate Felicia. Nu trăsesem niciodată într-un om. Oare îmi ieșea, din prima?

Felicia se apropia de mine. Mă implora să nu o ucid, însă decizia nu era a mea. Chiar dacă eu aș fi cruțat-o, Alexei ar fi omorât-o, cu siguranță. Am analizat situația destul de repede. Felicia urma să moară în acea zi, indiferent de ce aș fi făcut. Alexei era neiertător. Însă, dacă nu aș fi făcut-o eu, cei doi ruși își pierdeau încrederea în calitățile mele de lider, iar, în plus, târfa greșise și eu chiar riscasem să îmi pierd viața din cauza ei.

În cameră eram doar noi doi. Am ridicat arma, îndreptând-o spre ea. Nu voiam să o împușc, însă tot ce era rău în mine mă îndemna să o fac. S-o fac acum! Era destul de aproape de mine și se zbătea în fața mea. I-am lipit pistolul rece și greu de frunte, iar ea a închis ochii, înțelegând că s-a sfârșit. Am închis și eu ochii și am tras, clătinându-mă ușor. Nu s-a mai auzit nimic apoi. O liniște deplină a cuprins totul. Trupul inert al Feliciei a căzut ca secerat. Eram plin de sânge și de mici bucăți de carne. Aveam sângele trădătoarei chiar și pe buza de sus. O bucată de cap îi era zdrobit. Eram șocat. Mut de uimire.

Alexei a intrat în cameră, aplaudând și râzând, de parcă ar fi urmărit un carnaval. Într-un

fel, parcă mă felicita. Mă felicita pentru prima mea crimă. Am ieşit din sufragerie, îngrozit de mine în-sumi. Curmasem viaţa unei fiinţe umane.

Am ieşit din cameră, terifiat. Îngrozit de mine, de răutatea mea şi mai ales de faptul că, pentru pri-ma oară, acţionasem aşa cum mi se ceruse. Eram învăţat să decid singur pentru mine ce am de făcut şi, sincer, nu îmi plăcea deloc să ascult pe altcineva. De fapt, Alexei nu mă obligase să fac nimic. Tot ce făcusem era pentru că îmi doream mult prea mult să fiu pe placul lui şi să fac parte din familia lui.

Să fi fost o dorinţă ascunsă de a fi acceptat de către ceilalţi? Cu toţii ne dorim, în secret, să fim ac-ceptaţi şi iubiţi de cei din jur. Însă, acum, când sunt suficient de matur, îmi dau seama că nu este obli-gatoriu să fiu acceptat. Sentimentul că nu aparţii societăţii vine, de fapt, din propriile tale frustrări.

Ieşind pe hol, l-am zărit pe Vitaly în altă ca-meră.

— Unde e baia? l-am întrebat, cu glasul aproape stins.

— Eşti cam alb la faţă, rânji Vitaly, satisfăcut. A fost prima oară?

Nebunul ăsta se comporta de parcă tocmai m-aş fi dezvirginat, nu de parcă aş fi ucis o fiinţă umană.

— Da, am răspuns, încă şocat de cele întâm-plate.

— Ai să te obişnuieşti cu asta, adăugă el, prin-zându-mă de mâna dreaptă. Baia e pe hol, prima la stânga. Ar fi bine să înţelegi că asta e viaţa noastră.

Doar nu credeai că stăm doar şi tragem pe nas, bem şi ne distrăm în cluburi? Asta nu e nimic, David. Vei învăţa multe alături de noi. Sper doar să poţi face faţă. Fă un duş şi îmbracă-te cu hainele astea, continuă el, întinzându-mi o sacoşă albă cu haine.

Mi-am smucit braţul din mâna lui, privindu-l plin de curiozitate pe Vitaly. Nu voiam să îmi imaginez ce fel de crime au la activ nebunii ăştia, dar cu siguranţă erau nenumărate.

Mă priveam în oglinda strălucitoare din baie. Eram murdar de sânge. Mi-am dat hainele jos şi am făcut un duş rece, spălând de pe trup urmele crimei groaznice pe care o comisem. Am frecat cu putere fiecare centimetru de piele, în speranţa că mă voi simţi mai curat, apoi m-am îmbrăcat cu hainele de la Vitaly şi am aruncat în sacoşă hainele mele pline de sânge.

Oamenii lui Alexei s-au ocupat de cadavrul fetei şi de urme, în timp ce noi ne-am îndepărtat. Până acasă am rămas tăcut. Am urcat în apartament, iar Aly mă aştepta. Nu aveam chef de nimic. Pentru prima oară, nu aveam chef nici măcar de ea. Mă simţeam groaznic, atât de vinovat încât ştiam că nu merit să am parte de iubire sau de fericire. Nu meritam să am parte de nimic.

Am intrat direct în dormitor, unde am încuiat uşa după mine. Alyssa a încercat să o deschidă.

— David, strigă ea, din spatele uşii ferecate. Ce naiba e cu tine? De ce te-ai încuiat în cameră?

— Vreau să fiu singur, m-am răstit. Te rog!

Au urmat câteva secunde de linişte.

— Ce e cu tine? Te rog, nu mă poți lăsa așa. Spune-mi ce se petrece, poate reușesc să te ajut cu ceva!

— Nu poți. Pleacă, te rog!

— Nu pot să plec și să te las așa! David, te rog, spune-mi ce se întâmplă cu tine. Miros de la o poștă problemele.

— Doar du-te! Nu am chef de vorbă.

Am auzit cum Alyssa s-a lipit, ușor de ușă.

— Nu plec nicăieri, oftă ea. Ai să îmi deschizi ușa odată și odată.

Nu i-am răspuns. Din când în când, mă mai striga, dar nu îi răspundeam. La un moment dat, am adormit. Am avut parte de un somn greoi, iar în fața ochilor vedeam numai capete zdrobite, sânge, durere și suferință. M-am trezit și mai obosit decât mă culcasem, istovit, de parcă alergasem la maraton în timpul somnului.

În jurul meu era liniște. M-am uitat la telefon, era ora 09:00 dimineața. Aveam două apeluri nepreluate de la Alexei. M-am ridicat din pat și mi-am schimbat hainele. Când am descuiat ușa, Alyssa dormea, încolăcită, ca o pisicuță, la ușa camerei. Mi s-a strâns sufletul, văzând-o acolo. Probabil așteptase toată noaptea și adormise singurică. Am ridicat-o în brațe și a deschis ușor ochii. Am așezat-o pe pat, sărutându-i fruntea.

— Trebuie să plec. Vorbim când mă întorc? am întrebat-o.

— Da. Te aștept, răspunse ea, întorcându-se pe partea cealaltă pentru a-și continua somnul.

Am ieșit din apartament, fluturându-mi cheile și l-am sunat pe Alexei. Trebuia să ne întâlnim la vila în care fusesem ieri. Mi-a explicat cum să ajung și am pornit. Inima mi s-a făcut ghem. Eu aveam de gând să uit acel episod și Alexei nu făcea altceva decât să învârtă cuțitul în rană, iar aceasta era prea proaspătă și încă sângera. Dacă nu o lăsam să se închidă, cum s-ar fi putut vindeca vreodată?

De fapt, în lumea în care intrasem, ceea ce făcusem cu o zi în urmă era un lucru firesc. Rana nu trebuia să se vindece, eu trebuia să devin suficient de puternic încât să pot trăi cu ea pentru tot restul vieții și, indiferent câte cuțite aș fi înfipt în aceeași cicatrice, să nu mă poată doborî.

În sufrageria care ieri era plină de sânge, astăzi era curățenie. Totul sclipea, canapeaua era schimbată, covorul era și el nou. Vitaly și Alexei stăteau jos, savurând o cafea.

— Ai băut cafeaua, David? întrebă Alexei, cu un glas blând.

Mă uitam mirat la cei doi, cum își sorbeau cafeaua din căni prețioase exact în același loc în care ieri își dăduse duhul o femeie. Atât de mult sânge rece putea să aibă cineva care are, totuși, o inimă care bate în piept?

— Nu, am răspuns.

— Ești foarte serios, de ieri. Cred că nu îți dai seama în ce lume ai intrat, David. Poate crezi că e o joacă de copil, dar nu este. De asta te-am chemat aici, vreau să vorbim.

— Sigur, spune!

Încercam să par sigur pe mine şi calm, însă în realitate, aveam o teamă nemărginită. Ştiam că Alexei şi Vitaly ar fi capabili să îmi ia viaţa fără să clipească. Cu toate astea, intuiţia îmi spunea că nu ar face-o niciodată.

— Am observat că ceea ce ai făcut ieri te-a schimbat, continuă Alexei. Să ştii că nu eşti obligat să faci ceea ce spun eu. Tot ce vreau să fac este să te călesc, să te ajut să devii suficient de puternic pentru lumea în care te învârţi. Eşti încă un copil, dar va veni o zi în care pe umerii tăi vor fi responsabilităţi uriaşe. Vrei, nu vrei, eşti în jocul ăsta, alături de noi. Iar ceea ce se întâmplă aici nu reprezintă nici 10% din ceea ce se va întâmpla când mă vei însoţi în America.

Poftim? Voia să îl însoţesc în America? Sigur, America era visul meu, însă, ce aş fi putut să fac eu acolo?

— Vrei să merg cu tine în America? am întrebat, mut de uimire.

— Da, aş vrea să mă ajuţi. Ştiu că pot avea încredere în tine. Am multe responsabilităţi pe cap şi nu mai am chiar douăzeci de ani, David. Aş vrea să lucrezi împreună cu băieţii mei.

Eram încântat. Totuşi, sacrificiul făcut cu o zi în urmă nu fusese degeaba. Îi demonstrasem lui Alexei că merit să fac parte din clanul lui.

— Un singur lucru îţi cer, David. Să ai încredere în mine, mereu, indiferent ce ar fi. Noi ne protejăm unii pe alţii şi nu te voi lăsa baltă niciodată, nici pe tine, nici pe familia ta.

Am confirmat, dând din cap. Nu ştiam ce aş fi putut să spun. Totul era prea mult pentru mine. Mă simţeam copleşit de situaţie.

— Acum, trebuie să ne ocupăm de ucraineni. Zilele astea. Iar până la sfârşitul lunii tu şi Vitaly vă veţi ocupa de acte, pentru că aş vrea să plecăm în America, cât mai repede. Ne aşteaptă treburi importante acolo.

Alexei s-a întors cu spatele, îndepărtându-se.

— Era să uit, spuse el. Ce faci cu iubita ta? Vrei să o iei cu tine?

Am stat puţin pe gânduri. Vitaly s-a îndreptat către mine, spunând:

— Nu cred că Alyssa e pregătită pentru o astfel de viaţă, David. Poate ar fi mai bine să o trimiţi înapoi în România?

Alyssa nu era un sac cu cartofi. Odată ce păşise cu mine pe drumul ăsta, ştiam că nu va fi de acord să mai plece de lângă mine. În plus, prezenţa ei era benefică, îmi dădea putere. Însă ce mă enerva cu adevărat era faptul că Vitaly îşi dădea cu părerea în legătură cu iubita mea. Înainte să reacţionez, Alexei se răsti la fiul lui:

— Vitaly, ce treabă ai tu cu iubita lui David? El va face cum va crede el că e bine pentru ei. Vezi-ţi de treabă, scrâşni el, printre dinţi. Apoi se uită la mine. Hotărăşte-te şi anunţă-mă. Bea-ţi cafeaua cu Vitaly, o să îţi explice ce avem de făcut. Mă duc să vorbesc cu băieţii.

M-am aşezat pe canapea, lângă Vitaly. Nu era a bună cu el. Simţisem din prima clipă că o cam

plăcea pe Alyssa. Fir-ar mama lui să fie de bleste-mat spălăcit, dacă se atingea de un fir de păr de-al ei eram în stare să îl omor, chiar dacă știam că urma să mor și eu apoi. Alyssa era a mea.

Mi-am menținut calmul, gândindu-mă că to-tul e în regulă și că Vitaly nu ar fi îndrăznit vreoda-tă să se apropie de Aly. Aveam prea multă încrede-re și prea mult respect pentru Alexei, nu puteam deveni paranoic. Așa cum spusese și el, aveam tre-buri importante de făcut. Nu puteam să mă pierd cu firea.

Așadar, am aflat de la Vitaly care era pla-nul. Cât fusesem internat în spital, în comă, Alexei a avut grijă să ardă din temelii clubul de noapte condus de ucraineni. Era un grup mare, dar ma-joritatea erau fricoși. La număr erau mult mai pu-țini decât noi. Vitaly se întreba, nedumerit, cum de avuseseră curajul să ne atace. Am aflat că erau conduși de un ucrainean cu doar câțiva ani mai mare decât mine.

— Nu e curaj, Vitaly. E dorința de afirmare. Au crezut că dacă mă vor omorî pe mine, vă vor speria și pe voi. Au vrut să își construiască o repu-tație, pe spatele vostru.

— O să își construiască o reputație, continuă Vitaly. Toată lumea o să audă de ei. Toate ziarele și televiziunile vor vorbi despre ei. Va fi primul clan din Elveția stârpit în totalitate.

Vorbea serios oare? Sigur că vorbea. Vitaly nu era un tip amuzant, glumea foarte rar, mai bine spus, niciodată. Am întrebat, speriat:

— Voi nu vă temeți de pușcărie, că veți fi prinși?

Psihopatul începu să râdă în hohote în fața mea.

— Vei afla mai multe despre asta, la momentul potrivit. Nu te teme, David. Dacă vei asculta de noi, nu vei plăti niciodată pentru faptele tale.

— Nu aici, am răspuns.

— Dar unde crezi tu că vei plăti? mă întrebă el, amuzat.

— Poate, în Iad?

— Iadul e aici, David, iar noi dansăm cu demonii. Noi îi îmblânzim, atunci când ei încearcă să ne domine. David, poți trăi în viața asta atât în Iad, cât și în Rai. Depinde ce alegeri vei face.

Avea dreptate. Nu există încă vreo dovadă că Raiul sau Iadul există cu adevărat. Singurul lucru cert era ceea ce trăiam aici, pe Pământ. Am continuat să discut cu Vitaly, așa cum îmi ceruse Alexei și l-am întrebat:

— Ce avem de făcut?

— Nu mare lucru. În casa asta va fi o mare petrecere luni seară. Ucrainenii sunt fericiți, tocmai au cumpărat-o, spuse el, rânjind satisfăcut. A fost vândută la un preț de nimic. Prețul pe care îl vor plăti ei va fi mult prea mare, însă. Vor plăti cu propriile vieți îndrăzneala de a-l nesocoti pe Alexei Vsevolod. Să te ridici pe spinarea altora, în lumea noastră, costă mult dacă nu reușești să o faci din prima. A doua șansă nu o mai primești, continuă Vitaly.

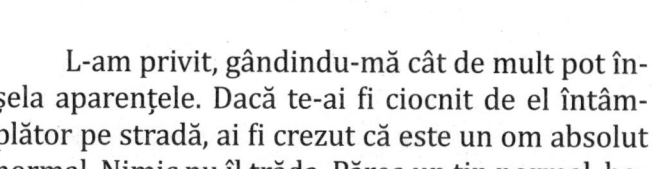

L-am privit, gândindu-mă cât de mult pot înșela aparențele. Dacă te-ai fi ciocnit de el întâmplător pe stradă, ai fi crezut că este un om absolut normal. Nimic nu îl trăda. Părea un tip normal, bogat, însă la locul lui. Cine ar fi ghicit că în realitate e un om care ar distruge pe oricine îi pune munca în pericol?

Mi-a povestit ce aveau de gând să facă, apoi am plecat în oraș, să mâncăm.

Am petrecut o zi plăcută alături de ei. Aș fi putut spune că erau cu totul alți oameni decât acum o oră. Mă simțeam ca și cum aș fi luat prânzul alături de prietenii mei buni. Într-un fel, așa era, doar că prietenii mei erau și puțin cam nebuni.

Asta era într-o zi de joi. Luni trebuia să dăm marea lovitură. Alexei m-a prevenit că se va supăra dacă voi avea emoții. Mi-a dat o casetă mică de bijuterii, din argint și mi-a spus să o deschid acasă. După ce am mai stat puțin de vorbă, am plecat spre apartamentul meu, la Alyssa.

Aly nu era acasă. Probabil plecase la cumpărături. În lipsa mea, avea grijă de casă și scria poezii. Poeziile erau o pasiune pentru ea. Avea o bibliotecă plină de cărți cu care deseori se delecta.

S-a întors acasă repede. Eu stăteam lungit pe canapea, uitându-mă la televizor și gândindu-mă cum îi voi propune să plecăm în America.

Odată intrată în apartament, Alyssa s-a repezit la mine, sărutându-mă.

— Îmi datorezi explicații, David, spuse ea, așezându-se lângă mine și aprinzându-și o țigară.

Tu ai idee ce e în sufletul meu? Eşti atât de schim-
bat, simt că locuiesc cu un străin în casă. Am nevo-
ie de tine, am nevoie de vechiul David, care împăr-
tăşea totul cu mine. De când ai plecat, eşti alt om.
Şi nu pot să mă obişnuiesc cu noul David. Iartă-mă,
dar chiar nu pot.

Mi-am aprins şi eu o ţigară şi m-am ridicat.
Aveam nevoie de un pahar de tărie. După ce am
sorbit o gură din pahar, am început să vorbesc cu
Alyssa.

— Ţi-am jurat că voi fi mereu sincer cu tine şi
că voi înceta cu minciunile, nu?

— Aşa este, David, şopti ea, privindu-mă pli-
nă de speranţă şi bucurie.

Îi voi spune totul. Aveam nevoie de părerea
ei, aveam nevoie ca ea să ştie totul pentru a mă li-
nişti. Voiam ca ea să devină partenera mea în ab-
solut orice aş fi făcut pentru că ştiam că doar în
Alyssa puteam avea încredere absolută.

— Am omorât un om ieri.

Aly mă privi, contrariată.

— Minţi, strigă ea. David pe care îl cunosc eu
nu ar putea să ucidă nici măcar o muscă. Spune-mi
că glumeşti, te rog!

Mi-aş fi dorit să îi pot spune că e o glumă. Dar
era adevărul şi voiam să îl ştie în totalitate, pentru
a şti dacă mă pot baza pe ea şi dacă într-adevăr era
persoana care credeam eu că este.

— Nu mint. Nici nu glumesc. Am împuşcat-o
în cap, cu sânge rece, pe târfa din cauza căreia era
să mor.

Alyssa s-a ridicat de lângă mine, îngrozită.

— Cine ești? Eu nu pot trăi cu un criminal. Pur și simplu nu pot, strigă ea, alergând în dormitor. Plec! Plec în România! Te rog să mă lași!

— Alyssa, vreau să te calmezi și să stai de vorbă cu mine, te rog. Așază-te lângă mine. Nu mă face să vin eu să te așez, am rostit, calm și sigur pe mine. Aly începu să râdă.

— Și dacă nu, ce? Ce poți să îmi faci? Să mă bați, să mă omori? Știi bine că nu îmi este frică de moarte. Nu mă poți speria.

— Nu vreau să te sperii. Vreau să te așezi lângă mine și să mă asculți, pentru că mă iubești. Te rog. Știu că mă iubești. Nu are rost să ne certăm de la o prostie.

— David, murmură Alyssa, să omori pe cineva nu e o prostie. E ceva foarte grav, tu nu îți dai seama? Ai putea să ajungi la pușcărie!

— Nu voi ajunge la pușcărie, nu mai vorbi prostii, te rog și stai odată jos. Vreau să vorbim, nu să ne certăm.

Aly se opri și mă privi. Se așeză lângă mine, pe pat.

— Dă-mi mâna, am continuat. Vreau să îți vorbesc ținându-te de mână, așa cum făceam când eram mici.

Iubita mea îmi întinse mâna, cu ezitare.

— Da, am omorât pe cineva. Și o voi face din nou, ori de câte ori va trebui. Alyssa, ai dreptate. M-am schimbat. Nu mai sunt puștanul de care te-ai îndrăgostit tu. Dar știu că tu te-ai îndrăgostit de sufletul meu, iar el a rămas neschimbat, atunci când vine vorba de tine. Te iubesc. Te voi iubi mereu și aș face orice pentru tine. Știi asta, nu? Știu că știi. Știu că o simți până în străfundul sufletului tău, Alyssa!

Îmi strângea mâna cu toată forța ei.

— Știu că mă iubești. Și eu te iubesc! Și, ai dreptate, pot simți că inima ta este a mea. Dar schimbarea asta, îți face rău, David. Nu cred că îți place să fii așa cum ai devenit, șopti ea.

De fapt, chiar se înșela. Îmi plăcea cum am devenit și, mai ales, îmi plăcea ideea că voi deveni și mai puternic. Viața asta era pentru mine, mai mult ca sigur.

— Ba da, iubito, îmi place cum am devenit. Și tot ce am nevoie este ca tu să fii alături de mine. Am să încerc să nu te oblig să rămâi. Am să încerc să mă abțin și să te las să pleci, dacă așa vei dori. Dar aș prefera să rămâi alături de mine și să construim împreună un imperiu. Împreună putem să fim ca Bonnie și Clyde, Alyssa!

— David, dar tu te-ai întrebat dacă eu îmi doresc asta? Eu poate îmi doresc o viață liniștită, poate vreau să fac compot și să cresc nepoți la bătrânețe. Nu am cunoscut mulți oameni care se ocupă cu ce te ocupi tu, oameni care să facă asta. Majoritatea sunt fie la pușcărie, fie morți.

Alyssa avea dreptate.

— Dar cine ți-a spus, prostuță mică ce ești, că voi face ilegalități toată viața mea? Te înșeli. Mă voi opri când vom fi suficient de bogați și ne vom pu-

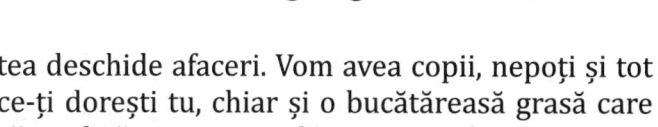

tea deschide afaceri. Vom avea copii, nepoți și tot ce-ți dorești tu, chiar și o bucătăreasă grasă care să ne facă compot și plăcinte, am râs. Tu doar fii alături de mine, să mă completezi cu iubirea ta și de restul mă ocup eu.

S-a făcut liniște. Îi auzeam doar respirația și din când în când, câte un oftat.

— Trebuie să mă lași să mă gândesc la toate. Pot să îți dau mâine un răspuns? întrebă ea, cu o ușoară teamă în glas.

— Da, iubita mea.

— Acum, aș vrea să dorm singură, diseară. Am nevoie de puțin timp doar pentru mine, timp în care să mă gândesc. Nu voi pleca, dar trebuie să îmi reflectez asupra deciziei pe care o voi lua.

Nu îmi convenea faptul că mă alunga, însă, dacă așa aș fi convins-o să rămână, puteam să accept. Am ieșit din cameră și am auzit cum se învârte cheia de două ori, după plecarea mea. Nu o mințisem pe Alyssa. Chiar îmi doream să rămână și chiar o iubeam și visam să ne creștem copiii, apoi nepoții, împreună. Și chiar mi-ar fi plăcut să decidă de bunăvoie să rămână alături de mine. Mi-ar fi confirmat că sufletele noastre sunt unul oglinda celuilalt, așa cum bănuiam. Însă, dacă a doua zi urma să primesc un refuz, nu aveam de gând să o las să plece atât de ușor. Aveam de gând să fac orice, doar pentru a o convinge să rămână. Chiar dacă ar fi trebuit să o amenință sau dacă ar fi suferit pentru moment din cauza mea, eram hotărât să fac absolut orice pentru a o ține alături de mine.

Am dormit în acea noapte, singur, pe cana-
peaua din sufragerie. Dimineața am plecat la bi-
rou. Trebuia să rezolv problemele urgente la club,
plus cele legate de acte și aveam de făcut și plățile
uzuale. Alyssa nu se trezise încă. Am vrut să îi cre-
ez senzația că e liberă să plece când vrea, lăsându-i
un bilet pe masă.

Iubito, astăzi trebuie să îmi spui ce ai decis.
Sper din suflet să fie totul așa cum visez eu. Mă
întorc acasă la prânz. Să te pregătești, pentru că
vreau să mâncăm în oraș. Sper să te găsesc aici când
mă întorc. Te iubesc!

La intrare am lăsat doi dintre băieți să o pă-
zească. Cu ordine clare. Dacă cobora, ei m-ar fi su-
nat. Nu aveau voie să o lase să părăsească locuința.

Cât am stat la birou, am fost neliniștit. De fie-
care dată când îmi suna telefonul, mă așteptam să
fie cei doi băieți. Însă nu au sunat. Dar tot mă gân-
deam, permanent, la Aly. Mi-am terminat treburile
în grabă și am plecat înapoi, acasă.

Alyssa nu plecase. Mă aștepta, îmbrăcată cu o
rochie albă, lungă, din mătase naturală. În picioare
purta o pereche de sandale de aceeași culoare cu
minunata ei piele. Parfumul îi era discret și deli-
cat, în același timp, ca întotdeauna. Părul lung era
desprins, dezmierdându-i spatele gol. Am îmbră-
țișat-o, lipindu-mă cu gura înfometată de gâtul ei
și sărutând-o cu foc. Văzând-o atât de frumoasă,
am înnebunit pe loc. Așa cum un taur înnebuneș-
te atunci când vede culoarea roșie în fața ochilor,
cam așa înnebuneam eu când o vedeam pe Alys-

sa în faţa mea. Era, cu adevărat, cea mai frumoasă femeie din lume. Ea nu s-a opus, câtuşi de puţin, lăsându-şi trupul să cadă pradă mâinilor mele înnebunite. Am dezbrăcat-o, încet de rochia încântătoare, lăsând-o doar în lenjeria intimă, din dantelă, tot albă. Apoi i-am prins chiloţeii cu două degete şi am tras de ei cu putere, rupându-i. Am zvârlit-o pe canapea, aruncându-mă asupra ei, aşa cum un leu se aruncă asupra unei căprioare, înfometat nevoie mare. Eram înfometat de ea, de iubirea mea şi aveam de gând să o devorez cu pasiune şi dragoste nebună. Alyssa s-a rostogolit peste mine, lăsându-şi pletele să mă atingă pe piept şi sărutându-mă, apoi a început să se mişte deasupra mea, înnebunindu-mă, lăsându-mă amorţit de plăcere.

La final, am îmbrăţişat-o, lăsând-o să îşi odihnească frumosul cap pe pieptul şi pe braţul meu.

— Să înţeleg că ai decis să rămâi? am întrebat-o.

— Da, răspunse ea. Nu pot trăi fără tine! Sunt atât de dependentă de tine, încât dacă aş pleca, sunt convinsă că nu aş putea să trăiesc mult timp. Te iubesc! Faci parte din fiinţa mea. Tot ce îţi cer este să mă iubeşti aşa cum o fac şi eu. Să nu mă minţi niciodată şi să rămâi, cu mine, acelaşi om. Şi să îmi promiţi că, în timp, te vei linişti şi vom trăi, la un moment dat, o viaţă normală. Mă privi în ochi, apoi continuă. Aş face orice pentru tine. Te-aş accepta oricum. Te iubesc!

Eram fericit. Atât de fericit încât sufletul meu zburda de nebun. Cel mai mult mă bucuram pentru

că nu fusese nevoie să o forţez să stea lângă mine. Alyssa mă iubea cu adevărat, mă iubea pentru cel care eram eu în interior, nu în exterior, iar acesta era singurul lucru care conta. Ea mă accepta şi mă iubea, indiferent de defectele pe care le aveam.

Fericiţi, ne-am îmbrăcat şi am plecat la masă, aşa cum îi promisesem. În timp ce mâncam, mi-am adus aminte că mai aveam ceva de vorbit cu ea.

— Aly, Alexei ar vrea să ne mutăm.

— Dar îmi place mult apartamentul ăsta. Am început să mă simt, în sfârşit, ca acasă, spuse ea, mirată.

— Alexei vrea să mergem cu el în America, să îl ajut cu afacerile de acolo. Ce părere ai despre asta?

Alyssa se gândea, privindu-mă intens.

— E visul tău să stăm în America, David. Nu pot să îţi iau asta. Ţi-am promis că voi merge cu tine oriunde. Am de gând să mă ţin de cuvânt, să ştii.

Am zâmbit. Era tot ce voiam să aud. În mintea mea, planul pentru viitor era ţesut.

Am petrecut o după–amiază minunată alături de Aly, apoi am lăsat-o acasă şi eu m-am întors la treburile mele, la club.

La începerea programului, a apărut şi Alexei. Era singur. A intrat nestingherit în birou. De fiecare dată când venea, aveam senzaţia că ar trebui să mă dau de pe scaun. Mă simţeam ciudat să stau pe locul în care, până de curând, stătea el. Alexei s-a aşezat pe canapea. Gândurile păreau să îl frământe.

— Ce s-a întâmplat? am întrebat.

— Mici probleme de familie. Certuri între Vitaly şi Kostya, celălalt fiu al meu. Se vor rezolva toate, răspunse el cu calmul lui caracteristic.

— Am vorbit cu Alyssa şi am decis împreună să mergem în America, să pot să te ajut cu ceea ce ai nevoie. E visul meu, încă de când eram un puşti, să locuiesc acolo, am zâmbit. Când ar trebui să plecăm?

— Când vrei. Rezolvă cu actele împreună cu Vitaly, eu nu am timp de treaba asta. Sunt obosit, David.

— Aş vrea să o duc pe Alyssa în Franţa, înainte să plecăm. Să mergem şi să ne deconectăm puţin, să fim doar noi doi. Cred că ne aşteaptă multă muncă în America, nu?

— Ai dreptate. Da, du-te liniştit. Dar să nu fie înainte de ziua de luni. Avem ceva important de făcut, sper că nu ai uitat, zise el.

— Nu uit, am răspuns scurt.

Alexei a tăcut, privindu-mă. Nu ştiam ce mai puteam să îi spun, eram destul de concentrat asupra zilelor ce vor urma şi mă gândeam doar la ale mele.

Ziua de luni era importantă. Urma să distrugem din temelii clanul ucrainenilor. Alexei şi Vitaly erau de o cruzime ieşită din comun. Îmi era teamă, însă ştiam că trebuie să fiu puternic şi să fac ceea ce era necesar pentru a intra, cu adevărat, în lumea lor.

Îmi aminteam vorbele lui Vitaly. Precum spusese el, mă simţeam de parcă un demon mă luase la dans şi mă învăţa paşii săi ticăloşi. Eram animat

de ceva mai presus decât puterea mea și nu puteam să refuz. Pur și simplu nu puteam să spun nu.

În fiecare dintre noi există un mic demon și un mic înger. Cu iubire, bunătate și credință hrănim îngerașul, în timp ce orgoliul, dorința de a avea tot mai mult și mai mult, indiferent de mijloace, hrănim demonul. Demonul meu era atât de bine hrănit, încât aveam senzația că în curând mă va acapara cu totul. Tot el îmi dădea un curaj nebănuit. Curajul, puterea și credința că orice aș face, voi pica mereu în picioare.

Alexei plecase din birou. Îmi aminteam clipa în care își luase rămas bun. Îi răspunsesem mecanic, pierdut fiind în ale mele gânduri.

Noaptea s-a terminat cu bine. Am colectat banii, i-am numărat și i-am pus în seiful din birou. Îmi făceam munca obișnuită ca un robot, așteptând doar să ajung acasă, la singura mea ancoră în bunătate. Însă acum, că aveam acceptul ei să fac tot ce doream, simțeam că acea ancoră se desprinde, încetul cu încetul, de tot ce știam că mai este bun și corect în viață. Poate că ar fi fost mai bine să mă părăsească, să mă ambiționeze cumva să mă liniștesc, să redevin omul bun care am fost odată. Însă și iubirea asta necondiționată poate fi periculoasă dacă e oferită unui prost ca mine.

Gândurile negre m-au frământat fără oprire, făcând zilele următoare să treacă precum secundele. Iar acea fatidică zi de LUNI, pe care o așteptam cu toții, a venit mai repede decât aș fi crezut că e posibil.

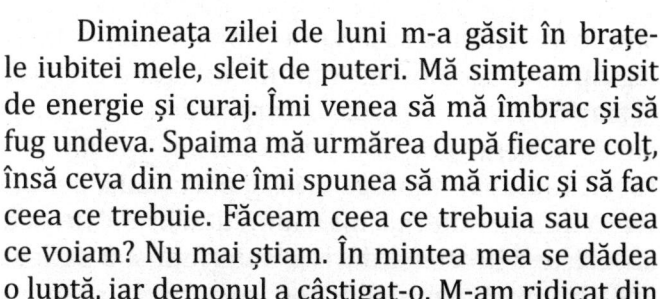
Dimineaţa zilei de luni m-a găsit în braţele iubitei mele, sleit de puteri. Mă simţeam lipsit de energie şi curaj. Îmi venea să mă îmbrac şi să fug undeva. Spaima mă urmărea după fiecare colţ, însă ceva din mine îmi spunea să mă ridic şi să fac ceea ce trebuie. Făceam ceea ce trebuia sau ceea ce voiam? Nu mai ştiam. În mintea mea se dădea o luptă, iar demonul a câştigat-o. M-am ridicat din pat, privind-o pe Alyssa cum dormea, netulburată. Oare cum era să fii atât de bun şi liniştit?

Am ales, din instinct, doar haine negre, care să simbolizeze moartea binelui care mai zăcea în mine. În şifonier am găsit cutiuţa metalică pe care mi-o dăduse Alexei cu câteva zile în urmă. Uitasem complet de ea. Am deschis-o cu curiozitate. Era plină ochi cu cocaină. Am zâmbit. Alexei ştia ce face. Cocaină îmi dădea alt curaj. Am luat-o cu mine în baie, gândindu-mă dacă să trag sau nu. În grabă, am tras două sau trei liniuţe, nici nu mai ştiu. După ce şi-a făcut efectul, mă simţeam altfel. Energia şi curajul m-au cuprins pe loc. M-am îmbrăcat şi am plecat, rapid, să mă întâlnesc cu ruşii mei nebuni.

Am aşteptat să se lase seara. Toţi cei din jurul meu se comportau normal, însă eu mă simţeam încordat şi speriat. Am mai prizat câteva liniuţe, împins de dorinţa de a mă simţi mai puternic.

Când s-a lăsat seara, am mers doar cu Alexei şi Vitaly în apropierea casei în care urma să se desfăşoare totul. Am parcat maşinile pe un deal, de unde puteam privi totul.

Alexei a scos un telefon, apelând un număr. A

spus ceva în limba rusă, ceva ce nu puteam să înțe-
leg, apoi un zgomot puternic mi-a zguduit creierul
și trupul. În zare, pe locul în care cu doar câteva se-
cunde în urmă era ridicată o casă imensă, am pu-
tut să văd doar o minge uriașă, portocalie, de foc.
Iar un miros puternic mi-a umplut nările. Mirosea
a moarte. Mirosea a durere, suferință și a suflete
arse, semn că planul funcționase perfect.

Da, Alexei și Vitaly au fost capabili să vândă
o casă la preț de nimic doar pentru a o folosi ca pe
un sicriu imens. Ca pe un câmp de bătălie, de pe
care nu avea să se mai întoarcă nimeni. I-au ars pe
ucraineni ca pe niște făclii de carne vie.

I-am privit. Erau naturali. Râdeau și glumeau,
de parcă tocmai ar fi terminat un meci de fotbal în-
tre un tată și un fiu.

Puteau să îi ucidă pe ucraineni de la zeci de
kilometri depărtare, însă au preferat să privească
și să se bucure de crima groaznică pe care au să-
vârșit-o.

După spusele lor, în seara aceea au murit pes-
te patruzeci de persoane. Clanul ucrainenilor era
decimat. Dărâmat din temelii. Și totul, doar pentru
mine. Am zâmbit. Fusesem răzbunat. Aveam im-
presia că sunt spectatorul unui film tragic. Îi ve-
deam pe cei doi, Alexei și Vitaly, îi priveam, însă
mă simțeam de parcă nu aș fi fost acolo. Aș fi vrut
să plâng, aș fi vrut să îmi smulg pielea de pe mine
și să o arunc cât colo. Mă simțeam copleșit de situ-
ație. Am petrecut restul nopții împreună, la club.
Însă nu mă mai simțeam eu însumi.

Alexei a deschis televizorul din birou. Pe toate canalele erau numai ştiri legate de explozia casei. Încă nu fuseseră scoase toate cadavrele. Toată presa era în delir. Nu se întâmplase niciodată aşa o tragedie în zonă. Bineînţeles, toată lumea bănuia că ar fi fost o scurgere de gaze. Vitaly organizase totul cu o perfecţiune desăvârşită, în aşa fel încât să nu fie bănuiţi. Alexei m-a privit prelung.

— Şi-au dorit să fie cunoscuţi. Acum cu siguranţă îi cunoaşte toată lumea, spuse el, izbucnind în hohote de râs.

Nu îmi dădeam seama ce mă speria mai mult. Faptul că participasem la o crimă atât de groaznică şi că acea crimă a avut loc pentru a mă răzbuna pe mine, sau simplul faptul că nu aveam niciun regret pentru acele suflete. Singurul meu sentiment era cel de teamă că voi fi prins şi că îmi voi pierde libertatea. Nu mă temeam că o să ard în Iad, nu mă temeam de bătaia lui Dumnezeu. Privindu-l pe Alexei, l-am întrebat, cu spaimă:

— Şi dacă vom fi prinşi?

Alexei începu să râdă, din nou, cu poftă.

— Eşti un mic copil, David, nu? Noi am organizat multe petreceri de genul ăsta. Ne poartă semnătura. Totul a fost perfect aranjat încât să pară un accident. Suntem profesionişti, ce dracu?

— Şi dacă aţi făcut o greşeală, o eroare, una cât de mică? Nimeni nu e perfect.

— Ba da! Noi suntem perfecţi, David! Nu te mai îngrijora inutil. Chiar dacă am face o greşeală, suntem protejaţi de undeva de sus. E tot ce trebuie

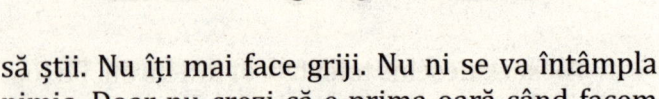

să ştii. Nu îţi mai face griji. Nu ni se va întâmpla nimic. Doar nu crezi că e prima oară când facem asta, nu? Mă jigneşti, copile! spuse el, puţin iritat.

Mă mai liniştisem. Aveam încredere în Alexei. Ceva, încă nu ştiam ce, îmi spunea să stau liniştit.

— Când pleci în Franţa cu Aly? continuă el.

Vitaly îşi întoarse capul către noi.

— Plecaţi în Franţa? întrebă el.

— Da, am răspuns apăsat. Vreau să o duc pe Alyssa la Paris. Dintotdeauna a visat să vizităm acest oraş.

— Avem club şi acolo, rosti Alexei. De fapt, avem câte un club în fiecare oraş mare din Europa. Suntem tari, David! Ai să ne cunoşti mai bine, în timp.

Zâmbea sincer, atingându-mi genunchiul cu mâna şi lovindu-l uşor, cu prietenie.

După terminarea nopţii, am plecat acasă să mă odihnesc. După-amiază, când m-am trezit, mă simţeam ciudat. Nu mă puteam concentra şi totul în jurul meu părea să fie cufundat în ceaţă. Ce era cu mine?

Alyssa era în sufragerie. Scria în caietul ei. De fiecare dată când era tulburată, scria. Niciodată nu am avut curiozitatea să citesc din caiet. Mereu spuneam că îi voi cere, la un moment dat, să arunc un ochi în el, dar întotdeauna aveam altceva de făcut.

M-am aşezat lângă ea, cuprinzând-o în braţe.

— Iubita mea, am nevoie de tine. Am mare, mare nevoie de tine, am rostit, cu glas stins. Te rog, dă-mi puţină bunătate din sufletul tău minunat!

Aly mă privi, cu milă. Câteva lacrimi i s-au adunat în ochi, apoi mă îmbrățișă.

— Tot ce am eu mai bun, îți dau ție, David. Trebuie doar să primești.

Am savurat îmbrățișarea ei, așa cum un copil savurează o prăjitură cu frișcă. Am închis ochii și mi-am dorit să o păstrez lipită de mine.

— Ce scrii? am întrebat.

— Doar câteva gânduri răzlețe. Nimic important, spuse ea, închizând caietul și ridicându-se de pe canapea.

— Vino înapoi, te rog, am strigat.

— Vin imediat!

Alyssa s-a întors în câteva clipe, reluându-și locul lângă mine. Și-a așezat capul în poala mea, și-a închis ochii... eu o mângâiam, așezându-i șuvițele cu degetele. Chipul îi era senin, ca întotdeauna.

— Te ador, femeie, i-am spus, sărutând-o. Jură-mi că mă vei iubi toată viața ta.

— Îți jur că te voi iubi până în clipa în care voi muri, șopti ea.

— Vreau să mergem la Paris.

— Când? mă întrebă, ridicându-se brusc și privindu-mă în ochi.

— Mâine. În seara asta am câteva lucruri de pus la punct, dar vin mai devreme. Apoi dormim și, când ne trezim, am și plecat, am răspuns.

Alyssa confirmă, dând bucuroasă din cap și zâmbind cu drag.

— Vreau să te văd fericită, Aly.

— David, eu sunt oglinda ta. Sunt fericită

dacă eşti şi tu. Iar în clipa asta nu pari chiar atât de fericit. Nu te întreb de ce, nu ştiu dacă îmi vei spune adevărul. Prefer să nu ştiu nimic, decât să mă minţi. Îţi simt minciunile. Simt când te ascunzi de mine şi mă doare. Prefer să nu ştiu nimic, suspină iubita mea.

— Sunt fericit, am minţit eu.

— Minţi!

Alyssa m-a prins de bărbie, cu mâna fermă, aruncându-şi privirea iute către mine. Mă privea, serioasă.

— Voi fi fericit, atunci.

— Când?

— Când voi fi liber.

— Cine te ţine prizonier, David?

Privirea ei era tot mai pătrunzătoare şi mai dură, iar mâna ei se strângea tot mai tare, enervându-mă. Am împins-o.

— Nu ştiu.

— Îţi spun eu! Tu eşti propriul tău duşman şi doar tu te ţii prizonier, în mintea ta. Eliberează-te, iubire. Nimeni nu merită să sufere aşa cum o faci tu. Şi ştii ce e culmea? Că îţi provoci singur toată această suferinţă.

Alyssa avea dreptate. Dar undeva, în toată suferinţa din mine, găseam bucurie şi plăcere. Şi mă bucuram, într-un fel, de noul David pe care îl descoperisem.

Am plecat, aşa cum plănuisem, chiar a doua zi, de dimineaţă, către Paris. Nu aveam mult de mers, mai puţin de şapte sute de kilometri. I-am

spus iubitei mele să nu își ia multe bagaje cu ea. Intenționam să ne cumpărăm de acolo aproape tot ce aveam nevoie.

Soarele spărgea întunericul cu ale sale raze ascuțite și pătrunzătoare, așa cum un sculptor sparge piatra. Cu o valiză mică într-o mână, iar în cealaltă ținând mâna fină a Alyssei, am părăsit apartamentul care ne fusese cămin în ultimele săptămâni. Am urcat în mașină, la volan. Aly stătea în dreapta mea, ca un soldat credincios. Am privit-o. Era îmbrăcată simplu, purtându-și hainele ca o prințesă. Părul desprins, chipul machiat cu delicatețe. Zâmbea. Am demarat în trombă, lăsând în urmă orașul ce abia se trezea la viață. Pe la prânz, am ajuns în Paris. Nu fusesem niciodată în Franța. Am zâmbit, amintindu-mi că acum doar câțiva ani, să vizităm acest oraș minunat era doar un vis.

Visurile devenite realitate îmi dădeau încredere că există cineva acolo sus, care țese totul în așa fel încât ele să se materializeze. Sau poate era cineva acolo jos, care făcea toate astea să se întâmple. Nu conta. Important era că totul devenea realitate.

Folosindu-ne de indicatoare, am ajuns la Turnul Eiffel. Am parcat mașina într-una dintre parcările cu plată din zonă, apoi am plecat pe jos, de mână, din când în când, sărutându-ne și îmbrățișându-ne. Alyssa era toată un zâmbet. De mult timp nu mai citisem acea bucurie pe chipul ei. După câteva minute de mers pe jos, am ajuns în dreptul turnului.

— Vrei să urcăm pe jos sau cu liftul? am întrebat.

— Pe jos. Vreau să mă opresc la fiecare etaj şi să îi mulţumesc lui Dumnezeu că am ajuns aici, răspunse ea.

Am urcat pe scări, aşa cum dorea. La ultimul etaj am oprit şi am făcut fotografii.

— Vreau să adun atâtea amintiri cu tine, încât să nu uit niciodată cât de frumos ne-am distrat, şopti Aly, în timp ce mă strângea în braţe. Îţi mulţumesc că m-ai adus aici!

— Eu îţi mulţumesc pentru că ai ales să mergi cu mine, Aly, am răspuns, strângând-o cu putere la pieptul meu.

Lângă Turnul Eiffel am găsit un hotel impunător, cu geamuri mari, din sticlă. Aly a vrut să ne cazăm acolo. Zis şi făcut, odată ajunşi la recepţie, am cerut o cameră cu vedere spre turn şi am fost serviţi cu amabilitate de către personalul hotelului, care ne-a tratat regeşte, conducându-ne în camere.

Nu am putut să nu mă întreb cum ar fi fost dacă nu am fi avut bani cu nemiluita. Nu am putut să nu mă întreb câţi dintre oamenii pe care îi cunosc şi-ar fi dorit să fie în locul meu.

Mi-am dat seama că în viaţă trebuie să faci sacrificii. Unii îşi sacrifică timpul, alţii îşi sacrifică iubirea, în timp ce eu am ales să îmi sacrific sufletul pentru a păstra iubirea şi timpul de partea mea. Şi fără regrete, mi-am dat seama că aş fi fost în stare să mai omor încă patru sute de oameni, doar ca eu să fiu bine.

Viaţa pe care o alesesem era potrivită pentru mine. O viaţă normală m-ar fi plictisit şi ar fi ucis omul care eram cu adevărat. Am zâmbit, în balconul mare al camerei în care stăteam, privind Turnul Eiffel luminat de mii de lumini portocalii. Eram unde trebuia. Alyssa a venit în spatele meu şi m-a cuprins cu braţele ei protectoare. Am simţit un val de căldură, bunătate şi lumină care m-a încercuit, făcându-mă să mă simt invincibil.

M-am întors cu faţa spre Aly, iar ea nu a ezitat să mă sărute şi să îmi cuprindă chipul cu ale sale palme moi. Îmi atingea buzele cu buzele ei într-un fel divin, într-un fel în care doar ea putea să o facă. Cu delicateţe, dar şi cu duritate, simultan. Apoi a început să mă atingă cu mâinile ei minunate. Am apucat-o uşor, de spate, iar ea se lipi de mine mai tare. Am ridicat-o în braţele mele puternice şi am dus-o în cameră, în pat, unde am comandat o sticlă de şampanie. Am lăsat geamul larg deschis pentru a lăsa luminiţele magice ale turnului să pătrundă în încăpere şi pentru a permite aerului magic al frumosului oraş să inunde camera.

Am desfăcut apoi sticla de şampanie, care a pocnit, lăsând să curgă pe jos spuma albă a băuturii fine. Am umplut două pahare înalte, cu picior şi am servit-o pe Alyssa cu migdale dintr-un bol transparent şi strălucitor. Am băut împreună pahar după pahar, până când am ameţit uşor. Acea amorţeală mă făcea să simt că plutesc. Că zbor. Alyssa avea asupra mea un efect mai puternic decât cea mai pură cocaină.

Privind-o, nu am mai rezistat şi am tras-o cu putere în braţele mele. Ea nu s-a opus câtuşi de puţin, lăsându-şi trupul în voia mea. Am dezmierdat-o cu blândeţe, apoi i-am aruncat hainele pe podea. Şi stăteam aşa, amândoi goi, în patul cu lenjerii albe şi moi, aruncându-ne priviri piezişe. Apucându-i din nou trupul firav, am cuprins-o în braţe, făcând-o prizoniera mea, a iubirii mele, o prizonieră senzuală şi lipsită de apărare. Am făcut dragoste ca doi nebuni, sorbind din timp în timp spumantul delicios din pahare, zâmbind şi bucurându-ne unul de altul, de parcă ziua de mâine nu ar mai fi existat.

Fiecare zi petrecută în Paris a fost ca o bucată ruptă dintr-un vis. A doua zi, am urcat într-un autobuz cu etaj, o găselniţă pentru turiştii curioşi. În fiecare staţie am coborât şi am vizitat obiectivele turistice. Nu o mai văzusem pe Alyssa atât de fericită niciodată în viaţa mea. Şi era suficient pentru mine să o văd astfel, nu mai aveam nevoie de nimic.

În ziua următoare am mers la cumpărături. Îmi doream să o văd îmbrăcată cu cele mai scumpe haine. Cele mai fine ţesături trebuiau să îi mângâie pielea fină. Trebuia să poarte la braţ cele mai scumpe genţi şi cele mai preţioase bijuterii trebuiau să o împodobească. Ne-am întors seara la hotel, istoviţi, cu mâinile pline de sacoşe. Am lăsat cumpărăturile în cameră, dar nu înainte ca Alyssa să îmbrace o rochie superbă, de culoare roşie, până la genunchi, dintr-un material fluid, care îi curgea, efectiv, pe piele. În picioare avea o pereche de pan-

tofi scumpi, iar pe mână, o iconică geantă creată de Coco Chanel. O geantă care o reprezenta, fină, elegantă dar şi preţioasă, în acelaşi timp.

Am mers în restaurantul hotelului, unde am servit o friptură delicioasă şi am băut câte un pahar de vin care ne-a desfătat simţurile. Ne simţeam atât de bine unul în prezenţa celuilalt!

Zilele ce au urmat s-au desfăşurat după acelaşi tipar. Plimbări, plăceri nevinovate, cumpărături şi multă, multă dragoste. Am avut o vacanţă de vis, iar atunci când totul s-a terminat, mi s-a părut nedrept. Dacă Raiul ar fi existat, ştiam că el era undeva în Paris, împreună cu iubirea vieţii mele, într-un pat moale, cu o sticlă de şampanie alături. Dacă aş fi murit în braţele ei, între picioarele ei, în timp ce făceam dragoste, nu aş fi avut niciun regret.

Nu existau suficiente cuvinte prin care să descriu dragostea pe care i-o purtam. Respectul şi preţuirea erau imposibil de descris în cuvinte. Nici măcar faptele nu erau suficient de îndrăzneţe încât să ilustreze tot ceea ce simţeam pentru ea.

Am plecat înapoi în Elveţia după şase zile minunate petrecute împreună, jurând că ne vom întoarce pentru a retrăi acele momente.

Din păcate, însă, acum trebuia să plecăm. Din Elveţia urma să plecăm în România. Îmi propusesem să o iau şi pe mama cu mine şi să ne mutăm toţi trei în America, unde să începem o viaţă cu totul şi cu totul nouă.

Nici nu am ajuns bine în Elveţia, că am plecat din nou pe drumuri, tot cu maşina. Am traversat

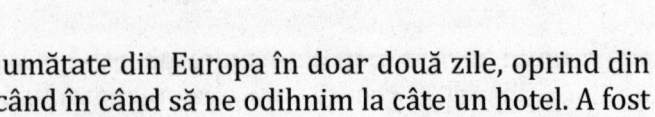

jumătate din Europa în doar două zile, oprind din
când în când să ne odihnim la câte un hotel. A fost
ca o continuare a vacanței din Franța și a fost, din
nou, un timp minunat petrecut alături de ea.

Am ajuns în România într-o zi de marți. Era
luna septembrie. Afară era cald, însă nu era acea
căldură sufocantă de vară. Mă simțeam un străin
pe străzile din București. Chiar și când am intrat
pe strada pe care locuia mama, acolo unde crescu-
sem, de altfel, m-am simțit tot ca un străin. Nu mai
aparțineam acelui loc. Pentru un moment, m-am
întrebat cum ar fi dacă m-aș întoarce acasă. Ce aș fi
făcut? Am râs, în sinea mea, întrebându-mă cât de
tare m-aș fi plictisit.

Venisem în România cu două scopuri bine
definite. Primul și cel mai important era să o con-
ving pe mama să plecăm în America. Alexei ne aju-
ta cu viza și cu toate actele necesare. Ba chiar, fiind
cetățean american, era dispus să se căsătorească
cu mama pentru a o ajuta și pe ea să obțină cetățe-
nia. Însă mama era o femeie încăpățânată. Dacă îl
refuzase o dată pe Alexei, știam că nu îmi va fi ușor
să o conving să vină cu noi. Însă eram mai hotărât
ca niciodată să nu mă dau bătut și să fac tot ce îmi
stătea în putință să o conving. O aveam și pe Alys-
sa alături de mine, iar mama o iubea din tot sufle-
tul. Aly mi-a promis că va face și ea tot posibilul să
o convingă să ne urmeze. Ne-am fi simțit cu toții
mult mai bine dacă ar fi venit și ea.

Al doilea scop cu care venisem era să întă-
resc relațiile pe care le aveam cu prietenii mei din

România. Cele mai multe gagice care veneau în cluburile lui Alexei erau din România, Albania, Republica Moldova şi Bulgaria. Iar amicii mei din Bucureşti erau cei care menţineau legăturile cu multe fete. Fără ei nu aş fi reuşit să îi umplu lui Alexei clubul din Elveţia. Având în vedere că în curând urma să urc la un alt nivel, alături de el, trebuia să mă asigur că prietenii mei sunt alături de mine. Pe mulţi dintre ei nici nu îi cunoşteam foarte bine, eram doar într-o relaţie de colaborare profitabilă. Aveam de gând, în săptămânile petrecute acasă, să reglez totul şi să îmi fac colaboratorii fericiţi.

Am parcat maşina în faţa casei. Mama nu avea habar că venim. Eram un om al surprizelor şi îmi plăcea să o bucur pe mama în felul acesta. Ca întotdeauna, blânda mamă era acasă. Singurică. A ieşit în uşă, zâmbind. Căsuţa noastră avea acelaşi miros specific, de prăjituri delicioase. Am îmbrăţişat-o. Fie crescusem eu, fie mama se făcea tot mai mică şi mai firavă.

— Băiatul meu, şopti mama, îmbrăţişându-mă. Fata mea, continuă ea, îndreptându-se spre Alyssa. Doamne, sunteţi atât de frumoşi, dragii mei!

— Şi tu eşti frumoasă, scumpă mamă. Mi-a fost tare dor de tine, mămico!

— Veniţi, să vă pun la masă, copilaşii mei iubiţi.

Se grăbi în bucătărie şi din dulapul de lângă frigider începu să scoată farfurii şi tacâmuri. Avea întotdeauna mâncare pregătită Şi atunci când lo-

cuia singură gătea cu drag, chiar dacă de cele mai multe ori nu avea cu cine să mănânce.

— Am o tocăniță cu pui și legume, însă, dacă vrei, îți fac supica ta preferată, cea cu găluște, fiule, spuse ea zâmbind. Nu durează mult și cred că am tot ce trebuie în casă.

Mama începu degrabă să cotrobăie prin dulapuri, scoțând legumele și carnea din frigider, ca să facă supa. Puteam merge să mâncăm la cel mai scump restaurant din oraș, însă nicio mâncare nu ar fi fost la fel de bună ca cea făcută de mama. Așa că am așteptat să gătească, discutând și povestind. Mama nu a întrebat nimic legat de viața mea dubioasă. M-a întrebat doar dacă totul este în regulă și dacă Alyssa e fericită, chiar dacă putea să vadă cu proprii săi ochi că Aly era bine. Era fericită și mulțumită alături de mine.

Am intrat în camera în care, până nu demult, îmi petreceam zilele alături de Alyssa. Patul nostru, frumos aranjat, era gol de mult timp. Am zâmbit, amintindu-mi primele clipe cu iubita mea aici. Pe atunci eram alt om. Noul David era atât de diferit. Singurul punct comun între David cel vechi și cel nou era iubirea pură pe care i-o purta Alyssei. Când călcasem ultima dată în casa asta, eram doar un puștan care încerca să fie pește, ca să câștige suficienți bani încât să își scoată familia la liman. Acum, însă, eram un bărbat în devenire, care visa să conducă lumea. Devenisem un criminal. Un infractor. Un om rău. Oare fusesem atât de rău dintotdeauna? Nu. Odată fusesem și eu un copil care

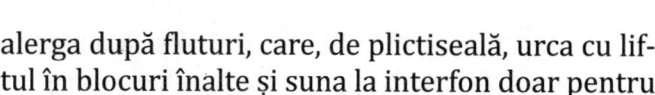

alerga după fluturi, care, de plictiseală, urca cu lif-
tul în blocuri înalte și suna la interfon doar pentru
a deranja vecinii.

M-am întors în bucătărie, unde Alyssa con-
versa cu mama. Erau amândouă zâmbărețe și fe-
ricite. M-am așezat pe canapeaua din bucătărie de
unde urmăream, amuzat, conversațiile dintre cei
doi îngeri ai mei.

Am savurat supa mamei cu bucuria unui co-
pil mic, trăind, pur și simplu, clipele minunate pe-
trecute alături de familia mea. Totul era perfect.

Când a venit seara, m-am retras, alături de
Alyssa, în dormitor și ne-am odihnit. Eram obosit,
dar, în brațele ei, căpătam forța de care aveam nevo-
ie să pot continua toată lupta asta permanentă. Era
oaza mea de liniște în tot zbuciumul numit viață.

Am anunțat-o, încă dinainte să plecăm, că voi
fi ocupat câteva zile. Aveam în plan să dau câteva
petreceri imense, unde să îmi invit toți prietenii
și cunoscuții. Am învățat repede de la Alexei că
trebuie să îmi mulțumesc colaboratorii, asta dacă
vreau să fiu și eu mulțumit, la rândul meu. Învă-
țasem cele mai importante lucruri. Fii nemilos cu
dușmanii, dar bun cu prietenii tăi.

Am închiriat o vilă pe malul lacului Snagov,
una la care înainte puteam doar să visez. Voiam să
chem lăutari și să mă distrez împreună cu amicii
mei. Nu făceam asta doar din prietenie. O făceam
și pentru a-mi consolida numele. Majoritatea mă
știau doar din poveștile spuse de alții, devenisem
un fel de idol pentru puștanii de prin cartiere.

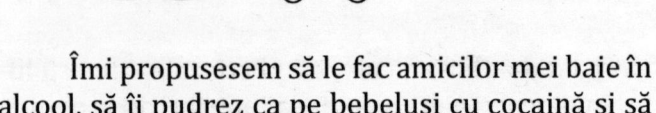

Îmi propusesem să le fac amicilor mei baie în alcool, să îi pudrez ca pe bebeluşi cu cocaină şi să le ofer o petrecere ca în basme, petrecere care să ţină trei zile şi trei nopţi.

Zis şi făcut. Câţiva amici s-au ocupat de cumpărăturile necesare. Alţii s-au ocupat de muzică, iar eu m-am ocupat de Alyssa, petrecând cât mai mult timp alături de ea.

Însă, în seara în care am dat prima petrecere, am decis că e mai bine ca ea să rămână acasă, decât să o văd pierdută printre târfele care trebuiau să vină acolo.

Eram gazda petrecerii, aşa că m-am dus primul. Rând pe rând, invitaţii au început să vină şi ei. Care mai de care mai tatuat, cu maşini cât mai bengoase şi însoţiţi de fete cât mai atrăgătoare. Până la miezul nopţii, erau peste două sute de persoane în casă, iar, după aceea, le-am pierdut numărul. Ciocneam cu fiecare câte un pahar, până când m-am ameţit prea tare să mai pot bea. Am intrat într-una dintre camere şi m-am întins pe pat, apoi am vomitat lângă. Îmi era silă de mine. M-am ridicat şi am cerut unuia dintre băieţi ceva să mă pună pe picioare, iar el mi-a adus cocaină, care te trezeşte la viaţă pe loc. Am tras repede câteva linii, nici nu mai ştiu câte şi m-am întors la petrecere. Muzica îmi cânta în ureche şi dedicaţiile curgeau ca un râu. Fetele veneau lângă mine şi trăgeau de mine, care mai de care. Paharul mi se umplea tot mai des şi nu îmi mai aduc aminte mare lucru. M-am trezit a doua zi, pe la prânz, în aceeaşi cameră cu Bobo

şi încă un prieten, iar pe jos dormea o blondă goa-
lă. Nu îmi mai aduceam aminte mare lucru. După
ce mi-am clătit faţa, frânturi din seara trecută au
început să îmi revină în minte, făcându-mă să mă
simt ruşinat de mine însumi. O înşelasem din nou
pe Alyssa şi, cel mai rău era că, nici măcar nu îmi
propusesem să o fac. Nici măcar nu o făcusem voit.

În timp ce conştiinţa mă mustra aspru, mi-
am dat seama că nu ai cum să dansezi şi cu înge-
rii şi cu demonii în acelaşi timp. Dacă ai ales să fii
de partea răului, este aproape imposibil să mai ai
şi ceva bun în tine. Nu puteam să o fac fericită pe
Alyssa şi în acelaşi timp să beau, să mă droghez şi
să fac sex cu femei cărora nici măcar nu mă obo-
sisem să le reţin numele. Pentru mine nu contau
câtuşi de puţin genul acela de aventuri. În schimb,
dacă Aly ar fi aflat, i-aş fi frânt cu siguranţă inimă,
iar dacă aş fi făcut acest lucru, cu siguranţă nu aş fi
putut să mă iert cu uşurinţă.

Am plecat acasă, fără să aştept ca restul să
se trezească. I-am trimis un mesaj lui Bobo şi i-am
spus să treacă pe la mine să îi mai dau nişte bani
pentru seara următoare, anunţându-l că eu nu voi
fi prezent.

Acasă, Alyssa era cu mama în bucătărie. Când
am intrat în casă era ora 15:00. Aly m-a privit, dez-
amăgită. Privirea ei, care ieri era strălucitoare şi
chipul, care cu doar câteva ore în urmă îmi zâmbea
sincer, acum era pământiu şi îmi transmitea o ură
imensă. Aly s-a ridicat de la masă şi s-a dus în dor-
mitor. Mama s-a uitat către mine, mustrându-mă

cu privirea ei dură, de parcă îmi spunea să merg după Alyssa.

Am intrat în cameră. Ea se uita la televizor, ignorându-mă complet. Am vrut să o sărut, însă s-a ferit.

— Puți, spuse ea.

Am început să râd.

— A ce put?

— A alcool. A mizerie. A minciună. A târfă nenorocită puți. Ai face bine să stai departe de mine, animalule!

— Nu am făcut nimic greșit, am strigat.

Dacă privirea ar fi putut să ucidă, sunt sigur că privirea pe care mi-a aruncat-o Alyssa în acel moment ar fi scurs viața din mine.

— Minți! Minți și știi la fel de bine ca mine. Nu are sens. Taci dracului din gură decât să mă minți! Mă cunoști atât de bine. Te citesc dintr-o privire. Ieși afară, te rog și lasă-mă să mă calmez!

— Dar nu ți-am făcut nimic, nebuno. M-am distrat și eu puțin, ce vrei să fac?

— Așa te distrezi tu, David?

— Nu știi pe cine ai acasă, Alyssa? Doar nu ești cu un călugăr, i-am spus pe un ton ironic ieșind din încăpere.

Să facă ce vrea, m-am gândit. Acum mă susține, după aceea se supără pe mine fiindcă m-am distrat? Nu avea nicio dovadă că fusesem cu altă femeie. Nu avea ce să îmi facă.

Am ieșit în curte. Mama a venit după mine, așezându-se pe băncuță, lângă mine.

— Ce se întâmplă cu tine, David?

— Ce se întâmplă cu mine, mamă? Chiar o să mă frecați amândouă la cap? Sunt un munte de om, știu ce fac.

— Ești sigur că știi ce faci, David? Eu cred că ești cam pierdut, fiule.

— Eu cred că tu nu știi ce faci, mamă. Eu unul trăiesc. Îmi trăiesc viața la maxim. Dar tu ce faci? Lași timpul să treacă pe lângă tine, fără să te bucuri de nimic. Stai aici singură, când ai putea să ai o viață de vis, alături de mine și Alyssa.

— Nu vorbim despre mine acum, David, ci despre tine. Te pierzi, puiule. În ochii tăi nu îl mai văd pe băiatul dulce pe care l-am crescut. Văd aceeași duritate și răceala pe care o vedeam în ochii lui Alexei.

— Și ce ți se pare atât de rău în asta? Alexei e un om minunat.

— Minunat? Cred că îl vezi doar tu atât de minunat. Alexei e un om mai singur decât e copacul ăsta din fața ta care, măcar, are frunzele ce îi țin de urât. Ești sigur că asta e drumul pe care vrei să mergi?

Am privit-o pe mama cum se îndepărtă de mine. Din păcate, avea mare dreptate. Alexei era bogat. Invidiat de mulți oameni. Însă era singur. Iar privirea lui cu siguranță nu era privirea unui om fericit. Îmi doream să fiu fericit, însă eram fericit doar cu Alyssa în preajma mea. Dacă o alungam de lângă mine așa cum o și făceam, aveam să mai fiu la fel de fericit?

201

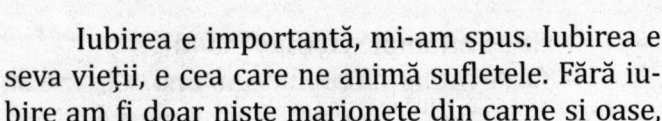

Iubirea e importantă, mi-am spus. Iubirea e seva vieții, e cea care ne animă sufletele. Fără iubire am fi doar niște marionete din carne și oase, conduse de dorințe și ambiții.

Mama avea dreptate, ca întotdeauna. Însă ce se întâmplase aseară fusese o excepție, iar Alyssa nu trebuia să se supere pe mine. Pentru o clipă m-am pus în locul ei: oare eu cum aș fi reacționat dacă ea ar fi venit dimineață acasă, mahmură?

Cuprins de gânduri, am intrat în casă, m-am dus la iubita mea și am îngenuncheat în fața ei.

— Nu merit să mă ierți, dar te rog să o faci. Uneori mă simt prins în viața asta la fel cum aș fi prins într-un vârtej imens. Iartă-mă! Tu ești totul pentru mine și nu văd cum ar putea să continue zilele fără tine. Am lăsat privirea în jos și simțeam cum se uită la mine.

— Nu știu, David. Sunt fericită cu tine. Te iubesc sincer și tu știi asta. Însă, uneori, nu mă regăsesc în viața asta, a ta. Uneori cred că nici tu nu te regăsești. Oare chiar ăsta ești tu, omul ăsta care ai devenit, sau e doar o mască? Asta mă întreb.

Să îi spun că ăsta sunt eu? Nu știu dacă i-ar fi plăcut acest răspuns. În interior simțeam că sunt eu însumi.

— Cred că e doar o mască, Aly. Cred că sunt un om bun în sinea mea și doar tu poți să îmi scoți bunătatea la iveală.

Alyssa m-a apucat de umeri, lăsându-și greutatea trupului peste mine.

— Sper. Dacă totuși așa ești tu, în stare pură,

voi fi foarte dezamăgită, răspunse ea. Eu cred că în tine e mai multă blândeţe decât laşi să se vadă în exterior. Sau aşa vreau să cred.

Am tăcut. Am preferat să tac pentru că oricum nu aş fi ştiut ce să îi răspund. Adevărul era că nu eram un om bun. Un om bun nu ar fi putut să facă atâtea alegeri rele.

Orice om are de ales între bine şi rău. Niciodată nu există o singură variantă. Mereu poţi alege binele în detrimentul răului. Iar alegerile pe care le facem sunt cele care ne definesc. Poţi greşi o dată, de două ori. Poţi face confuzii între bine şi rău şi astfel, poţi alege greşit.

Însă în clipa în care alegerile tale sunt doar rele, atunci cred că eşti doar un om rău.

În acea seară nu am mai ieşit nicăieri. Am preferat să rămân acasă cu Alyssa şi cu mama. Să mă gândesc la mine. Să mă întreb de zeci de ori dacă sunt fericit sau nu. Eram fericit cu ea. Eram fericit şi fără ea, însă mă cuprindea îndată dorul. Eram fericit când făceam lucruri bune, însă le făceam doar în prezenţa ei. Nu regretam când făceam rău cuiva, dacă asta îmi aducea beneficii. Aşadar, ce eram? Un înger sau un demon? Alyssa mă vedea ca pe un înger pierdut, însă eu aveam senzaţia că nu sunt altceva decât un demon care tocmai s-a regăsit.

Am alungat gândurile şi întrebările care mă frământau necontenit, gândindu-mă că tot ceea ce conta era în braţele mele şi am profitat de noapte pentru a-mi odihni trupul obosit şi pentru a-mi hrăni sufletul cu fericire.

Dimineața am rugat-o să mă ajute să o conving pe mama să meargă cu noi în America, iar Alyssa mi-a promis, din nou, că va face tot ce îi stă în putință pentru a mă ajuta să obțin ceea ce voiam.

Mama ne aștepta, hărnicuță, cu micul dejun pregătit. Omletele delicioase și pufoase erau așezate în farfuriile albe, iar în boluri mici, tot de culoare albă, mama făcuse câte o salată. Pâinea era proaspăt prăjită, iar cafeaua ne ademenea cu mirosul ei delicios.

În casă era o atmosferă plăcută, blândă și plină de iubire. În timp ce ungeam o felie aspră de pâine prăjită cu unt, am început să vorbesc cu mama.

— Trebuie să îți fie foarte greu singură.

Mama se opri din mâncat, uitându-se la mine.

— Așa este. Îmi este greu singură, dar mă voi obișnui.

Mama zâmbi, însă simțeam că zâmbetul ei nu este unul sincer. M-am uitat spre Alyssa, făcându-i un semn din privire că e momentul să continue ea. Aly avea un fel aparte de a vorbi. Glasul ei era plin de căldură și dragoste, iar puterea sa de convingere nu era prin manipulare, ci prin iubire și sinceritate.

— David ar vrea să plecăm împreună în America, mămico. Să începem o viață nouă, acolo.

Aly se opri. Mama se uită la ea, apoi la mine și începu să plângă.

— Dar o țară undeva mai aproape nu puteați

să găsiți, dragii mei? E tare departe... ce o să mă fac eu fără voi în preajmă?

— Tocmai asta e. Am vrea să mergeți cu noi. Să fim toți trei, ca pe vremuri. În România noi nu ne vom întoarce și nu cred că vreți să vă trăiți viața în singurătate. Oare nu e mai bine să o trăiți cu noi, în iubire și înțelegere?

Mama nu a spus nimic, continuând să mănânce. De când plecase și Alyssa, mama părea să se stingă pe picioare. Singurătatea nu îi făcea bine. Un bărbat nu își dorea în viața ei și, probabil, alături de tata îi pierise pofta de iubire. Dar mie îmi era dor de ea. Chiar îmi doream să meargă cu noi și eram convins că vom fi fericiți împreună, toți trei.

— O să mă gândesc la asta, copilași. Da, singurătatea nu este nici plăcută, nici ușoară. Dar, parcă, nici nu mi-aș lăsa casa goală... și prăjiturile... și tot ceea ce știu aici.

— Mamă, casa asta nu o putem lua cu totul, dar îți pot construi una de trei ori mai mare. Crede-mă, ăsta ar trebui să fie ultimul lucru la care să te gândești.

— Știi bine că am venit și în Elveția, când s-a întâmplat acea nenorocire, dar nu m-am regăsit acolo, în apartamentul acela, în viața aceea. Poate, de data asta, va fi diferit. Cred că voi da o șansă.

Am zâmbit, plin de bucurie.

— Mamă, promit că vom căuta împreună o vilă în care să locuim cu toții. Tu și Alyssa sunteți comorile mele și vreau neapărat să vă țin cât mai aproape de mine.

— Să trăiesc alături de copiii mei e cel mai bun lucru care mi se poate întâmpla, David. Totuşi, continuă mama cu privirea umbrită de tristeţe, mi-aş fi dorit să fi făcut alte alegeri în viaţă şi să te ocupi cu alte lucruri, ceva mai frumoase.

— Mamă, ce fac eu e treaba mea. Te rog să nu te bagi în asta. Totul va fi bine. Nu o să fac treaba asta toată viaţa.

Mama mă privea intens. Alyssa mânca, de parcă nu ar fi auzit ce am zis. Am schimbat subiectul, începând să povestesc întâmplări amuzante din copilărie, pentru a detensiona atmosfera. Am terminat masa, am savurat cafelele împreună, apoi am plecat în oraş să mă întâlnesc cu Bobo, lăsându-le pe cele două femei minunate să mai stea de vorbă şi să facă planul pentru plecarea noastră imediată.

Am plecat cu maşina şi am oprit în centrul vechi, la o cafenea. Bobo era deja acolo. Trebuia să ne întâlnim şi să discutăm despre situaţia clubului şi a fetelor. În plus, aveam de gând să îi dau vestea cea mare legată de plecarea mea în America şi să îi fac o surpriză.

— Noroc, frăţiorul meu, am spus, strângându-i mâna cu drag.

Bobo îmi strânse mâna înapoi, privindu-mă cu un zâmbet sincer pe chip. Eram prieteni de mulţi ani şi între noi nu existase niciodată sentimentul de invidie, deşi el fusese cel care mă ajutase să mă ridic, iar eu, la rândul meu, l-am ajutat când am avut ocazia. Simţeam că e, într-un fel, fratele pe care nu l-am avut niciodată.

— Am veşti pentru tine, i-am spus, entuzias-mat.

— Şi eu am. Începe tu, frate.

— Până în decembrie voi fi plecat în State, de tot. Ne mutăm acolo, împreună cu Alexei. Are ne-voie de mine, aşa că le iau pe Alyssa şi pe mama să începem o viaţă cu totul nouă acolo.

— Nu e rău deloc, frate, serios. Acolo sunt alte şanse. E mult mai bine, îţi dai seama. O să fie cam nasol fără tine. Pe cine lasă Alexei să se ocupe de club?

— Pe tine, am răspuns, scurt.

— Tu vorbeşti serios? întrebă el, mărindu-şi ochii şi privindu-mă cu interes.

— Vorbesc foarte serios. Alexei a lăsat clubul în responsabilitatea mea şi nu cred că există un om mai potrivit decât tine să fie la conducerea lui. Eşti ca un frate pentru mine şi am sunt sigur 100% că am făcut alegerea cea mai bună.

— Mulţumesc, frate. Îţi mulţumesc pentru încredere. Nu o să te dezamăgesc, ştii bine! Acum, însă, aş vrea să vorbim ceva foarte important.

— Ce anume?

— Ei bine, am stat de vorbă zilele astea cu băieţii noştri de prin ţară. Totul e bine, dar multe fete bune au început să se retragă din domeniu. Au apărut în România studiourile de videochat ca ciu-percile după ploaie şi multe se angajează, în ideea în care rămân în ţară şi câştigă o grămadă de bani.

Am stat puţin pe gânduri. Ştiam de la fete, că multe dintre ele se orientaseră către studiourile

de videochat, însă puține rămăseseră în domeniu.

— Bobo, eu am mai vorbit cu ele despre treaba asta. Am avut multe gagice care au renunțat la chat ca să vină la club. Activitățile astea, deși asemănătoare, nu sunt chiar la fel, iar cele care le practică sunt, de asemenea, diferite. La chat găsești fete mai liniștite, care au nevoie urgentă de bani, însă nu sunt dispuse să se culce cu clienții. Totuși, ceea ce spui mă pune pe gânduri. Am să mă gândesc la treaba asta. Cât privește temerile tale, că vom pierde teren în fața noilor ocupații, nu îți face griji. Voi avea grijă să țin pasul cu vremurile, în așa fel încât să rămânem mereu în top.

— Mă bucur, David. Merg pe mâna ta. Mereu ai știut unde să te învârți ca să îți fie bine, continuă el, zâmbind.

Am stat câteva ore de vorbă cu Bobo, organizând totul, dar gândul meu era în altă parte. Spre finalul întâlnirii, i-am spus:

— Ce ar fi dacă am deschide și noi câteva studiouri? Am putea încerca în București și, dacă treaba ar merge bine, am deschide în mai multe puncte. Am un plan bun, care o să ne aducă mulți bani în cont. O voi chema pe Luisa în România.

Zis și făcut. După întâlnire, m-am grăbit acasă, unde am început să îmi așez lucrurile în minte. Planul meu era unul simplu, însă foarte bine pus la punct. Doar trebuia să obțin și acceptul lui Alexei, lucru deloc greu de realizat. Alexei avea încredere în mine și în capacitatea mea de a conduce. Acesta era și motivul principal pentru care și-a dorit atât

de mult să mă aducă în America.

Mama era plecată împreună cu Alyssa, cel mai probabil pe la Mall la cumpărături, aşa că puteam să stau şi să cuget în linişte, să ticluiesc planuri şi modalităţi noi de a face bani. Nu voiam să fiu doar un parazit pe lângă Alexei. Îmi doream să îi aduc profit, să se bucure de prezenţa mea şi să o preţuiască. Aveam multe de făcut. În primul rând, să pregătesc terenul pentru plecare. Eram sigur că Alyssa o va convinge pe mama să vină cu noi. În State, îmi doream ca lucrurile să fie cu totul şi cu totul altfel. Nu mai voiam să o înşel vreodată pe Alyssa. Trebuia neapărat să mă las de cocaină, fiindcă nu mai gândeam limpede dacă nu trăgeam pe nas şi eram conştient că nu e un lucru bun.

Uşa de la intrare s-a deschis, scârţâind. M-am ridicat din pat şi m-am dus să văd dacă mama şi Aly au ajuns. Chicotind, cele două femei tocmai intrau pe uşă. Păreau fericite. Dacă le vedeai pentru prima oară, puteai jura că sunt mamă şi fiică. Mama m-a îmbrăţişat, iar Alyssa m-a sărutat. Am mers direct în sufragerie, unde am mai stat câteva ore.

— Dragilor, am hotărât să merg cu voi în America. Ce va fi, va fi. Casa de aici aş vrea să rămână, în cazul în care ceva nu merge acolo, să am unde să mă întorc, spuse mama, dintr-odată.

— Mamă, nici nu ştii cât de mult mă bucur, am strigat, entuziasmat. Alexei se va bucura şi el, cu siguranţă.

— David, nu vreau să încerci să mă cuplezi

cu el. Nu o să meargă. Nu sunt sălbatică, nu refuz să îl văd, însă simţurile mele îmi spun să stau departe de omul ăsta şi am de gând să le ascult. Asta e singura mea condiţie. Merg acolo pentru tine şi pentru Alyssa. De acord?

— Sigur, mamă!

Eram prea fericit că îmi voi vedea visul împlinit, nu mai aveam timp să mă gândesc la alte lucruri. Dacă mama mergea cu noi, atunci bucuria mea era deplină.

Am adormit mai fericit ca niciodată, bucuros fiind de realizările din acea zi. Mi-am plănuit zilele următoare. Aveam de gând să îl sun pe Alexei şi să îi cer acordul pentru paşii următori.

Aşa cum îmi propusesem, a doua zi, dis–de–dimineaţă, l-am sunat pe Alexei, însă nu mi-a răspuns. I-am trimis un scurt mesaj:

Vreau să mă implic într-o afacere nouă. Am nevoie de părerea ta.

Jumătate de oră mai târziu, am primit răspunsul, la fel de scurt şi cuprinzător ca şi mesajul meu.

Nu ai nevoie de părerea mea. Am încredere în tine. Orice ai vrea să faci, fă-o. La sfârşitul săptămânii vin în Bucureşti împreună cu Vitaly.

M-am bucurat. Probabil veneau să rezolve ultimele detalii legate de mutarea noastră.

Tot ce am făcut până la venirea lor a fost să mă odihnesc şi să mă distrez, fie împreună cu prietenii mei, fie împreună cu familia. La sfârşitul săptămânii, când m-am întâlnit cu ei, le-am prezentat ideea mea, plin de entuziasm.

Intenționam să deschid un studio de video-chat în București, pe care să-l administreze Luisa. Era important să fie o femeie cea care se ocupă de fete. Profilul tipelor care făceau videochat era diferit, cu totul diferit de cel al fetelor din club. Aveau nevoie de o persoană de încredere și ar fi fost ideal ca acea persoană să fie o femeie. Luisa era plăcută, inteligentă. Cu siguranță ar fi acceptat propunerea mea, întrucât era sătulă de munca din club.

Aveam de gând să angajez cât mai multe fete. Alexei și Vitaly au fost uimiți să audă ideea pe care o aveam. Profilul unui astfel de studio nu se compara cu cel al cluburilor pe care le dețineau ei, așa că nu păreau foarte interesați. Însă, când le-am spus ce aveam de gând să fac mai departe, le-am captat cu adevărat atenția.

— Voi deschide acest studio aici, în București și voi schimba standardele a tot ceea ce există. Le voi oferi cele mai bune condiții fetelor, astfel încât să vadă cât de benefică le este colaborarea cu mine. Iar pe cele mai bune le voi selecta și le voi aduce la studioul pe care aș vrea să îl deschidem în America. În maxim un an de zile aș vrea să avem singurul studio din America, poate chiar și singurul site de videochat care să le permită clienților să iasă cu fetele la o prăjitură, să le ducă într-o vacanță sau, pur și simplu, să petreacă o noapte fierbinte cu domnișoara de care s-au îndrăgostit.

Mă uitam cu interes la cei doi. Alexei părea încântat de idee, apoi s-a ridicat în picioare, aplaudând încet.

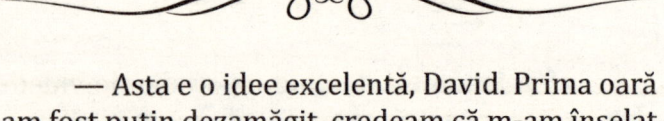

— Asta e o idee excelentă, David. Prima oară am fost puțin dezamăgit, credeam că m-am înșelat în privința ta. Ideea ne va aduce mulți, foarte mulți bani. Ai mână liberă din partea mea să faci tot ceea ce consideri tu că este bine.

— Mulțumesc, Alexei. Încrederea pe care mi-o oferi înseamnă enorm de mult pentru mine. Nu te voi dezamăgi, i-am spus, hotărât.

— Știu, răspunse el, clar și răspicat.

În scurt timp, Bobo a venit la locul întâlnirii. I-am anunțat că îi voi preda lui responsabilitățile clubului din Elveția. Cei doi au părut încântați de idee, rămânând să discute cu el toate detaliile, în timp ce eu am plecat spre casă. Pe drum, am sunat-o pe Luisa și am chemat-o urgent acasă, fără să îi spun prea multe detalii. Aveam de gând să îi povestesc totul față în față.

Lucrurile au decurs exact așa cum voiam eu. Luisa a acceptat propunerea mea, urmând să deschidă studioul cu iubitul ei de pe atunci. M-am întâlnit cu amândoi și am discutat toate detaliile.

Ulterior, m-am dus acasă și am vorbit cu Alyssa, spunându-i ce am de gând să fac. Ea mă susținea, ca întotdeauna.

— Am sperat, totuși, că odată cu plecarea vei mai renunța la activitățile de genul ăsta. Încă sper că te vei ține de cuvânt și, într-o zi, una cât mai apropiată, ai să te liniștești. Mi-aș dori să întemeiem o familie, însă în momentul de față e imposibil, spuse Aly.

O familie. Ar fi fost minunat să am un copil.

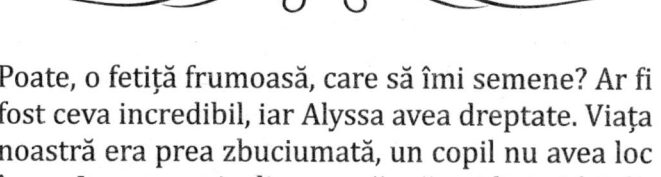

Poate, o fetiță frumoasă, care să îmi semene? Ar fi fost ceva incredibil, iar Alyssa avea dreptate. Viața noastră era prea zbuciumată, un copil nu avea loc în ea. I-am promis din nou că mă voi liniști în clipa în care voi avea suficienți bani încât să îmi pot permite să mă retrag din lumea aceea. După toate aceste discuții, în mintea mea a început să ia naștere o idee nebună. Ce ar fi fost dacă m-aș fi căsătorit cu Alyssa, înainte să plecăm în America?

Mi-o imaginam purtând o rochie de mireasă delicată, acceptând să îmi fie soție. Atunci aș fi fost mai liniștit, poate mai fericit.

I-am spus mamei. Ea a fost și mai fericită decât mine la gândul că băiatul ei se va așeza, oficial, la casa lui.

A doua zi, am mers la o casă de modă și am ales o rochie simplă, albă, lungă până în pământ și extrem de vaporoasă. O și vedeam pe Alyssa în ziua nunții exact ca pe o prințesă, îmbrăcată gingaș, cu părul desprins și cu o cunună din flori albe, pe cap. Iar eu mă visam al ei prinț din povești, călare pe calul cel mai alb.

Am așezat pe pat rochia, într-o cutie mare, din carton, legată cu mătase aurie. Deasupra rochiei, în cutie, am așezat verighetele pe care le-am cumpărat pentru noi. Mama a vorbit cu preotul din cartier și am organizat o petrecere restrânsă, unde l-am chemat numai pe Bobo, împreună cu iubita lui, pe Alexei, Vitaly, mama și părinții Alyssei.

Era o după–amiază plăcută, de sfârșit de septembrie. Mai exact, douăzeci și opt septembrie.

Soarele, speriat de toamnă, lumina printre frunze-
le veștejite din copaci. Afară era o atmosferă fee-
rică. Nu era nici cald, însă nu era nici frig. Alyssa
a intrat pe poartă, fusese plecată. Toată lumea era
deja la biserică. Când a intrat în casă, am apucat-o,
ușor, de mână.

— Am o surpriză pentru tine, i-am spus. Ur-
mează-mă.

Zâmbind, Alyssa m-a urmat. În camera noas-
tră, i-am acoperit ochii cu palmele.

— Vrei? am întrebat.

— Ce să vreau? întrebă ea, surâzând.

— Orice îți voi propune.

A urmat apoi o clipă de liniște.

— Da, spuse ea, cu glas hotărât.

Am luat mâinile de la ochi, lăsând-o să vadă
cutia mare de pe pat. Alyssa s-a îndreptat către ea,
deschizând-o cu emoție și fără a rosti nici măcar
un cuvânt. A văzut verighetele, a văzut rochia, apoi
s-a întors cu fața către mine. Zâmbea.

— Vrei să ne căsătorim? întrebă ea, nedume-
rită.

— Da, vreau să ne căsătorim, am răspuns.
Dar tu vrei?

— Da, răspunse Alyssa, sărindu-mi în brațe.

S-a îmbrăcat cu rochia atât de simplă, dar tot-
odată atât de frumoasă. Pe cap și-a așezat cununa
din flori, așa cum visasem întotdeauna să o văd în
ziua nunții noastre. Am mers la biserică, unde au
cuprins-o emoții noi, atunci când și-a văzut familia
aproape. A spus da, cu zâmbetul pe buze. Ne-am

unit destinele în acea zi frumoasă zi şi m-am simţit mai bun, mai fericit şi mai împlinit ca niciodată.

La doar câteva zile de la nuntă, eram deja în avionul cu destinaţia New York. Eram toţi trei. Eu, Alyssa şi mama. Fericiţi, zâmbitori şi plini de speranţă, ne-am îndepărtat de România, neştiind când ne vom vedea din nou ţara natală.

Vitaly ne aştepta la aeroport. Ne-a condus, plin de amabilitate, către casa unde urma să locuim. Alexei ne-a oferit posibilitatea să stăm într-un apartament sau într-o casă, însă ştiind că mama prefera casele, am ales să locuim la câţiva kilometri de New York, în Long Island.

Mă aşteptam să fie o casă frumoasă, având în vedere că eram vecini cu Alexei şi Vitaly, însă mare mi-a fost mirarea când am intrat pe poarta imensă, din fier, iar în faţa noastră a apărut o casă de dimensiuni considerabile, din cărămidă aparentă. Nu văzusem în viaţa mea aşa ceva. Am rămas cu toţii muţi în faţa luxului ce ni se dezvăluia în faţa ochilor. Am inspectat fiecare centimetru din curte şi din casă, cu curiozitatea unui copil ce abia începe să descopere lumea. Şi nu era nimic în neregulă cu treaba asta, întrucât eu abia descopeream lumea în care tocmai intrasem. Ne-am instalat în casă cu doar o lună de zile înainte de Crăciun. A durat o vreme până când ne-am acomodat şi până am început treburile. Am petrecut Crăciunul în familie, Alexei şi Vitaly au fost şi ei prezenţi. Alexei a înţeles că mama nu îşi doreşte o nouă relaţie şi i-a respectat decizia, rămânând doar buni prieteni.

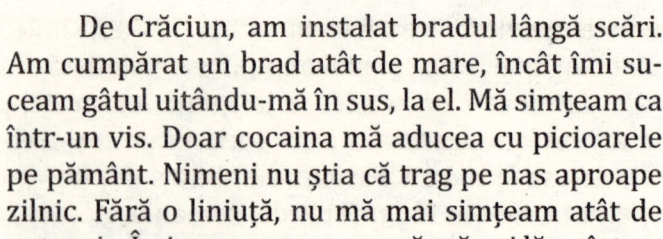

De Crăciun, am instalat bradul lângă scări. Am cumpărat un brad atât de mare, încât îmi suceam gâtul uitându-mă în sus, la el. Mă simțeam ca într-un vis. Doar cocaina mă aducea cu picioarele pe pământ. Nimeni nu știa că trag pe nas aproape zilnic. Fără o liniuță, nu mă mai simțeam atât de puternic. Îmi spuneam mereu că mă voi lăsa, într-o zi. Cât de curând.

Imediat după sărbători, în anul 2008, am început să lucrez cu Alexei. Petreceam mult timp în compania lui, uneori mai mult decât propriul său fiu. Munceam foarte mult, am reușit să pun bazele site-ului de dating și de videochat pe care voiam să îl fac, în doar câteva luni de zile. Am închiriat o vilă mai mare decât cea în care locuiam eu, unde aveam de gând să cazez fetele pe care urma să le aduc. Doream să am doar fete de top. Doar bunăciuni, ca să zic așa. Limba engleză era obligatorie. Fetele trebuiau să fie inteligente și foarte plăcute, asta pentru a mă asigura că ne vor umple buzunarele tuturor.

În anul 2008 am reușit să pun bazele afacerii și să o consolidez. Tot ce atingeam se transforma în bani. Mă simțeam pe un norișor pufos, de pe care știam că nu am cum să cad. Eram prea inteligent și prea norocos să mai pic acum.

În scurt timp, am adus-o pe Luisa în America, pentru a deveni mâna mea dreaptă. Nu aveam niciun gând pervers cu ea, ba chiar dimpotrivă, îmi jurasem că nu o să mai calc strâmb în fața Alyssei, voiam să îi rămân credincios, orice ar fi fost. Pentru o perioadă bună de timp lăsasem și cocaina.

Anul 2008 a fost unul excelent din toate punctele de vedere, însă în 2009, lucrurile s-au schimbat. Pe lângă afacerea cu fetele mele, mă ocupam şi de câteva cluburi pentru Alexei şi nu era deloc simplu. Alexei şi Vitaly aveau mulţi duşmani. Eram obligat, zilnic, să fac tot felul de lucruri care nu îmi plăceau. Participam, alături de ei, la crime groaznice. Mă simţeam puternic, dar simţeam, cumva, că joc două roluri. Acasă păream bine, liniştit, alături de Alyssa. Încercam să nu o fac să se îngrijoreze. Lipseam uneori de acasă cu zilele, iar când mă întorceam, o simţeam pe Aly tot mai departe de mine. Îmi punea multe întrebări şi devenea tot mai stresantă, fiindcă simţeam că nu îi pot spune ce fac. Mă temeam că mă va părăsi, dacă o voi face.

La un moment dat, nu am mai rezistat presiunii care era asupra mea şi am început să mă droghez din nou. Eram alt om. Credeam că sunt mai lucid, însă deveneam tot mai violent. Ţipam la mama, de multe ori am fost la un pas să o lovesc pe Alyssa. Când nu eram sub efectul prafurilor, eram ok. Însă mă transformam după prima liniuţă pe care o trăgeam pe nas.

În schimb, petreceam mult mai mult timp cu Luisa, fiind forţat de împrejurări şi că lucram împreună. Trăgeam împreună pe nas şi petreceam zile şi nopţi întregi, muncind.

Într-una dintre zilele petrecute acasă, Alyssa a venit la mine. M-am uitat la ea şi parcă nu am recunoscut-o. Ochii ei, atât de frumoşi şi strălucitori, deveniseră din nou goi şi întunecaţi, ca atunci când

217

suferise din cauza mea.

— Ce e cu tine? am întrebat-o.

— Cu mine ce e? Asta mă întreb eu, zi de zi. Te-ai pierdut de tot în lumea ta, David. Îmi pare rău că am venit aici, spuse ea, izbucnind în plâns.

— Ai înnebunit, femeie? am strigat. Uită-te ce viață ai. Ai visat vreodată să ai atâtea haine, atâtea bijuterii? Așa o casă? Toate astea nu se fac decât cu sacrificii. Dar tu de unde să știi?

— Așa sunt eu, mai proastă, răspunse ea. Bine că ești tu deștept!

— Să fii sigură că sunt, am șuierat.

— Așa de deștept cum ești, să nu te trezești într-o zi singur în dormitor, strigă ea, furioasă, alergând pe scări și izbind ușa camerei.

„E nebună", mi-am spus. Probabil, de la prea mult bine i se trage.

Am scos mașina din garaj și am plecat la birou. Am considerat că sunt mult prea ocupat ca să iau în seamă figurile Alyssei.

Fără să îmi dau seama, însă, intrasem în vizorul ei. Nu știa ce se întâmpla cu mine și ținea neapărat să afle. Alyssa simțea când ceva nu era în regulă cu mine.

Nu îi spusesem nimic legat de venirea Luisei în America. De fapt, ea știa că nu am mai vorbit cu ea încă de când s-au bătut, în România. Eram extrem de grijuliu, nu voiam să fac nicio greșeală, fiindcă știam că dacă ar fi aflat adevărul, m-ar fi părăsit fără nicio îndoială.

Se spune că „De ceea ce te temi, de aia nu vei

scăpa". Cea mai mare frică a mea a fost să nu afle Alyssa totul şi exact asta s-a întâmplat. Într-o dimineaţă, când eram în duş, mi-am uitat telefonul pe noptieră. Niciodată nu îmi căuta în telefon, de altfel, nu îi spusesem nici codul pe care îl aveam. Însă cumva, l-a ghicit şi a intrat în telefonul meu. A văzut că cel mai des îl sunam pe John, însă nu ştia cine este.

Când am ieşit din duş, stătea în pat, lungită. M-a privit.

— Ce faci? întrebă ea.

Am simţit din prima că ceva nu este în regulă, însă am sperat că nu e nimic grav.

— Bine, mă pregătesc să plec.

— Mhm, mormăi ea, dând din cap. Te întâlneşti cu John?

— Da, de unde ştii? am întrebat, în timp ce mă îmbrăcam.

— Te-a sunat, cât erai în duş.

M-am întors, înmărmurit, spre ea.

— Şi?

— Şi m-am gândit să îl sun înapoi. Am sunat, dar ghici ce. John era o femeie.

Alyssa s-a ridicat în picioare, îndreptându-se spre mine.

— John era o femeie, David, urlă ea, dintr-odată. Şi ştii cum o cheamă? O cheamă Luisa, dobitocule! Să fie oare Luisa, vechea ta prietenă cu care ţi-o trăgeai când erai mic?

Ochii ei erau cuprinşi de lacrimi. Chipul plin de furie. Îşi încorda pumnii mici, lovindu-mă în piept.

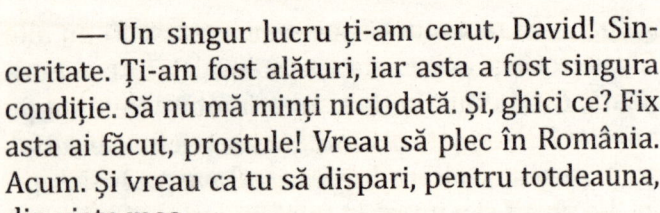

— Un singur lucru ți-am cerut, David! Sinceritate. Ți-am fost alături, iar asta a fost singura condiție. Să nu mă minți niciodată. Și, ghici ce? Fix asta ai făcut, prostule! Vreau să plec în România. Acum. Și vreau ca tu să dispari, pentru totdeauna, din viața mea.

Alyssa a ieșit din cameră, furioasă. Am urmărit-o și am încercat să o prind de mână.

— Lasă-mă să îți explic, te rog!

— Nu ai ce să îmi explici, David. Nu mă interesează nimic. Nu vreau să mai aud. Am stat prea mult timp alături de tine, în speranța că vei redeveni băiatul de care m-am îndrăgostit. Dar pe zi ce trece, tu devii tot mai rău. Ești un monstru!

— Sunt un monstru care te iubește, Alyssa! am strigat, cu putere.

— Nu ai cum să iubești o persoană și să o faci să sufere în felul în care sufăr eu. Nu. Te rog să termini totul, vreau să plec.

Am apucat-o de mână, strângând-o.

— Tu nu pleci de lângă mine, orice ar fi. Ești soția mea. I-am urlat aceste cuvinte în față, în speranța că va înțelege.

— Vreau să plec, strigă ea.

— Poți să vrei orice. Nu se va întâmpla!

— Am să plec când vei fi tu plecat de acasă, strigă Alyssa, din nou.

M-am întors amenințător la ea.

— Dacă vreodată am să vin acasă, iar tu nu vei fi aici, ai să te întorci de bună–voie. Și știi de ce? Am să o omor întâi pe mă-ta, apoi pe tac-tu. Încet.

Şi dureros. Eşti dispusă să te joci cu viaţa lor?

Am prins-o din nou, de mână, trăgând-o spre mine şi lipindu-mi buzele de chipul ei.

— Nu te juca cu mine şi ţine minte bine. Tu de aici nu ai să pleci vreodată. Vei fi cu mine, la bine şi la rău, aşa cum ai jurat.

I-am dat drumul, lăsând-o plângând în casă. Eram sigur că a înţeles mesajul meu. Am plecat de acasă, plin de nervi, la treburile mele.

Cine o punea să caute, să îşi bage nasul în viaţa mea? De ce nu putea fi mulţumită cu tot ceea ce îi ofeream şi să nu mă mai înnebunească cu sinceritatea ei? Ce sinceritate aştepta ea de la mine? Nu ştia oare cum sunt?

Din ziua aceea, Alyssa s-a schimbat faţă de mine. Ochii ei chihlimbarii şi veseli, au devenit, din nou, două găuri negre, fără fund. Stătea în casă ca o fantomă. Pur şi simplu părea că nu o mai interesează ce fac. O întrebam dacă mă iubeşte şi îmi răspundea atât de sec că da, încât îmi dădeam seama că dragostea ei se diminua pe măsură ce treceau zilele. Din când în când, îi aminteam că, dacă nu mă va mai iubi, tot nu o voi lăsa să mă părăsească. Părea împăcată cu ideea.

Nu eram fericit de ceea ce făceam. Ajunsesem aproape de viaţa pe care o visam, dar eram gol pe dinăuntru. Iubirea Alyssei, care mă umplea, în totalitate, nu mai era la fel şi simţeam cum mă umplu cu altceva. Cu răutate, cu ură şi cu dorinţa de a avea mai mult.

De fiecare dată când veneam acasă, îmi doream să o văd pe Alyssa aşa cum era înainte. Îmi venea să o bat până când chipul ei avea să fie la fel de dulce ca acum câţiva ani. Îmi doream să o văd din nou fericită. Însă o cunoşteam prea bine. Singura modalitate să o văd din nou fericită ar fi fost să îi permit să plece de lângă mine. Alyssa avea un caracter mult prea puternic. Dacă nu voia să mă ierte, nu o făcea orice ar fi fost, orice aş fi făcut. Dar plecarea ei nu era o opţiune. Nu aş fi putut să trăiesc fără ea. Aşa că am trăit, zi de zi, lună de lună, cu Alyssa, ca soţ şi soţie, fără să mai vorbim prea multe. Ne-am îndepărtat, nu mai eram noi înşine. Nu mai eram fericiţi. Doar eu eram dependent de ea. O dependenţă bolnăvicioasă, care ne distrugea pe amândoi.

Pe nouă noiembrie 2010, Alyssa m-a aşteptat cu masa pusă. Eram doar noi doi în casă. Mama era plecată, iar femeile de serviciu erau libere. M-a surprins singurătatea căminului nostru.

— Ia un loc, te rog, m-a invitat Alyssa.

M-am aşezat pe scaun şi am început să mănânc.

— E totul în regulă? am întrebat. Simţeam, în sinea mea, că nimic nu e în regulă.

— Nu, de fapt nu e totul în regulă. Sunt însărcinată, David.

Am privit-o pe Alyssa. Bucuria îmi cuprindea sufletul. Un copil era singura şansă ca eu şi iubita mea să încercăm să ne refacem viaţa. Un copil avea să ne umple sufletele cu bucurie. Să ne facă să zâmbim din nou. M-am ridicat de la masă şi am dat să o îmbrăţişez, însă ea s-a ferit.

— Alyssa, e cea mai bună veste pe care puteai să mi-o dai!

— Eşti nebun? David, nu am de gând să păstrez copilul ăsta! Noi nu suntem în stare, în clipa asta, să avem un copil. Un copil se creşte în fericire, în iubire şi într-un mediu plăcut. Noi suntem toxici acum. Mai avem un pic şi ne omorâm între noi.

— Eşti nebună tu, am strigat. Doar nu ai de gând să faci avort, tâmpito!

Am apucat-o de gât, strigând la ea:

— Sunt în stare să te omor şi pe tine, şi pe ai tăi şi tot neamul tău până la Adam şi Eva dacă nu păstrezi sarcina. Nu ai decât să faci copilul şi să mi-l laşi mie, apoi să pleci, dacă nu mă mai vrei.

M-am întors cu spatele şi am plecat în dormitor, ferecând uşa. Am dormit netulburat, iar când m-am trezit am plecat de acasă, hotărât să plec măcar câteva zile departe de Alyssa, de casă şi de responsabilităţi.

Zis şi făcut. Mi-am luat bilet de avion şi am plecat în Elveţia, la Bobo. Alyssa era mereu ursuză şi chiar simţeam nevoia să văd un bun prieten zâmbitor. Am stat acolo două săptămâni, în acelaşi apartament în care locuiam odinioară, cu Alyssa. Fiecare colţişor îmi amintea de mine şi ea. Mă întrebam, plin de regrete, când s-au transformat toate în halul ăsta. Iubirea dintre noi îşi pierduse puritatea, devenind toxică. Simţeam că nu ne mai leagă nimic, în afară de dependenţa mea de ea.

Am plâns, pentru prima oară, după mulţi ani, de dorul ei. Ceva greoi îmi apăsa pe suflet şi nu mă

lăsa să respir. Era sentimentul de vinovăție, care mă sufoca.

Puțin după miezul nopții, mi-a sunat telefonul. Era Alexei. Am răspuns, întrebându-mă de ce mă sună atât de târziu.

— David.

Glasul lui Alexei era grav.

— Așază-te! Trebuie să îți spun ceva.

L-am ascultat, așezându-mă pe pat.

— Spune, te ascult.

— Am să fiu direct, fiindcă nu știu cum aș putea să îți spun asta. Nu există o modalitate frumoasă de a afla. Alyssa a murit!

Pământul a fugit de sub picioarele mele. Am văzut negru în fața ochilor. Mintea mea a luat-o razna. Alexei mă mințea. Era imposibil ca Alyssa să fi murit.

— Minți! Spune-mi că minți! Te implor, spune-mi că nu e adevărat!

— Aș vrea să îți spun asta. Dar e adevărat, David. Te așteptăm în New York urgent.

M-am aruncat la pământ, izbindu-mă, în mod repetat, cu capul de podea. Alyssa nu putea să fie moartă. Ea era universul meu. Aly era tot ce conta. Dacă ea murise, atunci nu puteam să mai trăiesc nici eu. Am sperat să fie o farsă. Mi-am spus că e o greșeală, o confuzie, cu siguranță. M-am rugat la Dumnezeu, după mult timp de când nu o mai făcusem, să fie un vis urât. Să ajung acasă, iar Alyssa să îmi deschidă ușa, zâmbitoare. Să mă sărute și să mă îmbrățișeze.

Însă, când am ajuns acasă, casa era atât de goală încât liniştea din ea mă asurzea. Alyssa nu era, aşa cum speram. Camera noastră mirosea încă a parfum. Mama era închisă în camera ei. Am bătut uşor la uşă.

— Mamă, am strigat. Sunt eu.

A ieşit în tocul uşii. Purta haine negre, iar chipul îi era atât de trist, acea tristeţe nu o mai văzusem niciodată în ochii ei.

Mama s-a prăvălit la pământ, urlând.

— Era ca fata mea. Era ca fata mea şi acum nu mai e...

M-am aşezat lângă ea, distrus.

— Sunt terminat, mamă. Mi-aş dori să mor chiar acum.

— Te rog, durerea mea e şi aşa prea mare. Nu mai vorbi şi tu astfel. Dacă nu ai mai fi nici tu, ce sens ar mai avea viaţa mea?

— Dar ce sens are viaţa mea, fără Alyssa în ea? Are vreunul? Eu îţi spun că nu.

Am plâns ca un copil, în braţele mamei, tânjind după îmbrăţişarea Alyssei, pe care ştiam cu certitudine că nu aveam să o mai simt vreodată. Alexei a venit şi el. Cu răceala lui caracteristică, mi-a povestit cum s-a întâmplat totul. Alyssa se plimba cu maşina, când a pierdut controlul volanului şi a intrat într-un parapet. Maşina a luat foc şi iubita mea a ars de vie, în ea. Imaginându-mi durerea pe care a simţit-o, sfâşiat fiind de gândul că nu mai este, am lăsat bărbăţia la o parte şi am plâns fără să mă opresc. Alyssa şi copilul pe care îl purta în pântec,

singura şansă ca eu să fiu vreodată fericit, dispăruseră pentru totdeauna. Mă simţeam vinovat. Mi-aş fi dorit să dispar în altă lume. Ar fi fost mai bine de o mie de ori dacă aş fi murit eu şi ar fi trăit ei.

Am tras atâta cocaină pe nas, încât am adormit, amorţit. În visul meu s-a plimbat nestingherită, doar Alyssa. De mână cu un copil. Cu o fetiţă la fel de frumoasă ca ea. Aş fi vrut să dorm pentru totdeauna, dar, din păcate, m-am trezit. Alexei mă uda cu apă pe faţă.

— Nu vreau să mă trezesc, i-am spus. Lasă-mă!

— Trebuie să te trezeşti. O distrugi şi pe Elena. Ştiu, e greu. Am trecut şi eu prin asta, nu uita. Ridică-te şi mergi mai departe, David. Învaţă să trăieşti cu durerea. A fost un motiv pentru care s-a întâmplat totul.

— Nu mă interesează motivul, am urlat. Vreau să nu mai ştiu de mine. E doar vina mea, dacă aş fi fost aici, poate ar fi stat lucrurile altfel. Alyssa a suferit prea mult din cauza mea. Nu voi putea niciodată să mă iert.

Alexei m-a îmbrăţişat.

— Trebuie să mergem în România. Să îi repatriem rămăşiţele Alyssei şi să o înmormântezi aşa cum se cuvine, David. Las-o să se odihnească în pace, a avut o viaţă zbuciumată.

Am plâns în continuare. Dacă nu credeam în Dumnezeu, de ce m-aş fi ocupat de înmormântare? O voce dinlăuntrul meu mi-a spus, pe loc, că trebuia să o fac, pentru Alyssa.

Am intrat în dormitorul nostru, atât de trist. Am deschis noptiera Alyssei din reflex. Acolo, am găsit caietul în care scria. Nu avusesem niciodată curiozitatea să îl citesc. Cu inima îndoită de durere, l-am deschis. Erau zeci de poezii, care mai de care mai lungi. Privirea mi-a picat pe una dintre ele, iar când am citit-o, m-a podidit plânsul. Am realizat cât de mult a suferit Alyssa din cauza mea. Am realizat că fusesem o bestie care i-a distrus sufletul, în loc să am grijă de el.

Am citit, îndurerat, poezia pe care îmi picaseră ochii:

Aș vrea să se oprească timpu-n loc
Și mii de mărăcini să mă cuprindă
Pat pentru eternitate ei să-mi fie
Dorul din suflet să-mi aline.

Și-aș vrea să mor, încet, în timp ce plâng,
Toată durerea astfel s-o alung.
Să picur în a mea inimă îndurerată
Miere din mii de stele adunată.

Aș vrea atât de mult să îl găsesc,
Pe cel ce de mult îl iubesc.
Un om ce doar pe mine mă voia,
Cel pentru care alta nu conta.

În întuneric și în ceață-l caut,
Dar nu mai e!
El e ceva ce eu nu mai cunosc,
A sa dulce iubire, eu n-o mai recunosc.

Cuvinte, mângâieri ce altădată le aveam
Au devenit minciuni și un trist amalgam.
Un amalgam de suferință, durere și iertare,
Iar totul în final, e sortit spre uitare.

Nu suntem altceva decât bucăți de carne.
Doar sufletele noastre rămân nemuritoare.
Legate între ele cu firișor de aur
Iubirea va rămâne, a inimii tezaur.

Aly scria în caietul cu poezii de fiecare dată când era supărată. Citind fără oprire, mi-am dat seama, din nou, câtă suferință adunase aceea ființă în ea. Cât de nenorocit am fost. Și am realizat că ceea ce pierdusem nu mai puteam recupera vreodată.

M-am ridicat cu greu din pat. M-am ocupat, distrus fiind, de repatrierea trupului soției mele. Apoi, am mers în România, împreună cu mama, Alexei și Vitaly. Cel mai greu mi-a fost să îi anunț pe părinții Alyssei. M-au învinuit, bineînțeles, pe mine. Și până la urmă, aveau dreptate. Eram cel mai vinovat pentru moartea ființei pe care o adoram.

Am înmormântat-o pe Aly în 2010, pe doisprezece octombrie, mai exact. A avut o înmormântare simplă, cu oameni puțini. Sub un monument în formă de înger, cu un prunc în brațe, mi-am îngropat soția, copilul și ultima șansă să fiu, vreodată, un om fericit.

Am rămas, o vreme, în România, cu mama.

Nu voia să se mai întoarcă în America. Eu nu voiam să rămân aici. Nu era loc care să nu îmi aducă aminte de ea.

Într-o seară, mama s-a apropiat, sfioasă, de mine.

— David, şopti ea.

— Spune, mamă.

— Ştiu că nu ai cum să îţi revii vreodată după ce s-a întâmplat cu Alyssa. Dar vreau să te gândeşti că poate aşa a vrut Dumnezeu să se întâmple, pentru ca tu să te schimbi.

Am râs.

— Dacă Dumnezeu există, mamă, atunci nu vreau să aud ce planuri ar avea el pentru mine. Sunt sigur că nu sunt compatibile cu ale mele.

— David, poate tocmai lipsa de credinţă, răutatea şi starea care te-a cuprins în ultimii ani e de vină pentru ce s-a întâmplat. Crede-mă, puiule, tu nu mai eşti copilul meu, pe care l-am crescut. Dacă nu ai vrut să te schimbi cât Alyssa a fost în preajmă, atunci măcar fă-o acum, cât mai sunt eu. În memoria ei. Nu ar putea exista cadou mai frumos pentru Aly, în afară de asta.

— Mamă, Alyssa este M O A R T Ă! E oale şi ulcele. Ce cadou? Crezi că îi mai pasă ce se întâmplă cu mine? Crezi că mie îmi mai pasă ce se întâmplă cu mine?

Am plecat în dormitor, izbind cu furie uşa. Toată noaptea m-am uitat în albumele noastre foto şi am plâns. Mi-am revăzut copilăria, adolescenţa. Zeci de fotografii cu Alyssa. Mă dureau toate, însă,

măcar imaginea ei puteam să o văd şi să mă readu-că puţin la viaţă.

Nu îmi amintesc când am adormit, dar îmi aduc aminte că m-am trezit cu o dorinţă mare să mă redescopăr pe mine însumi. Am plecat împre-ună cu mama într-un tur al Europei. Am evitat Pa-risul. M-ar fi durut prea mult să calc pe urmele pe care călcase Alyssa, acum câţiva ani. Am stat o lună în Franţa la o mănăstire, unde mi-am hrănit suflet-tul cu linişte şi pace. Am plecat apoi în Tibet, unde am rămas jumătate de an, aproape de un templu din oraşul Lhassa. Am încercat să înţeleg moartea Alyssei. Am încercat să o depăşesc. Am început să mă rog la propriul meu Dumnezeu, hotărât să scot din mine demonul care a pus stăpânire pe trupul meu şi pe care îl vedeam responsabil de toată mi-zeria din viaţa mea.

Am realizat mai târziu că singurul vinovat de tot ce se întâmplase eram eu. Am acceptat acest lucru. Ştiam că nu mă voi ierta niciodată.

Am călătorit vreme de un an şi jumătate în Europa, India, China şi America. Singur. Doar eu cu mine. În fiecare loc în care am descoperit ceva nou despre mine, mi-am făcut câte un tatuaj, acoperin-du-l pe cel vechi şi acoperindu-mi, în timp, tot cor-pul cu desene care aveau o deosebită însemnătate pentru mine.

Ajuns înapoi în America, i-am vândut toate afacerile ilegale în care eram implicat lui Alexei şi din banii obţinuţi, am început să investesc în di-ferite domenii. Am început să construiesc blocuri

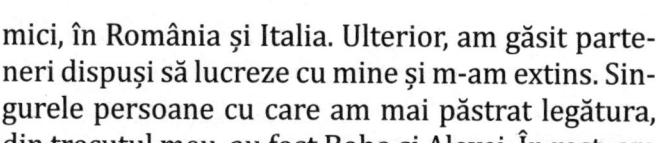

mici, în România şi Italia. Ulterior, am găsit parteneri dispuşi să lucreze cu mine şi m-am extins. Singurele persoane cu care am mai păstrat legătura, din trecutul meu, au fost Bobo şi Alexei. În rest, am preferat să rup orice legătură.

Nu am reuşit să uit că Alyssa lipsea din viaţa mea, însă am învăţat să trăiesc cu acea durere surdă. Am lăsat-o să fie parte din mine, să mă întărească şi să mă hrănească cu putere.

Nu mai voiam să iubesc. Refuzam orice femeie care se apropia de mine. Doar din când în când, mă mai culcam cu câte o tipă, având şi eu nevoile mele, de bărbat. Mi-am spus că iubirea dintre Alyssa şi mine nu o voi mai întâlni niciodată. Nici nu căutam iubire, dar nici nu voiam să găsesc.

Astfel au trecut ani buni, iar eu am devenit din ce în ce mai închis în mine, din ce în ce mai puternic şi mai bun cu cei din jurul meu, însă mereu distant.

***

Timpul nu s-a sfiit. A trecut, precum un vis, cu repeziciune. Eu m-am concentrat pe muncă şi mi-am petrecut timpul liber doar cu mama şi cu Alexei. Am reuşit să public cartea de poezii a Alyssei. Erau frumoase, atingeau cu uşurinţă sufletul celor din jur. S-a cumpărat în mii de volume. Pe copertă, am ales o fotografie cu Alyssa, mireasă. I-am făcut site, pagina de Facebook şi am avut grijă să îi fie respectată şi iubită memoria.

Călătoream în toată lumea, făceam afaceri de succes şi eram un om de afaceri influent şi respectat. Femeile mă doreau. Aveam, aşa cum spuneau mulţi, tot ce aş fi visat.

Într-una dintre călătoriile mele m-am oprit la Iaşi. Cumpărasem un teren mare şi intenţionam să ridic un cartier de vile în zonă, împreună cu un alt investitor. În timp ce mă plimbam, liniştit, în parcul din faţa hotelului, am simţit cum cineva se izbeşte de mine. Era o fată. Cât de proastă să fie, încât să nu mă vadă? Eram atât de mic?

— Dormi? am întrebat-o, vizibil iritat.

— Dacă dormeam, aş fi fost în camera de hotel, mi-a răspuns, ironică. Scuze, nu am fost atentă, a continuat ea, privind în jos.

M-am uitat la fata blondă din faţa mea. Era frumoasă. Dar ce m-a blocat, în adevăratul sens al cuvântului, au fost ochii săi. Am citit în ei aceeaşi tristeţe şi durere pe care o citisem la Alyssa, înainte să plec de lângă ea. Am rămas şocat, privind-o cum se îndepărtează.

M-am gândit la ea toată noaptea. Dintr-un motiv pe care nu îl înţelegeam, încă, nu puteam să îi uit chipul. Privirea aceea. Să mă îndrăgostesc ar fi fost imposibil. Inima mea era la Alyssa şi a fost îngropată odată cu ea. Şi totuşi...

A doua zi, am coborât în parcul plin de cafenele şi am intrat în prima care mi-a ieşit în cale. O cafenea cochetă, cu candelabre din cristal şi canapele albe, din piele. Voiam să savurez, singur o cafea. Am intrat şi am simţit cum cineva mă fixează cu privirea. M-am întors. În spatele meu, era chiar blonda pe care o întâlnisem cu o seară în urmă. Am zâmbit. Era ca un copil curios, iar curiozitatea ei m-a făcut, pentru prima oară după moartea Alyssei, să îmi doresc să cunosc o altă femeie.

Am urmărit-o şi nu m-am lăsat până când nu am făcut cunoştinţă cu ea şi nu am aflat mai multe despre acea fată. Numele ei era Sofia şi tristeţea pe care o citisem în ochii ei era reală. Avusese o viaţă complicată. Mă atrăgea, fără să înţeleg de ce. Era atât diferită de Alyssa. Nu avea nimic în comun cu ea. Am hotărât să îl las pe Dumnezeu să decidă pentru mine şi am scris pe o hârtie numărul meu de telefon. Dacă era să fie ceva între noi, avea să mă sune. După ce am petrecut câteva ore plăcute împreună, i-am pus în mână hârtia. A zâmbit, emoţionată. Îmi plăcea de Sofia tot mai mult, însă aveam treburi importante de rezolvat la firmă, în America, aşa că am plecat la scurt timp după ce ne-am întâlnit. M-am gândit că, dacă e să fie, va fi oricum. Dar nu a fost să fie. Sofia nu m-a sunat niciodată, iar eu nu ştiam nimic despre ea.

A fost pentru prima oară când am regretat o altă femeie, după Alyssa, însă nu aveam ce face. Mi-am continuat viaţa după bunul meu plac, ocupându-mă în continuare de afaceri, timp de câteva luni, până în vara anului 2016, când m-am dus în Bucureşti să o văd pe mama. Am stat câteva zile la ea, am fost la mormântul Alyssei unde, ca întotdeauna, am plâns. Nu aveam nicio dispoziţie şi simţeam că nu pot să stau într-un loc.

A doua zi, o bună prietenă, pe nume Denisa, mi-a trimis mesaj şi m-a invitat să mergem împreună la mare. Denisa era o fată căreia îi plăcea viaţa. Îi plăcea să se distreze. Nu voia o relaţie cu mine, lucru care îmi convenea de minune. Era sex şi atât, fără obligaţii, fără explicaţii şi, mai ales, fără iubire. Am plecat cu ea la mare, la un hotel la care mergeam de fiecare dată când ajungeam pe litoralul românesc.

Mare mi-a fost surpriza când am auzit, în spatele meu, un glas dulce, ce îmi părea cunoscut. Era Sofia, frumoasa blondă din Iaşi. Am îmbrăţişat-o. Arăta mult mai bine decât ultima oară când o văzusem. Idioata de Denisa s-a proţăpit lângă noi, prezentându-se ca fiind iubita mea. Sofia a plecat la un restaurant din zonă, dezamăgită, iar eu am avut grijă să o alung pe Denisa. Îmi stricase combinaţia.

Imediat după ce Denisa a plecat, am urmărit-o pe Sofia spre localul în care a spus că se va duce să mănânce. Am mers după ea şi i-am explicat totul. Fata a căzut în mrejele mele, acceptând să petrecem câteva zile împreună. Nu avea rost să mă mint singur. Mă îndrăgostisem de Sofia, deşi nu crezusem că ar putea fi posibil să mai iubesc, după ce o pierdusem pe Alyssa. M-am îndrăgostit atât de tare, încât am cerut-o în căsătorie şi am lăsat-o câteva zile să se gândească.

Suntem pe malul mării. O ţin de mână. Briza mării ne mângâie pielea, iar mirosul de nisip şi sare îmi dă putere şi energie. Pletele ei lungi şi blonde se despart în şuviţe sărutate de soare. Pielea ei străluceşte şi miroase a parfum. Sofia e

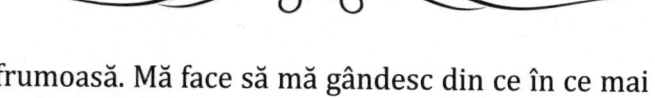

frumoasă. Mă face să mă gândesc din ce în ce mai mult că aş putea trăi, alături de ea, aproape tot ce nu am trăit până acum.

Acum am aproape tot şi încă puţin. Aproape tot, mai puţin iubirea pură. Sper să o găsesc în inima blondei cu ochii verzi, din faţa mea. Dacă nu o voi găsi, ştiu că sufletul meu va rămâne pustiit şi gol, de dorul ei.

O sărut. Sofia are cele mai moi buze. În ochii ei pot citi ceea ce am şi eu în suflet. Durere, dezamăgire, dorinţă şi dor.

Simt telefonul cum vibrează în buzunar. L-am deschis. Primisem un mesaj pe pagina oficială de Facebook a cărţii Alyssei, pe care o creasem în memoria ei. Un fan îi scrisese:

Sunt în vacanţă, în Maroc, şi am găsit o Alyssa aici care seamănă incredibil cu tine. Oricine administrează pagina asta, trebuie sa vadă poza. Asemănarea e incredibilă.

În clipa următoare, mi-a trimis o fotografie. Am simţit cum un ciocan mă loveşte în moalele capului. În poza trimisă de el era o femeie. O femeie ce purta un costum roz, lung, până în pământ şi o eşarfă în jurul capului. Dar chipul ei, ei bine, chipul ei era al Alyssei. Era imposibil ca cineva să semene atât de bine cu ea. Pe de altă parte, era imposibil să fie ea. Alyssa era îngropată. Poliţia o recunoscuse. Era la volanul maşinii noastre. Nu putea fi adevărat, acea femeie nu era Alyssa. Şi totuşi, dacă era ea?

Va urma...

Mulțumiri

Mi-am descoperit târziu pasiunea pentru scris. Însă atunci când am făcut-o, am întâlnit în drumul meu oamenii potriviți pentru a ajunge unde am visat.

Vreau să le mulțumesc din suflet celor dragi, care au sădit în mine plăcerea de a citi și a scrie. Soțului meu, care mi-a fost alături necondiționat și m-a ajutat să descopăr în mine ceea ce era bine ascuns. Bunicilor și părinților mei, care mi-au citit încă de pe când eram doar un mic copil și m-au făcut să iubesc cărțile.

Mulțumiri

Vreau să îi mulțumesc în mod deosebit și celui mai mare fan al meu, fratelui meu, Rareș.

Mii de mulțumiri doresc să le transmit și oamenilor minunați din spatele echipei Stylished, o mână de oameni deosebiți, care au crezut în mine și m-au ajutat să îmi îndeplinesc visul de a-mi publica lucrările.

Iar iubiților mei cititori doresc să le mulțumesc pentru fiecare cuvânt citit, pentru fiecare mesaj trimis și pentru fiecare gând transmis, fie el bun sau rău.

Jurnalul împlinirii, *P. Anda Claudia*
Volumul 2 - Jumătate demon, jumătate înger
ISBN: 978-606-94670-4-6
An publicare: 2018

Editura STYLISHED
Timișoara, Județul Timiș
Calea Martirilor 1989, nr. 51/27
Tel.: (+40)727.07.49.48
www.stylishedbooks.ro

Shooting cover și efecte grafice: Ionuț Caraș

Tipar: Artprint București